cDv
DRESSLER

Philippa Pearce wurde 1920 in Great Shelford in England geboren. Nach ihrem Studium der englischen Literatur in Cambridge arbeitete sie unter anderem als Redakteurin bei der *BBC* und der *Oxford University Press*. Anfang der 50er Jahre begann sie Kinder- und Jugendbücher zu schreiben, für die sie in England mehrfach ausgezeichnet wurde, 1959 für *Tom's Midnight Garden* sogar mit der angesehenen Carnegie Medal. Philippa Pearce lebt heute wieder zurückgezogen in ihrem Geburtsort.

Philippa Pearce

Als die Uhr *dreizehn* schlug

Deutsch von Klaus Fritz

Cecilie Dressler Verlag · Hamburg

Die Originalausgabe erschien 1958 bei Oxford University Press
unter dem Titel *Tom's Midnight Garden*
This translation of *Tom's Midnight Garden*
originally published in English in 1958
is published by arrangement with
Oxford University Press
Aus dem Englischen von Klaus Fritz
Einband von Antje Drescher
Satz: Clausen & Bosse, Leck
Druck und Bindung: Ebner Ulm
Printed in Germany 1999*
ISBN 3-7915-1601-9

Inhalt

In die Fremde

Falls Tom weinte, als er allein an der Tür zum Garten stand, dann waren es Tränen des Zorns. Er wollte sich vom Garten verabschieden, voller Wut, weil er ihn verlassen musste – und Peter dazu. Dabei hatten sie beide in den Ferien hier im Garten viel Spaß haben wollen.

Stadtgärten sind in der Regel klein und der Garten der Familie Long war keine Ausnahme. Es gab ein Gemüsebeet und ein Blumenbeet, einen Fleck Rasen und hinten am Zaun ein kleines Stück Wildnis. Dort stand der Apfelbaum. Er war groß, trug jedoch wenig Früchte, und so hatten die beiden ihn zu ihrem Kletterbaum machen dürfen. In diesen Ferien wollten sie eigentlich ein Baumhaus zwischen die Äste bauen.

Tom sah ein letztes Mal hinüber zum Apfelbaum, dann ging er ins Haus zurück. Am Fuß der Treppe rief er: »Bis dann, Peter.« Von oben kam eine gekrächzte Antwort.

Draußen auf der Vordertreppe wartete seine Mutter mit dem Koffer in der Hand. Tom streckte die Hand danach aus, doch Mrs Long hielt ihn noch einen Moment lang fest, erst sollte er ihr zuhören. »Ich weiß, Tom«, sagte sie, »es ist nicht schön, dass du einfach fortgeschickt wirst, damit du dich nicht ansteckst, aber uns tut es auch Leid. Dein Vater und ich werden dich vermissen und Peter auch. Peter geht's ohnehin nicht so gut mit den Masern.«

»Ich hab ja nicht behauptet, dass ihr euch alle prächtig amüsiert, während ich weg bin«, sagte Tom. »Ich meinte nur –«

»Schhh!«, unterbrach ihn die Mutter und sah an ihm vorbei zu dem Wagen, der auf der Straße wartete, und dem Mann am Steuer. Sie reichte Tom den Koffer, dann beugte sie sich zu ihm hinunter und zurrte seine Krawatte fest, um den Kragenknopf zu verdecken. »Tom, lieber Tom –«, murmelte sie, »denk dran, du bist zu Besuch, und versuch – ach, was soll ich sagen? –, versuch, *anständig* zu sein.«

Sie gab ihm einen Kuss und entließ ihn mit einem kleinen Schubs. Tom ging zum Wagen und stieg ein. Mrs Long steckte den Kopf durch das Seitenfenster und wandte sich an den Fahrer. »Liebe Grüße an Gwen«, sagte sie, »und, Alan, richte ihr aus, wie dankbar wir euch beiden sind, dass ihr Tom so kurzfristig aufnehmt. Das ist sehr nett von euch, nicht wahr, Tom?«

»Sehr nett«, wiederholte Tom bitter.

»Wenn jemand krank ist«, sagte Mrs Long, »ist so wenig Platz im Haus.«

»Wir freuen uns doch, euch helfen zu können«, sagte Alan. Er ließ den Wagen an.

Tom kurbelte das Fenster herunter. »Also, macht's gut!«

»Ach Tom! Es tut mir Leid – dir die Sommerferien so zu vermasseln!«

Schon fuhr der Wagen an, und Tom musste zurückrufen: »Ich hätte lieber zusammen mit Peter die Masern – viel lieber!«

Tom winkte der Mutter zornig Adieu und dann, ungeachtet des vorhersagbaren Ärgers für Peter, winkte er auch einem fiebrig erhitzten Gesicht zu, das gegen ein Schlafzimmerfenster gedrückt war. Mrs Long sah hoch, schüttelte missbilligend den Kopf – eigentlich durfte Peter auf keinen Fall aufstehen – und rannte zurück ins Haus.

Tom schloss das Wagenfenster, ließ sich in den Sitz fallen und verstummte abweisend. Sein Onkel räusperte sich: »Nun, ich hoffe, wir kommen einigermaßen miteinander aus.«

Das war keine Frage und Tom antwortete deshalb nicht.

Er wusste, dass er unhöflich war, doch er legte sich Gründe dafür zurecht. Er mochte Onkel Alan nicht besonders und er wollte ihn auch gar nicht mögen. Tatsächlich wäre es ihm fast lieber gewesen, wenn Onkel Alan gemein zu ihm wäre. Wenn er mich nur schlagen würde, dachte Tom, dann könnte ich weglaufen und nach Hause zurück, und niemand würde mir deshalb Vorwürfe machen, trotz der Quarantäne wegen der Masern. Aber er wird nie auch nur versuchen, mich zu schlagen, das weiß ich; und Tante Gwen – sie ist noch schlimmer, sie mag Kinder, und sie ist wirklich nett. Wochenlang mit Onkel Alan und Tante Gwen in einer winzigen Wohnung eingesperrt zu sein ... Er hatte sie noch nie besucht, doch er wusste, dass sie in einer Mietwohnung lebten, ohne Garten.

Schweigend fuhren sie dahin. Der Weg führte sie durch Ely, doch sie machten nur einmal Halt, weil Alan Kitson eine Postkarte vom Turm der Kathedrale kaufen wollte. Er schenkte sie Tom. Tom war bitter enttäuscht, dass er nicht auf den Turm steigen durfte, doch sein Onkel erklärte ihm sehr einleuchtend, warum dies nicht in Frage kam, schließlich war er in Quarantäne wegen der Masern. Er durfte nichts mit Peter zusammen unternehmen, damit er nicht die Masern bekam, aber er durfte auch nicht mit anderen Leuten zusammenkommen, denn vielleicht *hatte* er sich bereits bei Peter angesteckt. Glücklicherweise hatten beide Kitsons die Masern schon gehabt.

Sie fuhren weiter durch Ely und die Marschlandschaft der Fens und erreichten schließlich Castleford. Auf der anderen Seite der Stadt lebten die Kitsons, in einem großen Haus, das in Mietwohnungen aufgeteilt worden war. Um dieses Haus scharten sich kleinere Häuser aus jüngerer Zeit, sie drängten sich gleichsam bis an seine Türschwelle wie ein unruhiges Meer aus Erkerfenstern und Giebelwänden und Zinnen. Es war das einzige große Haus im Umkreis; in die Länge gezogen, schlicht, erhaben. Alan Kitson hupte und bog in den Zufahrtsweg ein – der allerdings zu kurz war, um heute als Weg zu gelten. »Vor dem Haus gab es früher wohl mehr Platz, bis sie gegenüber gebaut haben und auch die Straße verbreitern mussten.« Er hielt vor einer säulenbestandenen Tür. Tante Gwen kam heraus, sie lachte und machte Anstalten, Tom zu küssen. Sie zog ihn ins Haus und Onkel Alan folgte mit dem Gepäck.

Unter Toms Füßen lagen kalte Steinplatten und in seine Nase drang der Geruch alten Staubs, den keiner für nötig befunden hatte zu wischen. Er sah sich um und ihn schauderte. Der Flur des großen Hauses war nicht schäbig oder hässlich, sondern abweisend. Er lief durch das Herz des Hauses – mittendurch von vorne bis hinten, mit einer Abzweigung zum Fuß der Treppe, weshalb er wie ein großes T aussah – und das Herz des Hauses war leer – kalt – tot. Jemand hatte grellbunte Reiseplakate an die hohen, grauen Wände gepinnt; jemand anderes hatte eine Wäschebox in einer Ecke stehen lassen; weit hinten vor einer Tür standen leere Milchflaschen mit einer Nachricht für den Milchmann: Nichts von alldem schien wirklich in den Flur zu gehören. Er blieb leer und stumm – stumm, wenn man von Tante Gwens eifrigen Fragen nach Toms Mutter und Peters Masern absah. Als ihre Stimme einen Moment abflaute, hörte Tom das einzige Geräusch, das übrig blieb: das Tick, Tick, Tick einer großen Standuhr.

»Nein, fass sie nicht an, Tom«, sagte Gwen, als er auf die Uhr zutrat. Sie senkte die Stimme. »Sie gehört der alten Mrs Bartholomew von oben, und die ist da ganz eigen.«

Tom hatte noch nie das Innere einer Standuhr gesehen und er dachte, das wäre vielleicht etwas für später, wenn niemand dabei war: Ein Blick konnte nichts schaden. Den Rücken der Uhr zugekehrt, mit Unschuldsmiene weiter mit der Tante redend, schob er die Fingernägel unter die Tür des Pendelkastens, um zu probieren, ob …

»Wenn Mrs Bartholomew so eigen ist, warum nimmt sie die Uhr dann nicht hoch zu sich?«, fragte Tom. Sachte hob er die Fingernägel an. Die Tür gab nicht nach …

»Weil die Uhr hinten an die Wand geschraubt ist und die Schrauben eingerostet sind«, sagte Tante Gwen. »Geh jetzt bitte weg von der Uhr, Tom. Komm hoch zum Tee.«

»Oh!«, sagte Tom, als ob er nicht bemerkt hätte, wo er stand. Er trat beiseite. Der Pendelkasten war verschlossen.

Sie waren auf dem Weg nach oben in die Wohnung der Kitsons, als die Standuhr mit würdevollem Nachdruck eins schlug. Onkel Alan runzelte die Stirn und machte eine abschätzige Bemerkung. Die Uhr ging richtig – ihre Zeiger wiesen nun auf fünf – doch sie entschied sich selten dafür, die richtige Stunde zu schlagen. Auf das, was sie schlug, sei keinerlei Verlass, sagte Onkel Alan. Zudem sei der Klang der Uhr so durchdringend, dass er sogar oben, wenn er nachts im Bett liege, hören könne, wie unzuverlässig sie sei. Sie waren im ersten Stock, wo die Kitsons wohnten. Gegenüber führte eine schmale Treppe nach oben zur Dachwohnung von Mrs Bartholomew, der die Standuhr gehörte und auch das ganze Haus. Sie war die Vermieterin und die Kitsons – wie die anderen Bewohner – waren ihre Mieter.

»Das ist unsere Wohnung, Tom«, sagte Tante Gwen, »und hier ist das Gästezimmer – dein Schlafzimmer. Ich hab dir Blumen reingestellt und Bücher, damit du was zu lesen hast.« Sie lächelte ihn an und in ihren Augen lag die Bitte, es möge ihm hier doch gefallen.

Das Zimmer war hoch, doch ansonsten nur mittelgroß. Es gab noch eine zweite Tür, die der Eingangstür glich. Das hohe Fenster – in große Rechtecke eingeteilt – war eines von denen, die er von draußen gesehen hatte. Tom hatte sich darauf eingestellt, den dankbaren Gast zu spielen, doch –

»Da ist ja ein Gitter unten am Fenster!«, brach es aus ihm heraus. »Das ist ein Kinderzimmer! Ich bin doch kein Baby!«

»Natürlich nicht – natürlich nicht!«, rief Tante Gwen, gleichermaßen aufgebracht. »Das ist nicht deinetwegen, Tom. Als wir hier einzogen, war das Gitter schon an dem Fenster. Am Badezimmerfenster übrigens auch.«

Toms finsterer Verdacht aber war nicht völlig ausgeräumt.

Als sie ihn allein gelassen hatten, damit er vor dem Tee seine Sachen auspacken konnte, sah er sich das Zimmer näher an. Die andere Tür führte in einen Wandschrank; die Bücher waren Schulgeschichten für Mädchen und stammten aus Tante Gwens Kindheit; und zu alldem kam – mochte es Tante Gwen auch wegerklären, wie sie wollte – das Kindergitter am Fenster.

Der Tee immerhin heiterte Tom ein wenig auf. Tante Gwen hatte Devonshire-Tee gemacht, mit gekochten Eiern, selbst gebackenen Plätzchen, Erdbeermarmelade und Sahne. Sie sei eine gute Köchin, meinte sie, und Kochen mache ihr Spaß; sie habe die Absicht, Tom während seines Aufenthalts mit Essen zu verwöhnen.

Nach dem Tee schrieb Tom nach Hause, dass er gut angekommen sei. Er steckte auch eine Postkarte für Peter in den

Umschlag, mit einer recht fairen Beschreibung seiner Lage. »Ich hoffe, es geht dir schon besser mit den Masern«, schrieb er. »Das ist der Turm der Kathedrale von Ely. (Das würde Peter interessieren, wusste Tom. Die beiden mochten nichts lieber, als Kirchtürme zu besteigen und auf Bäume zu klettern.) Wir sind durch Ely gefahren, doch O. A. hat mich nicht auf den Turm gelassen. Das Haus hier ist in lauter Wohnungen unterteilt und hat keinen Garten. Mein Schlafzimmerfenster ist vergittert, aber T. G. sagt, das sei ein Missverständnis. Das Essen ist gut.«

Nachdem Tom die Postkarte noch einmal durchgelesen hatte, beschloss er – aus Fairness gegenüber Tante Gwen – den letzten Satz zu unterstreichen. Darunter malte er sein persönliches Zeichen: einen lang gezogenen Kater, auf Englisch Tom. Tom Long sollte das heißen.

Er malte gerade die Schnurrhaare des Katers, als er unten die Standuhr schlagen hörte. Ja, man konnte sie schlagen hören, ganz deutlich; man konnte die Schläge zählen. Tom zählte sie und lächelte herablassend: Wieder schlug die Uhr ganz falsch – haarsträubend falsch.

Die Uhr schlägt dreizehn

Das Läuten der Standuhr war Tom bald vertraut, besonders in der Stille der Nächte, wenn alle anderen schliefen. Tom schlief nicht. Er ging zu Bett, wenn es an der Zeit war, und lag dann Stunde um Stunde wach oder im Halbschlaf. Nie zuvor hatte er an Schlaflosigkeit gelitten, und dass er es jetzt tat, wunderte ihn sehr. Doch er hätte durchaus den Grund dafür erkennen können, denn sein Bauch spannte ein wenig und ihm war leicht übel. Manchmal döste er dahin, und dann, in den Traumbildern des Dämmerschlafs, wurde er zu zwei Toms, und der eine wollte nicht einschlafen und beharrte selbstsüchtig darauf, den anderen wach zu halten mit einem kleinen gemurmelten Vortrag über Schlagsahne und Schrimpssauce und Rumbutter und hausgemachte Majonäse und all die üppige Vielfalt dessen, was er hier zu essen bekam. Aus diesen Träumen wieder aufzuwachen war für Tom durchaus erleichternd.

Tante Gwens Essen steckte hinter Toms Schlaflosigkeit – und auch, dass er sich zu wenig bewegte. Tom musste in der Wohnung bleiben und Kreuzworträtsel lösen und Puzzle legen und durfte nicht mal an die Tür, wenn der Milchmann kam, denn er könnte den armen Mann ja anstecken. Nur in der Küche konnte er sich ein wenig bewegen, wenn er seiner Tante half, die üppigen, reichhaltigen Mahlzeiten zu kochen – Tom hatte noch nie so fürstlich gegessen.

Er hatte wenig Ahnung von den Ursachen und Heilmitteln für Schlaflosigkeit und es kam ihm nie in den Sinn, sich zu beklagen. Anfangs versuchte er sich mit Tante Gwens Schulmädchengeschichten in den Schlaf zu lesen. Und obwohl sie ihn nicht einmal dafür genug langweilten, las er weiter. Dann hatte ihn Onkel Alan eines Abends noch um halb zwölf beim Lesen erwischt. Es hatte einen Aufschrei gegeben. Anschließend hatten sie Tom auf eine Ration von zehn Minuten Lesen im Bett gesetzt, und er musste versprechen, das Licht im Zimmer nicht wieder anzumachen, nachdem es gelöscht worden war und seine Tante ihm gute Nacht gewünscht hatte. Er trauerte dem Lesen nicht nach, doch in der Dunkelheit schienen die Stunden noch zäher dahinzufließen.

Eines Nachts hatte er wie üblich wach gelegen, voll bitterer Gedanken, weil er wusste, dass Onkel und Tante jetzt im hellen Licht der Wohnzimmerlampe saßen und lasen, sich unterhielten und taten, was immer sie mochten. Und hier lag er, hellwach in der Dunkelheit, ohne etwas unternehmen zu können. Ihm kam es vor, als habe er schon viele solcher Nächte durchgestanden, doch plötzlich, heute Nacht, hielt er es einfach nicht mehr aus. Er setzte sich auf, warf mit gebieterischer Geste die Decke beiseite und stieg aus dem Bett, auch wenn er noch nicht wusste, wohin er wollte. Er tastete sich hinüber zur Schlafzimmertür, öffnete sie leise und schlüpfte hinaus in den engen Flur.

Durch die Wohnzimmertür drangen die bedächtig abgewogenen Worte Onkel Alans an Toms Ohren: Vermutlich las er laut aus seiner bevorzugten klugen Wochenzeitung vor; Tante Gwen lauschte gewiss hingebungsvoll oder war eingeschlafen.

Tom überlegte kurz, dann huschte er in die Küche und von dort aus in die Speisekammer. Zu Hause wäre das nichts Besonderes gewesen; Peter und er hatten es oft getan.

In Tante Gwens Speisekammer lagen zwei kalte Schweinekoteletts, eine halbe Biskuitrolle, ein paar Bananen und ein paar Brötchen und Kekse. Tom versuchte sich einzureden, er würde nur deshalb zögern, weil er sich nicht entscheiden konnte, was er nehmen sollte, doch er wusste, dass er nicht hungrig war. Weil er nun einmal hier war, griff er nach einem ganz gewöhnlichen, trockenen Brötchen. Dann überkam ihn mächtiger Überdruss gegen alles Essen und er legte das Brötchen zurück, damit es einen weiteren Tag am Leben blieb.

Die ganze Zeit über hatte er sich mucksmäuschenstill bewegt – alles andere hätte seine Geschicklichkeit bei einem solchen Unternehmen in schlechtes Licht getaucht. Doch er hatte Pech. Als er aus Speisekammer und Küche herausschlich, stand er plötzlich seinem Onkel gegenüber, der gerade aus dem Wohnzimmer kam. Laut rufend tat der seine Überraschung und Missbilligung kund, und das brachte die Tante auf den Plan.

Tom wusste natürlich, dass er das nicht hätte tun sollen,

doch einen derartigen Aufstand hätten sie nicht zu veranstalten brauchen. Vor allem Tante Gwen war ganz aufgeregt, denn wenn Tom nachts in die Speisekammer geschlichen war, dann musste er Hunger haben. Er wurde also nicht richtig satt bei ihr. Er litt unter nächtlichen Hungeranfällen.

Onkel Alan dagegen hatte Tom bei den Mahlzeiten ein wenig beobachtet und er konnte sich nicht vorstellen, dass er hungrig war. Außerdem hatte Tom versichert, dass er nichts aus der Speisekammer genommen hatte. Warum war er denn dort gewesen? Verbarg er etwas vor ihnen? Was war denn los mit ihm?

Tom konnte sie nie wirklich von der einfachen Wahrheit überzeugen: Ein Junge ging einfach wie von selbst in die Speisekammer, auch wenn er nicht hungrig war. Und außerdem, meinten Onkel und Tante, sei er viel zu spät noch auf. Sie schickten ihn zurück ins Bett und der Onkel baute sich vor ihm auf, um ihm einen Vortrag zu halten.

»Tom, das darf nicht wieder vorkommen. Du darfst das Licht nicht mehr anmachen, wenn es gelöscht ist; und du darfst auch nicht aufstehen. Du musst einsehen, dass das vernünftig – «

»Nicht einmal, um morgens aufzustehen?«, unterbrach ihn Tom.

»Natürlich, das ist was anderes. Sei nicht albern, Tom. Aber sonst darfst du nicht aufstehen. Der Grund ist – «

»Darf ich nicht aufstehen, selbst wenn ich ganz dringend muss?«

»Natürlich darfst du ins Bad gehen, wenn du musst; doch danach gehst du gleich wieder ins Bett. Du gehst um neun Uhr abends schlafen und stehst um sieben Uhr morgens auf. Das sind zehn Stunden. Du brauchst diese zehn Stunden Schlaf, weil –«

»Aber Onkel Alan, ich schlafe nicht!«

»Wirst du wohl still sein, Tom!«, rief der Onkel, plötzlich aufbrausend. »Ich versuche, vernünftig mit dir zu reden! Also, wo war ich gerade?«

»Zehn Stunden Schlaf«, sagte Tom kleinlaut.

»Ja, ein Kind in deinem Alter braucht zehn Stunden Schlaf. Das musst du einsehen, Tom. Aus diesem Grund musst du, wie gesagt, zehn Stunden lang im Bett sein. Ich sage dir klipp und klar, Tom, Gwen und ich wünschen nur zu deinem Besten, dass du zehn Stunden im Bett bist und wenn möglich gleich nach neun Uhr einschläfst. Ist das deutlich genug, Tom?«

»Ja.«

»Nun möchte ich das Versprechen von dir, dass du unsere Wünsche erfüllst. Versprichst du das, Tom?«

Warum konnte ein Junge sich nie weigern, solch gewaltige Versprechungen abzugeben?

»Ich denke schon«, sagte Tom. »Ja.«

»Na endlich!«, sagte Tante Gwen. Und Onkel Alan sagte: »Gut. Ich wusste, dass ich vernünftig mit dir sprechen kann.«

»Aber ich schlafe trotzdem nicht!«

»Alle Kinder schlafen«, erwiderte Onkel Alan barsch, »und

Tante Gwen fügte in sanfterem Ton hinzu: »Das bildest du dir nur ein, Tom.«

Der arme Tom hatte darauf keine Antwort, wenn er nicht widersprechen wollte, und er hatte das Gefühl, das wäre unklug.

Sie ließen ihn allein.

Er lag in der Dunkelheit und dachte sich einen Brief an seine Mutter aus. »Hol mich hier raus. Sofort.« Doch nein, das war vielleicht feige und würde seiner Mutter fürchterliche Sorgen bereiten. Er würde stattdessen Peter sein Herz ausschütten, auch wenn Peter wegen der Masern nicht antworten konnte. Er würde Peter schildern, wie elend langweilig es hier war, selbst bei Nacht. Es gab nichts zu tun, nirgends konnte man hingehen, es gab niemanden – wirklich niemanden –, mit dem man etwas unternehmen konnte. »Das ist das schlimmste Loch, in dem ich je gewesen bin«, schrieb er in Gedanken. »Ich würde alles tun, um hier rauszukommen, Peter – um anderswo zu sein – wo auch immer.« Ihm kam es vor, als ob die Sehnsucht, frei zu sein, in ihm anschwoll und den ganzen Raum ausfüllte, bis sie groß genug war, um die Wände bersten zu lassen und ihn tatsächlich zu befreien.

Sie hatten ihn allein gelassen und jetzt gingen sie zu Bett. Onkel Alan nahm ein Bad und Tom lauschte den Geräuschen, die er machte. Er konnte ihn nicht leiden. Aus irgendeinem Grund konnte Tom immer hören, was im Badezimmer nebenan vor sich ging, so deutlich, als wäre er selbst dort. Heute

Abend saß er fast in der Badewanne mit Onkel Alan. Später hörte er Schritte und Gespräche aus der Wohnung. Schließlich verschwand das Licht unter der Türritze. Das Flurlicht war zur Nacht gelöscht worden.

Allmählich trat Stille ein und dann schlug die Standuhr zwölf. Um Mitternacht waren Onkel und Tante immer im Bett und meist schon eingeschlafen. Nur Tom lag noch mit offenen Augen da, verdrossen und gefangen in seiner Schlaflosigkeit.

Und endlich – eins! Die Uhr schlug die richtige Stunde; doch als ob sie ihren eigenen Willen kundtun wollte, schlug sie weiter – zwei! Zum ersten Mal konnte Tom nicht darüber lachen, dass sie die falsche Uhrzeit verkündete: Drei! Vier! »Es ist eine Uhr«, flüsterte Tom zornig über den Rand der Bettdecke. »Warum schlägst du dann nicht eins, wie die Uhren zu Hause?« Stattdessen: Fünf! Sechs! Tom ärgerte sich zwar, doch er konnte nicht aufhören zu zählen; nachts war das eine Gewohnheit geworden. Sieben! Acht! Immerhin war die Uhr das einzige Wesen, das in all diesen Stunden der Dunkelheit zu ihm sprach. Neun! Zehn! Heute willst du es aber wissen!, dachte Tom und er gähnte, während er die Uhr unwillkürlich bewunderte. Ja, und sie war noch nicht am Ende: Elf! Zwölf! Schon toll, zweimal nachts Mitternacht zu schlagen!, grinste Tom schläfrig. Dreizehn!, verkündete die Uhr und dann hörte sie auf zu schlagen.

Dreizehn? Jäh war Tom wieder hellwach! Hatte sie wirklich dreizehn geschlagen? Selbst verrückte alte Uhren schlugen nie dreizehn. Das musste er sich eingebildet haben. War er nicht gerade dabei einzuschlafen oder hatte er etwa schon geschlafen? Aber nein, wach oder dösend, er hatte bis dreizehn gezählt. Ganz sicher.

Es gefiel ihm nicht, dass die dreizehn Schläge ihn beunruhigten, aber genau das taten sie. Die Stille schien nun erwartungsvoll zu sein; das Haus schien den Atem anzuhalten; die Dunkelheit drängte sich ihm auf und forderte ihn heraus: Komm schon, Tom, die Uhr hat dreizehn geschlagen – was machst du daraus?

»Nichts«, sagte Tom laut. Und dann, als Nachgedanke: »Sei nicht blöd!«

Was *konnte* er denn schon tun? Er musste im Bett bleiben, schlafen oder es wenigstens versuchen, ganze zehn Stunden lang, wenn möglich von neun Uhr abends bis sieben Uhr morgens. Das hatte er dem Onkel versprochen.

Onkel Alan war sich so vernünftig vorgekommen; und doch spürte Tom jetzt allmählich, dass etwas nicht stimmte ... Onkel Alan hatte, ohne darüber zu reden, wie selbstverständlich angenommen, der Tag habe vierundzwanzig Stunden – zweimal zwölf. Doch was wäre, wenn er zweimal dreizehn hätte? Dann gäbe es von neun Uhr abends bis sieben Uhr morgens – mit der dreizehnten Stunde irgendwo dazwischen – mehr als zehn Stunden, nämlich elf. Er konnte zehn Stunden im Bett liegen und dennoch eine Stunde übrig haben – eine Stunde Freiheit.

Doch langsam, langsam! Das war lächerlich: Ein halber Tag hatte einfach keine dreizehn Stunden, das wusste jeder. Doch warum hatte die Uhr es dann gesagt? Da gab es nichts zu deuteln. Ja, aber jeder wusste, dass die Standuhr nicht richtig ging – sie schlug eins, wenn es in Wahrheit fünf war, und so weiter. Zugegeben, meinte der andere Tom – der von den beiden, der den schläfrigen Tom nie einschlafen ließ –, zugegeben, die Uhr schlägt die Stunden zur falschen Zeit; und trotzdem, es *sind* Stunden – echte Stunden –, Stunden, die es wirklich gibt. Nun hatte die Uhr dreizehn geschlagen und bekräftigt, dass es – zumindest dieses eine Mal – eine zusätzliche, die dreizehnte Stunde gab.

»Aber das kann doch nicht stimmen«, sagte Tom laut. Das Haus, das offenbar das Gespräch belauscht hatte, seufzte ungeduldig. »Zumindest denke ich, dass es nicht stimmt; jedenfalls bringt es alles durcheinander.« Und inzwischen verpasst du deine Chance, flüsterte das Haus. »Ich kann sie doch nicht annehmen, solange ich noch ganz bei Trost bin«, sagte Tom. »Weil ich nicht glaube, dass die Standuhr die Wahrheit gesagt hat, als sie dreizehn schlug.« Oh, sagte das Haus kühl, also ist sie eine Lügnerin, oder?

Tom setzte sich im Bett auf, jetzt selbst ein wenig erzürnt. »Nun gut«, sagte er, »ich werde der Sache auf den Grund gehen, ein für alle Mal, so oder so. Ich schaue nach, was die Uhrzeiger sagen. Ich gehe hinunter in den Hausflur.«

Bei Mondlicht

Das war eine richtige Expedition. Tom zog die Pantoffeln an, den Morgenmantel ließ er jedoch liegen. Schließlich war Sommer. Vorsichtig schloss er die Schlafzimmertür hinter sich, damit sie nicht zuschlug, während er weg war. Draußen vor der Wohnungstür zog er einen Pantoffel aus; er legte ihn auf den Boden neben den Türrahmen und zog dann die Tür darüber, wie auf einen Keil. So würde sie offen bleiben, bis er zurückkam.

Die Lichter auf dem Treppenabsatz im ersten Stock und unten im Hausflur waren gelöscht, denn alle Mieter waren im Bett und schliefen, auch Mrs Bartholomew schlief und träumte. Das einzige Licht war ein Mondstrahl, der seitlich durch das lange Fenster auf halber Höhe der Treppe hereinfiel. Tom tastete sich nach unten in den Hausflur.

Er stutzte. Zwar fand er die Standuhr – eine hohe und altehrwürdige schwarze Gestalt inmitten der nicht ganz so schwarzen Dunkelheit –, doch er konnte ihr Zifferblatt nicht lesen. Wenn er die Glasabdeckung des Zifferblatts öffnen und nach den Zeigern tasten könnte, dann würde ihm sein Tastsinn die Uhrzeit verraten. Er ließ die Finger an beiden Seiten der

Scheibe entlanggleiten, doch gab es offenbar keinen Griff, mit dem sie sich öffnen ließ. Ihm fiel ein, dass an jenem ersten Tag auch die Pendelkastentür nicht nachgegeben hatte. Beide mussten verschlossen sein.

Schnell! Schnell!, schien das Haus um ihn her zu flüstern. Die Stunde vergeht ... vergeht ...

Tom wandte sich von der Uhr ab, um nach dem Lichtschalter zu tasten. Wo war er noch mal? Seine Finger glitten vergeblich an der Wand entlang, nirgends.

Licht – Licht. Das war es, was er brauchte! Und das einzige Licht war der Mondstrahl, der seitlich durch das Treppenfenster drang und sich sofort und nutzlos auf der Wand neben dem Fensterbrett verausgabte.

Tom betrachtete den Mondstrahl genauer und langsam kam ihm eine Idee. Nach der Richtung zu schließen, aus der der Strahl kam, musste das Mondlicht die Rückseite des Hauses beleuchten. Und wenn er jetzt die Tür am anderen Ende des Hausflurs öffnete – an der Rückseite des Hauses –, dann würde er das Mondlicht hereinlassen. Mit etwas Glück hatte er dann genug Licht, um den Stand der Zeiger zu erkennen.

Er ging den Flur entlang zur Tür am anderen Ende. Diese Tür hatte er nie offen gesehen – die Kitsons benutzten die Vordertür. Sie sagten, die hintere Tür sei nur ein unbequemerer Weg zur Straße, über einen Hinterhof – ein gepflasterter Streifen, auf dem die Mülleimer standen und wo die Mieter aus dem Erdgeschoss ihren Wagen unter einer Plane abstellten.

Tom, der noch keine Gelegenheit gehabt hatte, diese Tür zu öffnen, hatte keine Ahnung, wie sie nachts gesichert war. Wenn sie verschlossen war und der Schlüssel irgendwo aufbewahrt wurde ... Doch wie er feststellte, war sie nicht verschlossen, nur von innen verriegelt. Er schob den Riegel zurück, und ganz langsam, um keinen Lärm zu machen, drehte er den Türknopf.

Rasch!, flüsterte das Haus; und die Standuhr pochte aufgeregt: Tock, Tock.

Tom sperrte die Tür weit auf, um das Mondlicht einzulassen. Es flutete herein, hell wie das Licht des Tages – wie das weiße Tageslicht, das scheint, bevor die Sonne ganz aufgegangen ist. Die Beleuchtung war jetzt tadellos, doch Tom ging nicht sofort zurück, um nachzusehen, was die Uhr ihm jetzt zeigte. Stattdessen trat er einen Schritt vor auf die Türschwelle. Was er draußen sah, ließ seinen Blick erstarren, erst vor Überraschung, dann vor Empörung. Dass sie ihn hinters Licht geführt – ihn angelogen – hatten, und zwar dermaßen! »Es lohnt sich nicht, hinten rauszugehen, Tom«, hatten sie gesagt. So abschätzig hatten sie es beschrieben: »Eine Art Hinterhof, ganz winzig, mit Mülleimern. Wirklich, da gibt's nichts zu sehen.«

Nichts ... Nur das: Ein großer Rasen mit blühenden Blumenbeeten; eine riesige Tanne und dicht belaubte, käferbraune Eiben, deren bucklige Gestalten zwei Seiten des Rasens säumten; am rechten Ende des Rasens stand ein Gewächshaus, das fast so groß war wie ein richtiges Haus; und von jeder Ecke des

Rasens führte ein Pfad ab, der sich unter Bäumen weiter in die Tiefen des Gartens fortschlängelte.

Tom war wie von selbst nach draußen getreten und hatte überrascht den Atem angehalten; nun atmete er tief seufzend aus. Morgen, bei Tageslicht, würde er sich hier herausschleichen. Sie hatten versucht, ihn davon fern zu halten, doch jetzt konnten sie ihn nicht mehr aufhalten – nicht die Tante, nicht der Onkel, nicht die Mieter in der hinteren Wohnung, nicht einmal die merkwürdige Mrs Bartholomew. Er würde mit aller Kraft über den Rasen rennen und über die Blumenbeete springen; er würde durch die glitzernden Scheiben des Gewächshauses spähen – vielleicht sogar die Tür öffnen und hineingehen; er würde jede Nische und jeden Hohlweg zwischen den Eiben erkunden – er würde auf die Bäume klettern und sich durch die dicht verschlungenen Äste von einem zum andern hangeln. Wenn sie ihn dann riefen, würde er sich verstecken, stumm und geborgen wie ein Vogel, unter diesem dichten Vorhang aus Blättern, Zweigen und Baumstämmen.

Schon jetzt war er in Versuchung. Der Garten lag so einladend und klar vor ihm – von den stoppligen Blattspitzen der nahen Eiben bis zu den eingerollten Blütenblättern der Hyazinthen in den Halbmondbeeten der Rasenecken. Doch Tom fielen die zehn Stunden und sein Ehrenwort ein. Widerstrebend wandte er sich vom Garten ab und kehrte ins Haus zurück, um nachzusehen, was die Standuhr anzeigte.

Noch ganz in Gedanken daran, was er draußen gesehen

hatte, trat er über die Schwelle. Vielleicht konnte er deshalb nicht sofort erkennen, wie sich der Flur verändert hatte. Die Augen zeigten ihm eine schattenhafte Wandlung; sein bloßer Fuß versuchte ihm etwas zu sagen …

Jedenfalls war die Standuhr immer noch da und sie musste ihm jetzt die richtige Zeit zeigen. Entweder war es zwölf oder eins. Eine Stunde dazwischen gab es nicht. Es gibt keine dreizehnte Stunde.

Tom kam bei seinem Erkundungsgang nie bis zur Uhr, und man mag ihm verzeihen, dass er dieses Mal vergessen hat, ihre Wahrhaftigkeit zu prüfen. Seine Aufmerksamkeit wurde abgelenkt, weil vorne im Flur eine Tür aufging – die Tür der vorderen Erdgeschosswohnung. Ein Hausmädchen trat heraus.

Tom hatte Hausmädchen bisher nur auf Bildern gesehen, doch er erkannte die weiße Schürze, die Haube, die Manschetten und die schwarzen Strümpfe. (Er war kein Fachmann für Mode, doch das Kleid schien ihm recht lang für sie zu sein.) Sie trug Papier, Feuerholz und eine Schachtel Streichhölzer.

Er hatte nur eine Sekunde, um all dies zu beobachten. Dann fiel ihm ein, dass er sich sofort verstecken musste; doch es gab hier kein Versteck. Und wenn sie ihn nun einmal sehen musste, beschloss Tom, wollte er als Erster sprechen – um sich zu erklären.

Er hatte keine Angst vor dem Hausmädchen; als sie näher kam, sah er, dass sie noch recht jung war. Um auf sich aufmerksam zu machen, ohne sie zu erschrecken, hustete Tom; doch sie schien ihn nicht zu hören. Sie kam näher. Tom trat vor in ihr Blickfeld; sie sah ihn an, doch sie sah auch durch ihn hindurch, als ob er nicht da wäre. Toms Herz hüpfte auf seltsame Weise. Sie ging an ihm vorbei.

»Hör mal!«, protestierte er laut; doch sie schenkte ihm nicht die geringste Aufmerksamkeit. Sie war jetzt an ihm vorbei, erreichte die Eingangstür der rückwärtigen Erdgeschosswohnung, drehte den Türknopf und ging hinein. Weder läutete sie noch schloss sie die Tür auf.

Tom blieb mit offenem Mund stehen; unterdessen begannen seine Sinne ihm beharrlich Empfindungen mitzuteilen, die noch merkwürdiger waren als seine Begegnung. Sein einer nackter Fuß stand auf einer kalten Steinfliese, das wusste er; doch diese Steinfliese fühlte sich merkwürdig weich und warm an. Er blickte hinab und sah, dass er auf einem kleinen Teppichvorleger stand – einem Tigerfellteppich. Den Flur entlang gab es noch weitere davon. Er sah sich nun den ganzen Flur genauer an – und dieser Flur hatte sich verändert. Keine Wäschebox, keine Milchflaschen, keine Reiseplakate an den Wänden. Vielmehr waren diese mit einer reichen Vielfalt anderer Dinge geschmückt: mit einem langen gotischen Barometer, einem Fächer aus Pfauenfedern, einem mächtigen Kupferstich von einer Schlacht (Husaren und Pferde und von Schüssen durchlöcherte Flaggen) und vielen anderen Bildern. Es gab einen großen Essensgong, neben dem ein waschlederner Schlägel hing. Es gab einen großen Schirmständer mit Schirmen und Spazierstöcken und einen Sonnenschirm und ein Luftgewehr und offenbar Teile einer Angelrute. Entlang der Wand zog sich eine Reihe von Regalen, jedes tischhoch. Sie waren aus Eiche, außer einem in der Mitte des Flurs, bei der Standuhr. Dieses war aus weißem Marmor und seine Fächer waren voller Glasvitrinen mit ausgestopften Vögeln und anderen Tieren. Szenen wilden Blutvergießens waren auf der kalten Oberfläche des Marmors festgehalten; eine Eule mit einer Maus in den Klauen; ein Jagdhund, der von dem Hasen aufsah, den er gerade getötet hatte; in einem Fach in der Mitte schlich sich ein roter Fuchs mit seiner Federwildbeute im Maul von dannen. Unter all diesen vielen Dingen, mit denen der Hausflur voll gestopft war, erkannte Tom nur die Standuhr wieder. Er trat auf sie zu, nicht um auf die Zeiger zu blicken, sondern um sie anzufassen – um sich zu vergewissern, dass sie zumindest so war, wie er sie kannte.

Seine Hand berührte sie fast, als er einen leisen Seufzer hinter sich hörte. Es war das Hausmädchen, das hinter ihm den Weg zurückging, den sie gekommen war. Aus irgendeinem Grund hörte er sie nicht mehr so deutlich wie vorhin. Er hörte sie nur schwach rufen: »Ich hab im Salon Feuer gemacht!«

Sie schritt auf die Tür zu, durch die sie gekommen war, und während Tom ihr mit den Augen folgte, erlebte er etwas Seltsames. Sie erreichte die Tür, die Hand berührte den Türknopf, und dann schien sie zu verschwinden. Genau so war es. Sie ging, aber nicht durch die Tür. Sie verblasste einfach und verschwand.

Noch während er auf die Stelle starrte, wo sie gewesen war, spürte Tom, dass eine stumme Hektik um ihn her ausgebrochen war. Er sah sich rasch um und bemerkte gerade noch, wie der Flur sich seiner Möbel und Teppiche und Bilder entledigte. Vielleicht verschwanden sie nicht richtig, sondern fingen einfach an, nicht mehr da zu sein. Das gotische Barometer zum Beispiel war noch da gewesen, bevor er sich dem roten Fuchs zugewandt hatte; als er zurückblickte, war das Barometer immer noch da, doch machte es den Eindruck von etwas, das nur auf die Wand gezeichnet war, und die Wand dahinter war sichtbar. Unterdessen hatte sich der Fuchs ins Nichts davongestohlen und alle anderen Geschöpfe folgten ihm; und als Tom sich rasch wieder dem Barometer zuwandte, war es bereits verschwunden.

In Sekundenschnelle war der ganze Flur wieder so, wie er ihn bei seiner Ankunft vorgefunden hatte. Fassungslos stand er da. Aus der Erstarrung löste ihn ein kalter Luftzug am Rücken. Er erinnerte ihn daran, dass die Gartentür noch offen stand. Was immer auch sonst geschehen war, diese Tür hatte er wirklich geöffnet; und er musste sie schließen. Er musste zurück ins Bett.

Nach einem langen Blick in den Garten schloss er die Tür. »Ich komme zurück«, versprach er leise den Bäumen und dem Rasen und dem Gewächshaus.

Oben, wieder im Bett, dachte er ruhiger über das nach, was er im Flur gesehen hatte. War es ein Traum gewesen? Eine andere mögliche Erklärung fiel ihm ein: Geister. Das waren sie vielleicht alle: Geister. Im Flur spukten Geister umher, Geister eines Hausmädchens und eines Barometers und eines ausgestopften Fuchses und einer ausgestopften Eule und die Geister von Dutzenden anderer Wesen. Wenn es im Flur wirklich spukte, dann wimmelte es richtig vor Geistern.

Geister … Voll Zweifel zog Tom die Hand unter der Decke hervor um zu prüfen, ob ihm die Haare zu Berge standen. Das taten sie nicht. Und er hatte auch keinen eiskalten Schauer gespürt, als das Hausmädchen ihn angesehen und ihr Blick durch ihn hindurchgegangen war.

Mit seiner eigenen Erklärung war er nicht zufrieden, und plötzlich hatte er das Erklärenmüssen ganz satt. Es war ja nicht so, dass der Flur besonders interessant war, mit oder ohne Hausmädchen und all dem andern; der Garten war es. Den gab es wirklich. Morgen würde er dort hinuntergehen. Fast spürte er, wie er beim Klettern die Äste umklammerte; beinahe roch er die schweren Hyazinthenblüten in den Eckbeeten. Er kannte diesen Geruch von zu Hause: drinnen von den Blumentöpfen der Mutter, an Weihnachten und Neujahr; draußen von ihrem Blumenbeet, im späten Frühling. In Gedanken an zu Hause schlief er ein.

Bei Tage

Als Tom am nächsten Morgen erwachte, konnte er sich nicht erklären, warum er so glücklich war – bis er sich an den Garten erinnerte. Die Erscheinungen im Hausflur kamen ihm immer unglaublicher vor, aber was er durch die Tür zum Garten gesehen hatte, blieb in seinen Gedanken unverändert haften. Doch nun fiel ihm ein, dass es gar nicht so einfach sein würde, den Garten zu besuchen, wie er letzte Nacht gedacht hatte. Onkel und Tante würden sicher alles tun, um ihn daran zu hindern; sie wollten nicht, dass er in den Garten ging, warum denn sonst hatten sie ihm verheimlicht, dass es ihn gab?

Bei diesem Gedanken stieg in Tom wieder der Zorn gegen sie hoch, und er beschloss, sie zu entlarven. Er musste ein sehr geschicktes Spiel treiben: Mit scheinbar arglosen Anspielungen wollte er sie überführen, ohne dass sie jemals Verdacht schöpfen würden, dass er von dem Garten wusste und vorhatte, dorthin zu gehen. Beim Frühstück fing er an.

»Glaubt ihr, dass man nicht lügen darf?«

»O Tom!«, rief Tante Gwen. »Natürlich!«

»Ich meine«, sagte Tom, »glaubt ihr, dass es manchmal vielleicht doch richtig ist zu lügen?«

»Ist Lügen in manchen Fällen zu rechtfertigen?« Das war die

Art von Fragen, die Onkel Alan gern erörterte. Er faltete die Zeitung zusammen und räusperte sich. »Ich nehme an, Tom, dass du an etwas denkst, was als Notlüge bezeichnet wird?«

»Das meine ich eigentlich nicht«, sagte Tom. »Zumindest, ich meine – nun, wenn jemand nicht erfährt, dass es etwas gibt, was ihn freuen würde, weil andere Leute ihm nichts davon erzählen wollen. Ich meine, wenn die andern auch noch behaupten, da sei überhaupt nichts, um sich nicht weiter darum kümmern zu müssen.«

Tante Gwen sah verwirrt aus. »Was sollte das denn sein, von dem die einen nicht wollen, dass es die anderen erfahren?«

»Der andere, nicht die anderen«, sagte Tom. »Und es geht um – nun –«

»Eine Wärmflasche vielleicht?«, riet Tante Gwen.

»Nein«, sagte Tom, »eher etwas wie« – er suchte nach etwas zwischen einer Wärmflasche und einem großen Garten – »wie ein Sofa vielleicht – ein großes *Gartensofa.*«

»Ich bin mir nicht sicher, ob ich je von so etwas gehört hab«, sagte Tante Gwen. »Ein großes Gartensofa?«

»Es spielt im Grunde keine Rolle, was es ist, Gwen«, sagte Onkel Alan ungeduldig. »Wenn ich Tom richtig verstehe, geht es darum, dass jemand oder auch mehrere Menschen einfach aus Bequemlichkeit gelogen haben, und zum Schaden eines oder mehrerer anderer. Stimmt das, Tom?«

»Ja«, sagte Tom. »Ich hab mich nur gefragt, ob ihr glaubt, dass eine solche Lüge richtig ist. Nichts weiter.«

»Von allen möglichen Formen des Lügens«, verkündete Onkel Alan, »ist das gewiss diejenige, welche am wenigsten zu rechtfertigen ist. In der Tat ist sie offensichtlich in keiner Weise zu rechtfertigen.« Er sah Tom streng an. »Es überrascht mich, Tom, dass du daran zweifelst.« Er packte die Zeitung und die Post in die Tasche und ging zur Arbeit.

»Mach dir keine Gedanken, Tom«, sagte Tante Gwen. »Onkel Alan hat einen sehr hoch entwickelten Sinn für das, was richtig und falsch ist. Das sagt er selbst. Wenn du älter wirst, geht es dir bestimmt genauso.«

»Den hab ich schon jetzt!«, sagte Tom empört. »Nur sind da andere Leute, denen fehlt er.«

Tom hatte eigentlich nicht vorgehabt, Tante Gwen zu bedrängen, während Onkel Alan fort war. Das schien ihm unfair. Großartige Vorhaben brechen jedoch oft unter dem Druck von nichts Ernsterem als Ärger zusammen, und Tom war jetzt sehr verärgert. Man hatte ihm das Gefühl gegeben, im Unrecht zu sein, wo er doch im Recht war; und die Menschen, die ihm dieses Gefühl verschafft hatten, waren die Missetäter.

Tom half, den Frühstückstisch abzuräumen, und folgte der Tante zum Waschbecken. Während er abtrocknete, verfolgte er einen dunklen Plan.

»Tante Gwen.«

»Ja, Tom?«

»Es war nett von dir, Blumen in mein Schlafzimmer zu stellen, als ich ankam.«

»Tom, mein Guter, ich wusste nicht, dass du sie überhaupt bemerkt hast!«

»Musstest du sie kaufen?«

»Ja, aber mach dir deswegen keine Gedanken.«

»Es wäre einfacher für dich gewesen, wenn du die Blumen aus deinem eigenen Garten hättest holen können.«

»Ja, natürlich, aber dieses Haus hat keinen Garten.«

»Nein?«

»Was meinst du mit ›Nein‹, Tom?«

»Ich meine, wie schade! Wär es nicht schön, wenn es nach hinten raus einen Garten gäbe – mit einem Rasen und Bäumen und Blumen und sogar einem Gewächshaus?«

»Es wäre auch schön, wenn wir Flügel hätten und fliegen könnten, Tom.«

»Stell dir vor, du könntest jetzt sofort zur Hintertür rausgehen, Tante Gwen – jetzt gleich –, und über einen Rasen schlendern und Hyazinthen pflücken – von kleinen Eckbeeten, die aussehen wie Orangenviertel –, was würdest du dann sagen, Tante Gwen? Was würdest du dann sagen?«

Er hatte ihr jetzt praktisch gesagt, dass er von dem Garten wusste; er hatte sie offen herausgefordert.

Tante Gwen brauste nicht auf und zeigte auch keine Scham; sie lachte. »Erstens mal, Tom, ich wäre sehr überrascht, wenn du mir um diese Zeit eine Hyazinthe von irgendwo draußen mitbringen würdest.«

»Ach?«

»Hyazinthen blühen um diese Zeit des Jahres nicht einmal im Freien – der Sommer ist bald vorbei. Da siehst du, wohin dich deine sehnsüchtigen Gedanken gebracht haben!«

»Aber ich *habe* Hyazinthen draußen b-blühen sehen, genau um diese Jahreszeit«, sagte Tom. Er stammelte, weil er Angst bekommen hatte.

»Nein, Tom, das kann nicht sein. Die sind schon längst verblüht.«

Tom legte den Teller weg, den er gerade abtrocknete – er war noch feucht –, und das Geschirrtuch gleich dazu. »Ich gehe nach unten, wenn du nichts dagegen hast.«

»Wozu, Tom?«

»Nichts Besonderes. Ich stell nichts an.«

»Nicht heute Morgen. Heute ist der Tag, an dem Mrs Bartholomew immer runtergeht, um die Standuhr aufzuziehen.«

Die Warnung der Tante feuerte Tom nur noch an. Sie erfand eine Ausrede, um ihn vom Garten fern zu halten, dachte er sich. Trotzdem hatte er immer noch Angst – und nicht vor Mrs Batholomew.

Als Tom die Treppe zum Flur hinunterrannte, fielen ihm die Hyazinthen wieder ein. Er hatte die eingerollten Blütenblätter gesehen; er hatte sie gerochen. Sie waren wirklich da gewesen letzte Nacht; sie waren jetzt noch da. Er musste nur die Gartentür öffnen, um sie zu sehen – um den ganzen Garten wieder zu sehen.

Er erreichte die Gartentür und drehte den Knopf; doch die

Tür war verriegelt. Er fand den Riegel, wie schon letzte Nacht, doch er war schon zurückgeschoben; und der Riegel fühlte sich grieselig rau an. Das musste Rost sein – mehr Rost, als sich in einer Nacht hatte bilden können. Tom versuchte den Riegel in seinem Sockel zu bewegen, doch er war völlig eingerostet. Er war schon seit Jahren eingerostet, das konnte er erkennen.

Die Tür war nun mit einem gewöhnlichen, modernen Yale-Schloss versehen. Tom drehte dessen kleinen Knopf, doch er zögerte, die Tür zu öffnen. Ihm war übel, als ob er etwas Falsches zum Frühstück gegessen hätte. Vielleicht sollte er schnurstracks nach oben gehen und sich ins Bett legen. Außerdem war ihm leicht schwindlig, und ein kalter Schauer lief ihm über die Haut.

Plötzlich schrie er zornig auf: »Sei kein Dummkopf! Er ist da, sag ich dir! Der Garten ist da!« Er riss die Tür weit auf und blinzelte in die Morgensonne.

Auf der Rückseite des Hauses war ein schmaler, gepflasterter Platz, der von einem Holzzaun eingeschlossen war, mit einem Tor am einen Ende, das zum Zufahrtsweg hinausführte. Fünf Mülleimer standen da, und neben ihnen war ein alter Wagen abgestellt, unter dem ein Paar Hosenbeine hervorlugten. Ein Stück Zeitung lag herum, von draußen hereingeweht und hier gefangen; und es roch nach Sonne auf Stein und Metall und der Teerfarbe des Holzzauns. Auf das Geräusch der aufgehenden Tür hin krabbelte der Mann unter dem Wagen hervor. Er hatte einen kurz geschnittenen rotbraunen Bart; ansonsten gab es nichts an ihm, was interessant gewesen wäre.

»Hallo!«, sagte er. »Wer bist du?«

Tom antwortete nicht.

»Oh, ich weiß – du bist der Junge aus dem ersten Stock vorne – die Kitsons. Ein wenig öde für dich hier, nicht wahr?«

»Ja«, sagte Tom. »Wohnen Sie hinten im Erdgeschoss?«

»Ja«, sagte der rotbraune Bart. Er musterte Tom neugierig: Die Stimme des Jungen klang merkwürdig.

»Haben Sie ein Hausmädchen, das für Sie Feuer macht?«

»Ein was?«

»Und Sie haben auch keinen – keinen Garten?«

Zur Verblüffung des rotbraunen Barts brach der Junge auf der Türschwelle in Tränen aus, ohne die Antwort auf die letzte Frage abzuwarten.

»Aber hör mal! Was um Himmels willen ist denn los?«

»Lassen Sie mich in Ruhe!« Tom machte kehrt und stolperte ins Haus zurück.

»Wart – wart doch kurz!« In der Stimme des Mannes lag etwas Gebieterisches. »Achtung!« Tom hielt inne und unterdrückte sein verzweifeltes Weinen. »Hab ich mir gedacht!«, sagte der Mann leise. In der Stille konnten sie von drinnen das Ticken der Standuhr hören und das Schlurfen von jemandem, der langsam die Treppe herunterkam.

»Das ist die alte Ma Bartholomew«, flüsterte der rotbraune Bart. »Kommt runter, um ihre wertvolle Uhr aufzuziehen. Besser, wenn du ihr nicht in die Quere kommst. Hier hat es nie Kinder gegeben, und vielleicht hat sie was dagegen.«

Tom trat unter den Türrahmen, um nicht gesehen zu werden. Den Arm hatte er immer noch gegen das Gesicht gedrückt, um die Tränen zu verbergen, doch seine Augen lugten nun hervor.

Die schlurfenden Schritte kamen näher; die Gestalt von Mrs Bartholomew tauchte auf. Sie war alt, klein und gebeugt; sie war ganz in Schwarz gekleidet.

Mrs Bartholomew hatte jetzt die Uhr erreicht und zog einen Schlüssel aus ihrer Tasche, mit dem sie die Tür des Pendelkastens öffnete. Sie griff ins Innere und holte etwas Kleines und Poliertes heraus, das aussah wie die Anlasserkurbel eines winzigen Wagens. Wieder langte sie in den Kasten und musste wohl einen Riegel bewegt haben, der die gläserne Scheibe des Zifferblatts festklemmte. Auf ihre Berührung hin sprang sie auf.

Sie nahm das, was wie eine winzige Anlasserkurbel ausgesehen hatte, und steckte es in ein Loch auf der rechten Seite des Zifferblatts und begann daran zu drehen. Während sie die Uhr aufzog, hörte man einen sanften, surrenden Ton. Dann drehte sie die Kurbel auch auf der anderen Seite des Zifferblatts.

Schließlich verriegelte sie die Glasscheibe wieder, legte den Aufziehschlüssel zurück in den Pendelkasten, schloss die Tür und schlurfte mit dem Schlüssel von dannen. Sie stieg die Treppe hoch, und ihre Schritte wurden leiser und erstarben.

Während Tom beobachtete, wie die Uhr aufgezogen wurde, hatte er Zeit, sich zu beruhigen. Er begann über den Garten nachzudenken. Es stimmte, dass heute Morgen kein Garten da gewesen war, doch letzte Nacht ganz bestimmt – mit Hyazinthen und allem. Er drehte sich um und sah noch einmal nach draußen, auf der Suche nach einer Verbindung zwischen gestern Nacht und heute Morgen. Bis an den Zaun des Hinterhofs reichten die Gartenstreifen der backsteinroten Doppelhäuser gegenüber. In einem dieser Gartenstreifen stand eine alte Eibe. Früher einmal war der Baum bestimmt ordentlich beschnitten worden.

Mit einem Anflug von Hoffnung starrte Tom den Baum an.

»Was ist denn eben in dich gefahren?«, sagte der Mann.

»Nichts«, sagte Tom. »Danke, dass Sie mich wegen Mrs Bartholomew gewarnt haben. Auf Wiedersehen.«

Langsam und nachdenklich ging er durch den Hausflur zurück. Vielleicht war der Baum die Verbindung; doch er war außer Reichweite, in einem anderen Garten. Das große Haus selbst war natürlich eine Verbindung; doch es wollte ihm nichts sagen. Schon war er um die Ecke zur Treppe eingebogen, als die Stimme der Standuhr ihn erinnerte. Die Uhr war die Verbindung.

Er ging zurück zur Standuhr und prüfte sie aufmerksam. Ihr Gehäuse war schlicht. Das Zifferblatt hatte nur zwölf Ziffern, doch es war mit einer Figur geschmückt, die Tom eigenartig und interessant fand. Im oberen Halbrund des Zifferblatts stand ein Wesen, das aussah wie ein Mensch, doch gewaltige, rauschende Flügel besaß. Etwas Weißes war um seinen Leib gewickelt. Das Gesicht war ein Kreis aus Gold, und auch die Füße waren vergoldet. Der eine schien auf einem Stück Grasland zu stehen, der andere trat ins Meer – Tom sah Fische um den Fuß des Wesens herumschwimmen. In einer Hand hielt das Wesen ein aufgeschlagenes Buch.

Wenn Tom über diese geflügelte Schulter hätte sehen können, was hätte er dann in dem Buch gelesen?

Was die Uhr ihm sagte, konnte Tom noch nicht verstehen, und seine Gedanken schweiften ab. Wieder dachte er an die Eibe, die er jenseits des Gartenzauns gesehen hatte. »Dieser Zaun ist sicher leicht zu überklettern«, sagte er sich.

Den restlichen Tag verbrachte Tom damit, seinen Plan auszuhecken. Er schrieb auch an Peter – den ersten einer wichtigen Reihe von Berichten. Er schilderte Peter, so gut er konnte, was letzte Nacht geschehen war, und er berichtete ihm von seinen Absichten für heute Nacht. Er hatte vor, in den angrenzenden Garten zu klettern und die Eibe dort zu untersuchen, weil sie – gewiss – einer der Bäume gewesen war, die er in seinem Garten gesehen hatte. Er würde sie umrunden; er würde hinaufklettern; er würde sie nach irgendeinem Hinweis absuchen.

Als er den Brief beendet hatte, schrieb er oben auf das Blatt N. D. L. V. Das stand für Nach Dem Lesen Verbrennen. All seine Briefe an Peter trugen von nun an diese Anweisung. Nur die Postkarte des Turms von Ely nicht und nur sie überlebte.

An diesem Abend ging Tom wie üblich zu Bett und blieb absichtlich wach. Bei Onkel und Tante schien es so lange zu dauern, bis sie zu Bett gingen und einschliefen! Zweimal döste Tom ein, schreckte dann wieder auf und ging zur Schlafzimmertür, um hinauszuspähen. Unter der Tür des anderen Schlafzimmers war immer noch Licht zu sehen. Beim dritten Mal war es verschwunden; und nachdem Tom wenigstens ganz kurz abgewartet hatte, weil er vorsichtig sein musste, schlich er hinaus und wie in der Nacht zuvor die Treppe hinunter in den Hausflur.

Ich hoffe, der Mond ist schon aufgegangen, dachte Tom. Ich brauche Licht, um über den Hof zu kommen. Es wäre mehr als ärgerlich, wenn ich da draußen Lärm machen würde – wenn ich über die Mülleimer oder den Wagen oder was auch immer stolperte.

Die Standuhr schlug gerade dreizehn, als er die Finger am Türrand emporgleiten ließ, um den Knopf des Schlosses zu finden. Er fand ihn nicht. Noch einmal tastete er die Tür ab. Da war kein Yale-Schloss.

Das begriff er nicht; doch er versuchte es mit dem Riegel. Er war vorgeschoben worden. So war die Tür jetzt verschlossen. Jetzt begriff er – er wusste es! Mit zitternden Fingern schob er den Riegel zurück in seinen gut geölten, rostfreien Sockel.

Die Standuhr schlug weiter und weiter. Oben im ersten Stock wachte Alan Kitson davon auf und zuckte ärgerlich die Schultern: »Es ist Mitternacht. Was zum Teufel will denn die Uhr schlagen?«

Seine Frau antwortete ihm nicht.

»Schlägt Stunde um Stunde, die es gar nicht gibt! Ich hoffe nur, dass sie auch Mrs Bartholomew wach hält!«

Doch Alan Kitson wäre enttäuscht gewesen, wenn er Mrs Bartholomew gesehen hätte. Sie lag seelenruhig im Bett: Ihre falschen Zähne in einem Glas Wasser auf dem Nachttisch grinsten unfreundlich im Mondlicht, doch ihr eingezogener Mund verzog sich zu einem Lächeln, denn ihr Schlaf war sanft und voll süßer Träume. Es waren Träume, in denen sie in ihre Kindheit zurückkehrte.

Und die Standuhr schlug immer noch weiter, als ob sie alles Zeitmaß verloren hätte; und während sie schlug, schob Tom frohen Herzens den Riegel zurück, drehte den Türknopf, öffnete und ging hinaus in seinen Garten, der, wie er wusste, auf ihn wartete.

Die Fußspuren im Tau

Es gibt eine Zeit zwischen Tag und Nacht, in der Landschaften schlafen. Nur wer ganz früh aufsteht, erlebt diese Stunde oder aber der Nachtreisende, wenn er das Rollo des Zugfensters hochlässt und auf die vorbeiziehende Landschaft des Schweigens blickt. Noch stehen Bäume, Büsche und Pflanzen still und ohne zu atmen – sie sind in Schlaf gehüllt, wie auch der Reisende selbst am Abend zuvor seinen Körper in den Mantel oder eine Decke hüllte.

Diese graue, stille Stunde vor dem Morgen war die Zeit, in der Tom in den Garten ging. Um Mitternacht war er die Treppe hinunter und den Flur entlang bis zur Gartentür gegangen. Doch als er die Tür öffnete und in den Garten hinaustrat, war es viel später. Die ganze Nacht – mondbeschienen oder in Dunkelheit getaucht – war der Garten wach gewesen; nun, nach dieser langen Wache, war er eingeschlummert.

Das Grün des Gartens war mit grauem Tau benetzt; tatsächlich waren bis zum ersten Sonnenstrahl alle Farben verschwunden. Es war windstill und die Gestalten der Bäume hatten sich gegeneinander gelehnt. Ein Vogel sang. Dann bewegte sich etwas. Ein unförmiges Büschel aus Federn löste sich von einer hohen Tanne, schien eine Sekunde lang zu fallen und wurde dann sogleich aufgenommen und fortgetragen, ausgebreitet auf einem Wind, der nicht blies, hinüber zu einem anderen Baum: eine Eule. Sie machte den zerzausten und dösigen Eindruck von jemandem, der die ganze Nacht auf gewesen war.

Tom machte sich auf Zehenspitzen auf den Weg durch den Garten. Zuerst nahm er die mit Steinen eingefassten Kieselwege ganz außen, um sich ein Bild davon zu machen, wie groß der Garten war. Doch bald brach er seinen Gang ungeduldig ab und schlug einen Querweg ein. Er führte in einen düsteren Gewölbegang, den auf der einen Seite die Eiben und auf der anderen Seite die Haselnusssträucher bildeten. Vor ihm lag ein graugrünes Licht, dort, wo der Weg offenbar wieder ins Freie mündete. Unter seinen Füßen war die Erde weich vom Humus der vermoderten Blätter des vorigen Jahres. Während Tom den Weg entlangglitt wie ein Geist, bemerkte er durch Lücken zwischen den dunklen Eibenstämmen zu seiner Rechten das Flackern einer helleren Farbe: dunkel – hell – dunkel – hell – dunkel ... Das Helle, erkannte er, war die Rückwand des Hauses, die er immer wieder erblickte, und offenbar ging er hinter den jenseits des Rasens stehenden Eiben entlang.

Sein Pfad führte – wie er später herausfand – bei den Spargelbeeten des Küchengartens wieder ins Freie. Auf der anderen Seite der langen, grabähnlichen Erdhügel lag ein dunkles Oval – ein Teich. An einem Ende, mit Aussicht über den Teich, stand ein achteckiges Sommerhaus, dessen Erdgeschoss von Arkaden eingefasst war. Eine steinerne Treppe führte hoch zur Tür. Wie alles andere im Garten war auch das Sommerhaus im Stehen eingeschlafen.

Hinter dem Sommerhaus und dem Teich führte ebenfalls ein Weg entlang, der sich in lässigen Kurven dahinschlängelte. Jenseits davon lag ein Stück Wildnis, begrenzt von einer Hecke.

Von den vier Seiten des Gartens, das hatte Tom schon festgestellt, waren drei von Mauern eingefasst; eine Seite durch die Rückwand des Hauses, eine andere durch eine sehr hohe Südmauer aus Klinkerblöcken und Backsteinen und die dritte schließlich durch eine niedrigere Mauer, die durchaus überwindbar schien. Eine Hecke jedoch lässt sich fast immer leichter überwinden als eine Mauer, und kaum hatte Tom seinen Garten betreten, war er schon neugierig geworden, was wohl jenseits dieser Hecke lag. Mit scharfem Blick suchte er sie nach einem Durchgang ab. Er brauchte nur ein kleines Loch, und er würde sich schon durchwühlen. Endlich fand er eine schmale Lücke; doch zu seiner Überraschung führte sie in die Hecke hinein und nicht geradewegs hindurch. Sie führte in einen ausgetretenen Tunnel – etwa eine Armlänge breit und einen Meter hoch. Tom kroch hinein.

Der Tunnel führte auf der anderen Seite der Hecke durch eine breite Mündung ins Freie. Tom sah hinaus auf eine Wiese mit Kühen. Einige schliefen noch; eine stand auf, mit den Hinterbeinen zuerst; und eine hatte schon mit ihrer täglichen Arbeit, dem Grasen, angefangen. Diese Kuh hielt jetzt inne und starrte Tom an, als ob sie glaubte, immer noch zu träumen. Grasbüschel hingen zu beiden Seiten ihres Mauls herab, und ein langer Faden Speichel tropfte von ihrer Lippe herunter und schwang sanft in der leichten Morgenbrise, die jetzt aufkam.

Auf der anderen Seite der Wiese erhob sich ein langer grauer Gänsehals aus dem Gras, und Tom sah, wie der Vogel den Kopf zur Seite bewegte, sodass ein Auge die Lücke in der Hecke und die Bewegung dort beobachten konnte. Tatsächlich war der Beobachter ein Gänserich, was Tom nicht wusste; einen Augenblick später reckten sich die weißen Hälse seiner Gattinnen um ihn her aus dem Gras, und auch sie schauten Tom an. Dann plusterte der Gänserich Hals und Brust auf und spreizte seine Flügel zu einem prächtigen, jede Feder spannenden Doppelbogen und begann nach Leibeskräften zu flattern. Anfangs folgte ihm eine Gans, dann alle anderen, und so begrüßten sie den Morgen.

Tom, dem nun plötzlich klar wurde, wie schnell die Zeit vergangen war, kroch den Weg zurück, den er gekommen war – zurück in den Garten. Er machte sich allmählich mit ihm vertraut – mit seinen Wegen und Alleen und Gewölbegängen, seinen Büschen und Bäumen. Er merkte sich einige der markantesten Punkte. An einer Ecke des Rasens überragte eine Tanne alle anderen Bäume des Gartens; sie war mit Efeu umrankt, durch das ihre Zweige hervorstachen wie Kinderarme durch die Windungen eines Schals. An der hohen Südmauer, halb überwuchert von einer unternehmungslustigen Weinrebe, war eine Sonnenuhr angebracht; über ihr thronte eine steinerne Sonne mit steinernen Strahlen, deren Kinn in steinerne Strahlen Federwölkchen gebettet war – sieht aus wie Vaters Kinn voller Rasierschaum, dachte Tom. Auf einer Seite der Sonnenuhr, unter einem Bogen aus Geißblatt, war eine Tür. Tom hätte sie vielleicht ausprobiert, doch der Anblick der Sonnenuhr, auch wenn die Sonne sie noch nicht beschien, hatte ihn abermals daran erinnert, dass die Zeit verging. Er beeilte sich jetzt.

Am Gewächshaus spähte er nur kurz durch das Glas auf die Pflanzen im Innern und auf den Wassertank, wo er etwas aufblitzen sah – vielleicht ein erwachender Goldfisch. Hastig ging er an den hochgestellten Gurkenkästen am Gewächshaus und am Vogelhaus vorbei, wo Fächerschwanz-Tauben auf dem backsteinernen Boden herumpickten.

Im Zickzack lief er durch den Küchengarten hinter den Spargelbeeten, vorbei an Obstbäumen, Erdbeerbeeten, Bohnenstangen und einem Drahtverhau, unter dem Sträucher mit Himbeeren, Stachelbeeren und Johannisbeeren geschützt vor Vogelangriffen wuchsen. Neben dem Drahtverhau stand eine Reihe Rhabarber. Über jedes Büschel war die Hälfte eines alten Fasses gestülpt und mit Sackleinen abgedeckt. Zwischen den losen Dauben einer der Fasshälften steckte etwas Weißes – ein Stück Papier. Es war zusammengefaltet und von Kinderhand adressiert – wenn man dies eine Adresse nennen konnte: »An

Oberon, König der Elfen.« Tom wollte bestimmt nichts mit Elfen und solchen Dingen zu tun haben, und ganz schnell entfernte er sich von dem Rhabarberbeet.

Der Weg führte ihn wieder auf den Rasen. Hier waren die Blumenbeete – die halbmondförmigen Eckbeete mit den Hyazinthen, zwischen denen schon eine erste Biene arbeitete. Die Hyazinthen erinnerten Tom an Tante Gwen, doch nun dachte er nicht mehr mit Widerwillen an sie. Sie wusste nichts – die Arme! – und eigentlich konnte er ihr keinen Vorwurf machen.

Am Rand des Rasens hielt Tom jäh inne. Im Graugrün des taubenetzten Grases bemerkte er zwei klar umrissene Stellen dunkleren Grüns: Fußabdrücke. Füße waren über den Rasen gegangen und hatten hier gestanden; dann hatten sie kehrtgemacht und waren fortgegangen. Wie lange war das her? Gewiss nicht, bevor Tom den Garten betreten hatte. »Ich bin sicher, sie waren nicht da, als ich rauskam. Ganz sicher.«

Wer immer es war, wie lange hatte er hier gestanden und warum? Er oder sie hatte die Reihe der Eiben gegenüber betrachtet; und dieser Gedanke ließ Tom unwohl werden. Er war hinter diesen Bäumen vorbeigegangen und hatte das Blink-Blink-Blink des Hauses gesehen. Hatte gleichzeitig jemand auf dem Rasen gestanden und das Blink-Blink-Blink von Tom beobachtet? Tom musterte das Haus; er ließ die Augen von Fenster zu Fenster wandern. Hatte sich jemand an einem der oberen Fenster vor seinem Blick zurückgezogen? Nein, nein. Jetzt bildete er sich die Dinge auch noch ein.

Toms Nerven waren zum Zerreißen gespannt und er zuckte zusammen, als er hinten im Garten ein Geräusch hörte. Es war das Geräusch einer aufgehenden Tür. Sofort ging er in Deckung und schlich sich dann in die Richtung des Geräuschs. Jemand war durch die Tür am Sonnenuhrweg gekommen – ein Mann mit einer Schubkarre.

Tom brauchte einen Moment um zu erkennen, dass dies ein Gärtner war und dass er nichts Finsteres vorhatte, sondern mit der täglichen Arbeit beginnen wollte. Der Gärtner pfiff; und nun wurde sich Tom bewusst, dass der Garten sich schon eine Zeit lang mit Geräuschen gefüllt hatte – dem Singen von Vögeln, dem Rascheln von Blättern im Morgenwind und all den kleinen Geräuschen der lebendigen Bäume und Büsche und Pflanzen und Insekten. Die Sonnenstrahlen tauchten jetzt den ganzen Garten ins Licht, sogen den Feuchte spendenden Tau auf und erwärmten alles, sodass ein neuer Tag beginnen konnte. Der eiserne Stab der Sonnenuhr warf endlich einen Schatten und verkündete die Zeit. Der Tag begann, und Tom hatte Angst, in einer Tageszeit gefangen zu werden, die nicht die seine war. Wieder überquerte er den Rasen, diesmal mit der festen Absicht, ins Haus zurückzukehren und ins Bett zu gehen – wenn sein Zimmer und sein Bett überhaupt noch da waren. Er sah, dass der Hausflur mit all den Dingen ausgestattet war, die er letzte Nacht gesehen hatte. Die Morgensonne tauchte sie in klares Licht. Sie sahen verblüffend echt aus.

Die Angst machte ihm nun Beine; dennoch hielt er auf der

Türschwelle an und wandte sich zu den Fußspuren im Gras um: Sie waren immer noch gut zu sehen, auch wenn die Wärme der aufgehenden Sonne ihre Ränder nun verschwimmen ließ. (Es fiel ihm nicht auf, dass seine eigenen Füße, die den Rasen immer wieder überquert hatten, merkwürdigerweise keine Spuren hinterlassen hatten.)

Er ging ins Haus und verriegelte die Gartentür hinter sich. Jetzt hatte er sich in vollkommene Dunkelheit eingeschlossen; doch er konnte immer noch das Ticken der Standuhr hören, und das gab ihm die Richtung an. Er tastete nach einem der Regale, das ihm den Weg anzeigen sollte, doch unerklärlicherweise fand er keines. Er tastete sich vor bis zu der Stelle, an der das Barometer hängen sollte; er stieß nur auf die kahle Wand. Dann wurde ihm klar, dass um ihn her Leere herrschte; die Möbel waren verschwunden. Nur die Uhr war noch da, doch die Uhr war immer da, tagein, tagaus. Sie war im Flur gewesen zusammen mit den Möbeln und den Teppichen und den Bildern; und nun stand sie im kahlen Flur des Tages.

Wenn der Flur wie üblich aussah, dann war alles wie üblich, und Tom war zurück in seiner eigenen Zeit und sein Bett würde gewiss oben auf ihn warten. Doch jetzt stieg eine leisere Angst in ihm hoch, zusammen mit Gewissensbissen. Das Ticken der Standuhr erinnerte ihn daran. Auf dem Zifferblatt der Uhr war keine dreizehnte Stunde eingeprägt gewesen; diese Ausrede für seinen nächtlichen Ausgang konnte er nicht anbringen. Und er hatte auch nicht damit Recht gehabt, dass dieser kleine Erkundungsgang nur wenige Minuten dauern würde. Er wagte nicht daran zu denken, wie viel Zeit er im Garten verbracht hatte. Vor der Dämmerung war er aufgebrochen; nun kehrte er zurück, und die Sonne war schon aufgegangen.

Er ging die Treppe hoch in die Wohnung und sogleich in die Küche, um auf der Uhr dort nachzuschauen. Es war eine hässliche kleine Uhr, doch sie ging immer ganz genau.

Er fand die Streichhölzer in der Küche und entzündete eines davon, wobei er mit den Händen sowohl das Geräusch als auch die Flamme abschirmte – er hatte es für klüger gehalten, nicht das Licht anzumachen, um ja nicht Onkel und Tante zu wecken. Er hielt das brennende Streichholz an die Uhr. Die Zeiger deuteten auf nur wenige Minuten nach Mitternacht.

Erst ein paar Minuten nach Mitternacht!

Tom starrte so lange auf die Uhr, bis das Streichholz abbrannte und er es fallen lassen musste. Er war verwirrt; doch eines wusste er jetzt, sein Versprechen für den Onkel hatte er nicht gebrochen. Auf Zehenspitzen ging Tom zurück ins Bett. Er tat gut daran, wenig Lärm zu machen, denn sein Onkel war noch immer am Ufer des Schlafes. Alan Kitson hatte gerade ein wenige Minuten zuvor begonnenes einseitiges Gespräch beendet. »Wenn diese Standuhr auf ähnliche Art eins schlägt, wie sie zwölf geschlagen hat – weiter und weiter und weiter –, dann geh ich nach oben und klopfe Mrs Bartholomew raus und beschwere mich. Sie soll bloß nicht glauben, dass *ich* Angst vor ihr habe.

Durch eine Tür

Tom huschte nun jede Nacht die Treppe hinunter und hinaus in den Garten. Anfangs fürchtete er oft, der Garten wäre verschwunden. Einmal, mit der Hand schon an der Tür, um sie zu öffnen, hatte er kehrtgemacht, denn schon bei der bloßen Vorstellung, der Garten wäre nicht mehr da, war ihm übel geworden vor Trauer. Er hatte sich dann nicht getraut nachzusehen; später in derselben Nacht hatte er sich jedoch gezwungen, noch einmal hinunterzugehen und die Tür zu öffnen: Der Garten war noch da. Er hatte ihn nicht im Stich gelassen.

Er sah den Garten zu vielen unterschiedlichen Stunden und zu verschiedenen Jahreszeiten – am liebsten waren ihm die Sommertage mit herrlichem Wetter. Im Frühsommer gab es noch blühende Hyazinthen in den Halbmonden auf dem Rasen und Goldlack in den runden Beeten. Dann neigten sich die Hyazinthen zu Boden und verwelkten; der Goldlack wurde ausgerissen, an seiner Stelle blühten Levkojen und Astern. Neben dem Gewächshaus stand ein gestutzter Buchsbaum, in den von der einen Seite her ein Hohlraum wie ein großer Mund hineingeschnitten war. Dieser stand voller Töpfe mit blühenden Geranien. Entlang dem Sonnenuhrweg trieben schwere rote Mohnblumen aus und auch Rosen; und in der Dämmerung eines Sommertages glühten die Nachtkerzen wie kleine Monde. Im Spätsommer wurden die Birnen an den Wänden in Musselinsäcke gehüllt, damit sie geschützt reiften.

Tom war freilich kein Gärtner. Was ihn am Garten vor allem interessierte – und Peter genauso –, war das Bäumeklettern. Er vergaß nie seinen ersten Baum in diesem Garten – eine der Eiben am Rand des Rasens. Er war noch niemals vorher auf eine Eibe geklettert und seither hatte er immer das Gefühl, Eiben seien am besten.

Die unteren Äste waren lang genug und der Stamm hatte Höcker und Risse. Mit den Zehen des linken Fußes in einem dieser Risse, umklammerte Tom den Ast über seinem Kopf. Dann stieß er sich vom Boden ab, machte einen kräftigen Klimmzug mit den Armen, und schon baumelten seine Beine in der Luft und der Ast war unter seiner Brust und dann unter seinem Bauch. Er zog sich noch weiter nach oben, wobei er sich gleichzeitig fachmännisch drehte. Jetzt saß er auf dem Ast, in Manneshöhe über dem Boden.

Von da war der Aufstieg leicht, aber interessant, mal über die am weitesten ausgestreckten Äste, mal nahe am Stamm. Tom spürte gerne die trockene Rinde des Stammes unter den Händen. An einigen Stellen war die Rinde abgeblättert und darunter zeigte sich ein tiefes Rosa, als ob der Baum unter seinem Braun aus Haut und Fleisch bestehen würde.

Er kletterte weiter – höher und höher, und endlich brach er

durch das dämmrige Innere des Baumes hinaus in eine Weite aus Blau und feurigem Gold. Das Gold war die Sonne an einem blauen Himmel. Um ihn erstreckte sich das sprießende, büschelige Gewoge ewigen Grüns. Er war nun auf einer Höhe mit den Spitzen aller Eiben entlang dem Rasen und fast auf einer Höhe mit der südlichen Mauerkrone.

Tom war auch auf einer Höhe mit den oberen Fenstern des Hauses auf der anderen Seite des Rasens. Eine Bewegung in einem der Zimmer erregte seine Aufmerksamkeit: Es war das Hausmädchen, das er einmal im Flur gesehen hatte. Sie putzte ein Schlafzimmer, und jetzt trat sie ans Fenster, schob es hoch und schüttelte den Staubwedel aus. Dabei sah sie beiläufig zu den Eiben herüber und Tom winkte ihr zu. Doch es war, als ob er der Kuh im Blindekuhspiel zuwinken würde.

Das Mädchen ging zurück ins Innere des Zimmers, um weiter Staub zu wischen. Das Fenster ließ sie offen, und jetzt konnte Tom mehr erkennen. Außer dem Mädchen war noch jemand im Zimmer – jemand, der an der Wand gegenüber dem Fenster lehnte. Offensichtlich sprach das Mädchen mit ihrer Zimmergenossin, während sie arbeitete, denn Tom konnte das leise Auf und Ab von Stimmen hören. Die andere Gestalt konnte er nicht klar erkennen, doch stand sie reglos da, das weiße Gesicht unablässig ihm zugewandt. Dieser beharrliche Blick war Tom unheimlich. Ganz allmählich begann er den Kopf nach unten zu ziehen, und dann duckte er ihn jäh hinab ins Geäst des Baumes.

Später, unten im Garten, sah Tom noch mehr Menschen. Zur Vorsicht ging er ihnen aus dem Weg, doch da er für das Hausmädchen unsichtbar gewesen war, bewegte er sich mit einer gewissen Kühnheit.

Er war sich ziemlich sicher, dass der Garten häufiger benutzt wurde, als er es miterlebte. Oft hatte er den Eindruck, eben noch seien Menschen da gewesen – und manchmal auch das viel unangenehmere Gefühl, das er sich jedoch auszureden versuchte, jemand sei *dageblieben*: jemand, den nicht Tom beobachtete, sondern der ihn beobachtete. Aber im Grunde war es eine Erleichterung, Menschen zu sehen, auch wenn sie ihn nicht beachteten: das Hausmädchen, den Gärtner und eine streng aussehende Frau in einem langen, purpurnen Seidenkleid, der Tom, als er um eine Ecke gebogen war, plötzlich ins Gesicht sah. Sie achtete keine Sekunde auf ihn.

Sichtbarkeit ... Unsichtbarkeit ... Für die Menschen im Garten war er zwar unsichtbar, nicht ganz jedoch für wenigstens einige der anderen Geschöpfe. Ob sie ihn richtig sahen, wusste er nicht; die Vögel immerhin wandten ihm die Köpfe zu, und wenn er näher kam, flatterten sie davon.

Und hatte sein Körper in diesem Garten irgendein Gewicht? Nein, glaubte Tom zunächst. Als er auf die Eibe geklettert war, musste er verblüfft feststellen, dass sich kein Ast unter seiner Last bog und kein Zweig brach. Später – und zu seiner großen Enttäuschung – fand er heraus, dass er keine Tür im Garten einfach mit dem Griff und dem Druck seiner Hand öffnen konnte. Er konnte die Tür des Gewächshauses oder des kleinen Heizungsgebäudes dahinter nicht aufmachen, auch nicht die Tür in der Südmauer neben der Sonnenuhr.

Die für Tom verschlossenen Türen versetzten seiner Neugier einen Dämpfer, bis ihm ein einfacher Ausweg einfiel. Er würde durch die Türen kommen, die ihn interessierten, indem er dem Gärtner auf dem Fuß folgte. Der Gärtner kam regelmäßig ins Gewächshaus und ins Heizungshaus und ging auch durch die Tür der Südmauer.

Aber meist trat der Gärtner so schnell durch die Tür und schloss sie so knapp hinter sich, dass keine Zeit blieb, ihm zu folgen. Allerdings, überlegte Tom, mit einer Schubkarre würde er langsamer sein, und geduldig wartete er auf diese Gelegenheit. Doch selbst als sie kam, streckte der Mann nur lässig den Arm aus, um die Tür vor der Schubkarre zu öffnen, schob sie rasch durch, stieß mit der Stiefelspitze gegen den Türrand und knallte sie Tom vors Gesicht.

Tom starrte die Tür an, die einmal mehr ein Hindernis für ihn war. Noch einmal, ohne sich Hoffnungen zu machen, legte er die Hand auf die Klinke und drückte. Wie üblich konnte er sie nicht bewegen: Seine Finger schienen nicht aus Fleisch und Blut zu sein. Zorn stieg in ihm hoch und er drückte mit aller Gewalt. Mit zusammengekniffenen Augenbrauen brachte er all seine Willenskraft gegen die Klinke auf, bis er das Gefühl hatte, dass etwas passieren musste. Und in der Tat, seine Finger begannen durch die Klinke zu sinken, als ob sie, und nicht die Finger, nicht aus festem Stoff wäre. Die Finger sanken durch das Eisen der Klinke hindurch und dann fiel die Hand hinab auf Toms Bein.

Tom starrte seine wertvolle Hand an. Sanft befühlte er sie mit der Linken, ob sie vielleicht aufgeschrammt oder gebrochen war. Sie war völlig gesund – genau wie zuvor. Er musterte die Türklinke. Sie wirkte so echt wie jede gewöhnliche Klinke.

Dann kam Tom auf den Gedanken, dass die Tür vielleicht nicht fester war als die Klinke, wenn er es wirklich versuchte.

Mit diesem Vorhaben im Kopf stellte er sich seitlich an die Tür und presste mit Schulter, Hüfte und Ferse dagegen. Zunächst gab nichts nach, weder von ihm noch von der Tür. Doch er drückte weiter, mit noch mehr Kraft und Entschlossenheit, und allmählich wurde er sich einer seltsamen Empfindung bewusst, ein Gefühl der Betäubung von der Schulter bis zu den Füßen – doch nein, das war es nicht.

Ich komm durch, dachte Tom verblüfft, von Furcht und Erleichterung zugleich erfasst.

Auf der anderen Seite der Mauer, vor einem Geräteschuppen, hatte der Gärtner eine Ladung Unkraut ausgeschüttet. Er hatte sich auf den Rand der Schubkarre gesetzt und aß sein Mittagsbrot. Tom, wenn er ihn hätte sehen können, wäre ein sehr befremdender Anblick gewesen: die dünne Scheibe eines Jungen, der von der Schulter bis zum Fuß durch eine feste Holztür drang. Zuerst kam der Körper gleichmäßig von oben bis unten; dann schien der obere Teil innezuhalten und der untere Teil, mit den Füßen voran, kam zur Gänze durch. Daraufhin kam der eine Arm, dann der andere. Schließlich steckte nur noch der Kopf auf der anderen Seite.

Um die Wahrheit zu sagen, verließ Tom jetzt ein wenig der Mut. So viel von seinem Körper durch die Tür zu drücken war ziemlich anstrengend gewesen und hatte ihm merkwürdige, wenn auch unbeschreibliche Empfindungen verschafft. »Ich ruh mich nur kurz aus«, sagte Toms Kopf auf der Gartenseite der Tür; doch er wusste, dass er im Grunde zögerte, weil er nervös war. Sein Magen zum Beispiel hatte sich äußerst unwohl gefühlt, als er durch die Tür drang; wie würde es dann für seinen Kopf sein – für die Augen, die Ohren?

Andererseits – und dieser neue Gedanke war noch schlimmer als der alte –, was wäre, wenn er wie eine alte Dampflok, deren Kessel erkaltete, seine Kraft und seinen Mut während dieser Verzögerung verlor? Dann konnte er weder vorwärts noch rückwärts gehen. Er würde hier am Hals stecken bleiben, vielleicht für immer. Und nur einmal angenommen, auf der anderen Seite der Mauer käme jemand vorbei, der ihn durch ein böses Geschick tatsächlich sehen konnte – angenommen, eine ganze Bande käme vorbei. Sie würden einen völlig Wehrlosen herausragen sehen – das wäre ja geradezu eine Einladung, ihn zu verlachen und zu ärgern. Mit geschlossenen Augen und zusammengepressten Lippen zog Tom den Kopf durch die Tür und stand nun, benebelt und schwindlig, aber unversehrt, auf der anderen Seite.

Als Tom wieder klar sehen konnte, bemerkte er, dass er direkt vor dem Geräteschuppen und dem Gärtner stand. So, von Angesicht zu Angesicht, hatte er den Gärtner noch nie gesehen. Er war ein vierschrötiger junger Mann mit wettergegerbtem Gesicht und Augen wie der Himmel selbst – sie sahen jetzt geradewegs durch Tom hindurch in die Ferne. Er steckte die Reste eines dicken Schinken-Sandwiches in den Mund. Er schluckte den letzten Bissen, schloss die Augen und sagte laut: »Für alle guten Dinge danke ich Gott; möge er mich vor allen Listen des Teufels schützen, damit dieser mir kein Leid tut.«

Er sprach mit der Stimme eines Menschen vom Lande, die Ts verschlurend und die Vokale dehnend, sodass Tom aufmerksam lauschen musste, um ihn zu verstehen.

Der Gärtner öffnete die Augen, langte hinter sich und brachte ein weiteres Sandwich zum Vorschein. Tom fragte sich verdutzt, ob er nach jedem Sandwich Gott dankte. Vielleicht wusste er gar nicht, wie viel Brote er noch verspeisen würde.

Während der Gärtner weiteraß, sah Tom sich ein wenig um. Er war in einem Obstgarten, in dem sie auch Hennen hielten, Wäsche zum Trocknen aufhängten und Unkraut verbrannten. Jenseits des Obstgartens erstreckten sich Wiesen mit Bäumen, zwischen denen Dächer hervorlugten, die zu einem Dorf gehören mussten. Tom behielt den Gärtner wachsam im Auge. Als der Mann sein Mahl endgültig beendet hatte, packte er die Griffe der Schubkarre und machte Anstalten, zur Arbeit in den Garten zurückzukehren. Im Nu war Tom neben ihm. Durch eine verschlossene Tür zu gehen war kein Genuss gewesen und er hatte nicht die Absicht, es noch einmal zu tun. Diesmal fand er einen simpleren Weg. Flink hüpfte er in die leere Schubkarre und wurde bequem in den Garten zurückgerollt.

Es dauerte lange, bis sich Tom wieder buchstäblich durch eine Tür zwängte. Jedenfalls hatte er den Obstgarten gesehen und das reichte vorerst; andere Türen konnten warten. Unterdessen überstieg er die niedrige Mauer am anderen Ende des Gartens und erkundete den Wald dahinter. Und auch auf der dritten Seite kroch er ein weiteres Mal durch die Hecke und überquerte die Wiese. Die einzige Überraschung dort war eine Grenze, ein Fluss, klar und sanft dahinströmend, das flache Wasser grün von Schilfgras und Wasserpflanzen.

Der Garten und seine Umgebung standen also an und für sich nicht außerhalb der natürlichen Ordnung der Dinge; und auch seine eigenen übernatürlichen Fähigkeiten beunruhigten Tom nicht. Doch manches machte ihn immer wieder stutzig: das ständig gute Wetter, das rasche Kommen und Gehen der Jahreszeiten, das Gefühl, beobachtet zu werden.

Eines Nachts erreichte dieses unangenehme Gefühl seinen Höhepunkt. Er war, wie üblich, um Mitternacht aus dem Bett gekrochen und in den Hausflur hinuntergeschlichen. Er hatte die Gartentür geöffnet. Und zum ersten Mal war es auch im Garten Nacht. Der Mond stand am Himmel, doch unablässig flogen Wolken über sein Gesicht. Während oben in den Lüften viel Bewegung herrschte, regte sich unten auf der Erde nichts. Eine mächtige Stille lag über dem Garten und eine drückendere Hitze als am Nachmittag. Tom spürte es, er knöpfte seine Schlafanzugjacke auf und ließ sie flattern, während er durch den Garten ging. Er konnte das aufziehende Gewitter riechen. Bevor er das andere Ende des Gartens erreicht hatte, war der Mond verschwunden, von Wolken verdunkelt. An seine Stelle trat ein anderes Licht, das den Himmel einen Augenblick lang von oben bis unten zu spalten schien, und ein paar Sekunden später kam der Donner.

Tom kehrte zum Haus zurück. Als er die Schwelle erreicht hatte, brach der Wind in die unteren Luftschichten durch, heftiger Regen setzte ein und es wurde eisig kalt. Dämonen der Luft schienen im Garten losgelassen zu sein; und da die Blitze immer schneller aufeinander folgten, konnte Tom sehen, wie der Wind wütend am Blattwerk der Bäume rüttelte und zerrte. An der einen Ecke des Rasens schwang die hohe, spitz zulaufende Tanne hin und her, mit ihren von Efeu umrankten Armen wild gegen den Sturm ankämpfend.

Tom kam es vor, als ob die Tanne mit jedem Mal weiter ausschwang. Sie kann nicht umgeweht werden, dachte Tom. Starke Bäume werden selten umgeweht.

Wie zur Antwort darauf donnerte es ohrenbetäubend, der Wind zerrte unablässig weiter, und ein Blitz entlud sich nicht irgendwo jenseits der Mauer, sondern schlug im Garten selbst ein, genau in diese Tanne. Gleißend hell war das Licht, und Tom musste die Augen schließen, wenn auch nur für den Bruchteil einer Sekunde. Als er sie wieder öffnete, war der Baum eine einzige Flamme, die zu Boden sank. In dem langen Moment des Fallens schienen die Winde vor Schreck zu schweigen; und in dieser Stille hörte Tom etwas – den Schrei eines Menschen – ein »Oh!« des Entsetzens, das er selber spürte. Es kam von oben – vom Fenster eines der oberen Zimmer.

Dann krachte die Tanne auf die Erde, und wie Tom erst viel später erfuhr, streckte sie sich bis zu den Spargelhügeln des Küchengartens. Sie fiel in die Dunkelheit und das neuerliche Tosen des Windes und des Regens. Tom war erschüttert von dem, was er gesehen und gehört hatte. Er ging zurück ins Haus und schloss die Gartentür hinter sich. Drinnen tickte friedlich die Standuhr; der Hausflur war stumm. Hatte er sich nur eingebildet, was er draußen gesehen hatte? Er öffnete noch einmal die Tür und sah hinaus. Immer noch tobte der Sommersturm. Die Blitze leuchteten jetzt aus der Ferne und warfen ihr Licht auf die hässliche Lücke zwischen den Bäumen, dort, wo die Tanne gestanden hatte. Der Baum war umgestürzt, der Anblick war schrecklich genug gewesen; doch was Tom noch mehr beunruhigte, war der Schrei, der von oben gekommen war.

In der Nacht darauf erlebte er einen noch größeren Schreck. Er öffnete wie immer die Gartentür und ließ die Augen über den Garten wandern. Zunächst war ihm nicht klar, was so merkwürdig war an seiner Erscheinung; dann erkannte er, dass seine gewöhnliche Erscheinung selbst das Merkwürdige war. Zwischen den Bäumen um den Rasen gab es keine Lücke, die efeubewachsene Tanne ragte immer noch über sie empor.

Bericht an Peter

Nur wenn man die Zeit zurückdreht«, antwortete Onkel Alan beiläufig auf Toms letzte Frage.

Tom kritzelte mit dem Füller eine Zeichnung auf den Rand des Briefes, den er an Peter schrieb: ein Zifferblatt, unter das er ein hohes, rechteckiges Gehäuse setzte – eine richtige Standuhr. Er brauchte noch ein paar Minuten dafür; dann wandte er sich erneut dem Onkel zu.

»Welche Zeit?«

»Was meinst du, Tom?«

»Du hast gesagt, ein Baum könne nicht das eine Mal umgeweht auf dem Boden liegen und das andere Mal dastehen wie zuvor, außer man dreht die Zeit zurück. Welche Zeit?«

»Oh, keine bestimmte Zeit.« Tom kritzelte seine Standuhr zu Ende. »Das sagt man einfach so, Tom – ›die Zeit zurückdrehen‹. Das heißt, die Vergangenheit noch einmal zu erleben, und das kann niemand. Das lässt die Zeit nicht mit sich machen.«

Der Onkel wandte sich wieder seinem Buch zu und Tom begann auf einer anderen Ecke des Briefbogens herumzukritzeln. Nach einer Weile fiel ihm auf, dass er eine Art Engel gezeichnet hatte, mit Flügeln an den Schultern und breitbeinig dastehend. Er hatte dieses Wesen ganz in Gedanken versunken gezeichnet, und jetzt sah er bestürzt auf sein eigenes Werk. Er hatte keine Ahnung, wie ihm diese Gestalt in den Kopf gekommen war. Dann fiel ihm ein, dass sie zur Standuhr gehörte, und so malte er auch diese dazu.

»Was *ist* denn eigentlich die Zeit, Onkel Alan?«, fragte Tom schließlich.

Der Onkel legte das Buch nun endgültig beiseite; auch die Tante legte nervös ihr Flickzeug weg.

»Tom«, sagte sie, »du solltest deinem Onkel nicht immer so merkwürdige Fragen stellen. Er hat den ganzen Tag gearbeitet und ist müde.«

»Nein, nein, Gwen. Die Fragen eines Kindes sollten immer beantwortet werden. Alles, was ich gegen Toms Fragen einwenden würde, ist, dass sie so zusammenhanglos daherkommen und manchmal auch nicht ernst gemeint sind. Nimm mal seine erste Frage: ob es möglich wäre, durch eine Tür zu gehen – er hat tatsächlich gefragt, *wie* es möglich wäre!«

»Gut!«, rief Toms Tante, ganz erleichtert, weil sie nicht auf den ersten Teil des Gesprächs geachtet hatte. »Gut, das scheint ein sehr vernünftiger Gedanke zu sein – so vernünftig, dass er fast dusslig ist.«

Alan Kitson zog die Augenbrauen hoch und seine Frau fuhr hastig fort: »Du weißt, was ich meine – durch eine Tür gehen ist doch etwas ganz Alltägliches.«

»Nicht, wenn die Tür geschlossen ist … Und dann hat Tom gefragt, wie es mit der Unsichtbarkeit sei – der *Unsichtbarkeit* – eines Menschen wie er selbst.«

»Manchmal, im Märchen –«, setzte Tante Gwen an.

Tom schüttelte entrüstet den Kopf.

»Und schließlich«, fuhr der Onkel fort, »haben wir diese Frage, ob ein Baum an einem Tag auf dem Boden liegen könne und dann, am nächsten Tag, gegen alle bekannten Naturgesetze –«

»Es war ein Traum!«, unterbrach ihn Tante Gwen. »Nur ein haarsträubender Traum, nicht wahr, Tom?«

»Nein, war es nicht!«, rief Tom leidenschaftlich. »Es war Wirklichkeit!«

»Hört, hört«, sagte Onkel Alan langsam und genüsslich.

»Also hat es diesen Baum wirklich gegeben! Sag uns, wo, Tom, und wann. Wo und wann, Tom?«

Tom blieb stumm. Er stocherte mit dem Füller in einer Reihe tintener Löcher am Blattrand.

»Komm schon, Tom!«

»Es war ein Märchenbaum!«, sagte Tante Gwen, mit hilfloser Ausgelassenheit zu ihrem ersten Vorschlag zurückkehrend.

»Koboldholzfäller haben ihn umgesägt, nicht wahr, Tom?«

Onkel Alan lächelte und griff wieder nach seinem Buch. »Ich würde meinen, du hast am Ende doch Recht, Gwen.«

»Er ist in einem Sturm umgestürzt«, sagte Tom mit erstickter Stimme. »Der Blitz hat in ihn eingeschlagen.« Er sah seinen Onkel an, als ob er ihm am liebsten dasselbe Geschick an den Hals gewünscht hätte.

Die Tante fing diesen Blick auf und sah, wie ihr Mann den Mund öffnete, um etwas zu sagen. Rasch griff sie erneut ein und trug diesmal den Sieg davon: »Und jetzt sollte Tom nichts mehr sagen, bevor er mit dem Brief an Peter fertig ist, und auch nicht unterbrochen werden.«

Also wandte sich Tom wieder dem Brief zu und suchte Platz zum Schreiben zwischen seinen Kritzeleien und Federstrichen.

»... alles, was ich dir geschildert habe, ist wahr«, schrieb er, »das mit der Tür und mit der Unsichtbarkeit und der Tanne. Das alles ist ganz unheimlich, aber es *stört* mich nichts daran, außer vielleicht, dass ich für alle unsichtbar bin. Zum Beispiel sind einmal drei Jungen in den Garten gekommen. Sie heißen Hubert und James und Edgar. Edgar ist ungefähr so alt wie ich, aber ich glaube, James kann ich besser leiden. Da ist auch ein Mädchen, das hinter ihnen hertrottet. Es ist sehr jung und heißt Hatty oder so ähnlich ...«

Scheinbar ohne die Aufmerksamkeit vom Buch abzuwenden, verkündete Onkel Alan: »Es hat keinen Zweck, einen ellenlangen Brief an jemanden zu schreiben, der sich von den Masern erholt. Nach den Masern muss der Patient besonders darauf achten, seine Augen nicht übermäßig anzustrengen.«

»Wenn Toms Brief zu lang ist für Peter, dann wird ihn doch sicher die Mutter für ihn vorlesen«, sagte Tante Gwen.

Aufgeschreckt schrieb Tom »PERSÖNLICH« in großen Großbuchstaben über den Kopf des Briefes, faltete ihn sorgfältig zusammen und schrieb »Peter – PERSÖNLICH« auf beide Seiten. Er musste ihn wieder auffalten, um zu unterschreiben, denn das hatte er in seiner Panik ganz vergessen. Dann steckte er den Brief in einen Umschlag, adressierte ihn und schrieb »VERTRAULICH« in die obere linke Ecke.

Er bemerkte, dass die Augen seines Onkels ihn milde amüsiert über den Rand des Buches hinweg beobachteten. Tom war trotzig zu Mute. Er fuhr mit der Zunge über den Briefumschlag und klebte ihn zu. Dann zeichnete er die Umrisse seines langen Katers über den Rand der festgeklebten Klappe. Wie ein Siegel schützte er den Brief gegen alle, die sich daran zu schaffen machen wollten. Unter den Kater schrieb Tom: N. D. L. V.

Onkel Alan holte seine Brieftasche hervor. »Hier ist eine Briefmarke für deinen bedeutenden Brief.« Tom dankte ihm steif.

Der Brief war geschrieben und nun hatte Tom nichts mehr zu tun. Er beschied sich damit, geduldig zu warten, bis es Zeit fürs Bett war. Früh zu Bett zu gehen hatte eigentlich keinen Sinn: Er konnte ohnehin nicht in den Garten hinuntergehen, bevor Onkel und Tante im Bett waren und schliefen.

In Gedanken wanderte er in den Garten, wie so häufig in diesen Tagen. Er überlegte, wie gefährlich nahe dran er gewesen war, ihn zu verraten. Glücklicherweise hatten Onkel und Tante ihn nur ausgelacht; wenn sie aufmerksamer und einfühlsamer gewesen wären, hätte er sich vielleicht hinreißen lassen, mehr zu erzählen. Dann hätten sie womöglich sein Geheimnis entdeckt. Schon beim nächsten Mal hätten sie darauf bestanden, mit ihm zusammen in den Garten zu gehen …

Bei dieser Vorstellung lief Tom ein kalter Schauer über den Rücken.

»Geht es dir gut, Tom?«, fragte seine Tante.

»Ja, danke, Tante Gwen.«

Dennoch holte sie das Fieberthermometer heraus und er musste es in den Mund stecken. »Du zitterst ja richtig, als ob du Schüttelfrost hättest.«

Tom schüttelte den Kopf.

»Ich hoffe, das sind nicht die Masern, Tom. Das hieße, du müsstest vielleicht noch einige Wochen hier bleiben anstatt nur zehn Tage.« Sie zog ihm das Thermometer aus dem Mund und hielt es ans Licht.

»Nur zehn Tage?«, wiederholte Tom.

»Ich weiß, du wirst dich danach sehnen, nach Hause zu kommen«, sagte Tante Gwen traurig; sie wollte ihn am liebsten noch länger dabehalten. Onkel Alan schwieg.

Nur zehn Tage! Nur noch zehn Tage für den Garten! »Ich glaube, vielleicht hab ich Fieber und es sind die Masern«, sagte Tom. Denn selbst mit Masern würde er jede Nacht in den Garten hinuntergehen, in jenen Extrawochen, in denen die Krankheit sich austobte.

»Ich seh anfangs nie den Quecksilberfaden«, sagte Tante

Gwen. Sie drehte das Thermometer hin und her; dann, endlich, hielt sie es still. »Nein, Tom, du hast kein Fieber, also auch keine Masern. Jetzt fällt dir sicher ein Stein vom Herzen? Bald geht's nach Hause.«

»Aber –«

»Ja, Tom?«

Er wagte es nicht zu sagen, aber plötzlich hatte er das Gefühl, dass er nicht nach Hause wollte. Er wollte nichts sehnlicher als hier bleiben – hier, wo er den Garten besuchen konnte. Zu Hause schien jetzt in weiter, weiter, nebliger Ferne; selbst Peter war ein Junge in der Ferne, mit dem er nur Briefe austauschen und nie spielen konnte. Die Jungen, die ihm jetzt näher standen, hießen Hubert und James und Edgar – besonders James. Da war auch noch ein Mädchen – aber eben nur ein kleines Mädchen. Wie hieß sie noch mal? Hatty …

Die Vettern

Hubert war der älteste der drei Jungen, die Tom im Garten gesehen hatte. In seinem Brief an Peter hätte er Hubert vielleicht gar nicht als Jungen bezeichnen sollen, er war eher ein junger Mann. Entlang der Oberlippe wuchsen ihm bereits einige dunkle Haare, die er manchmal begehrlich und stolz betastete. Er war bereits so groß wie ein erwachsener Mann, auch wenn er noch keineswegs die dazugehörige Leibesfülle hatte.

Auch James und selbst Edgar waren älter als Tom. James' Stimme war ein sanftes, zögerliches Brummen, schwirrte jedoch manchmal mitten im Satz zu seiner Bestürzung empor zu einem krächzenden Sopran. »Oh!«, sagte er dann, verstummte und lief rot an, sogar wenn nur seine Brüder dabei waren.

Der dritte Bruder, Edgar, hatte scheckiges Haar und scheckige braune Augen, die sich erstaunlich flink bewegten und denen nichts entging. Auch redete er schnell und mit scharfer Zunge. Tom mochte Edgar am wenigsten von den dreien, obwohl er ihm vom Alter her am nächsten war.

Die drei waren eines Tages vom Haus in den Garten gekommen, als Tom bereits da war. Ihnen folgte ein kleines Mädchen in einem blauen Rüschenkleid mit offenem Haar, das über ihre

Schultern herabfiel. Das Wort, das einem zum Gang dieses Kindes einzig einfiel, war »Traben«. Sie trabte hinter ihnen her, dann drehte sie einen Bogen um die Gruppe – was durchaus lästig werden konnte –, beobachtete sie und belauschte, was sie miteinander besprachen. Sie sprachen von einer Rattenjagd, zu der sie an diesem Abend gehen wollten; natürlich nach Einbruch der Dunkelheit. Bertie Codling würde da sein, und auch der junge Barty würde vielleicht kommen; und sie würden eine Windlaterne mitnehmen und auch ihr Luftgewehr; und war es nicht schade, dass nicht jeder von ihnen ein Luftgewehr besaß ansatt alle drei nur eines gemeinsam.

Tom, unter den nahen Bäumen stehend, lauschte begierig; und das kleine Mädchen umkreiste sie wieder und wieder.

»Lasst uns Hatty abhängen!«, sagte Hubert plötzlich und setzte seine Worte sogleich in die Tat um, wobei ihn seine langen Beine mit jedem Laufschritt weit davontrugen. Auch James jagte lachend von dannen, und Edgar folgte ihm. Hatty, als ob sie es gewohnt wäre, so behandelt zu werden, trabte bereits hinter ihnen her, als Edgar sich umwandte und ihr weit ausholend die Haselnussgerte vor die Füße warf, die er in der Hand gehalten hatte. Er traf sie nicht – das wollte er eigentlich auch nicht; doch sie stolperte darüber. Sie fiel mit dem Gesicht ins Gras und begann zu weinen.

James hörte sie, kehrte um und half ihr auf. Dabei schüttelte er sie, doch sanft, und sagte: »Du Tollpatsch – du dummer kleiner Tollpatsch!« Tom, wenn er gerecht sein wollte, konnte nicht sehen, was denn so dumm daran sein sollte, über etwas zu stolpern, das ihr plötzlich vor die Füße geworfen wurde.

»Was wird Tante sagen?«, weinte Hatty und deutete auf die grünen Grasflecken auf ihrem Rüschenkleid.

James klopfte sie mit den Händen ab, doch natürlich wurde es dadurch auch nicht besser. Plötzlich schien er die Geduld zu verlieren. »Warum bist du eigentlich hingefallen? Du solltest aufpassen, wo du hinläufst! Ich kann dir nicht helfen – ich geh jetzt wieder zu den andern!« Er ließ sie stehen und floh zwischen die Bäume.

Hatty folgte ihm, leise schluchzend, doch gedankenverloren. Sie ging zwischen den Bäumen und auf den Wegen umher. Ihre Augen spähten umher, auf der Suche nach den Vettern. Bald hörte sie auf zu weinen und hielt den Kopf wie jemand, der aufmerksam lauschte. Tom fiel auf, dass die Art und Weise, wie sie nach den Jungen suchte, einiges Geschick zeigte. Dieses Spiel hatten sie schon häufig gespielt.

Tom beschloss Hatty bei ihrer Suche zu folgen.

Am Teich stieß sie auf den Gärtner. »Abel, haben Sie Vetter James oder Vetter Hubert gesehen, bitte? Aber Vetter Edgar will ich gar nicht finden.«

»Sie sind hier nicht vorbeigekommen, Miss Hatty. Spielen sie wieder Fangen mit Ihnen?«

»Das ist das Einzige, das sie je mit mir spielen.«

»Warum fragen Sie sie nicht, ob nicht mal Sie weglaufen dürfen und die andern Sie fangen?«

»Das würde nichts nützen. Ich kann nicht so schnell rennen wie sie.«

»Sie könnten Ihnen einen Vorsprung geben.«

Ihre Miene hellte sich auf: »Dann würden sie mich nicht so einfach finden, wenn ich mich einmal versteckt hätte. Ich könnte mich besser verstecken als sie.« Jetzt fing sie ein wenig an zu prahlen und hüpfte auf Zehenspitzen vor dem Gärtner umher. »Ich kenne bessere Verstecke – viel bessere Verstecke, und ich kann leiser sein als sie. So leise, dass keiner weiß, dass ich überhaupt im Garten bin.«

»Das können Sie?«, sagte der Gärtner anerkennend – um sie aufzuheitern, dachte Tom.

»Ich sehe alle und keiner sieht mich«, sagte das kleine Mädchen, jetzt ganz ausgelassen.

Zwischen den Bäumen erscholl plötzlich ein »Hu–iii!«. Sie wandte sich um, wie auch Tom. Edgar zeigte sich, um sie wieder zum Fangen anzuspornen.

Obwohl sie gesagt hatte, sie wolle ihn nicht finden, setzte Hatty sofort hinter ihm her. Nun kamen auch die anderen beiden Jungen aus ihrem Versteck. Alle zusammen rannten sie über den Rasen zurück zum Haus. Sie würden es weit vor ihrer Verfolgerin erreichen und Tom fürchtete, dass er ebenso wie die unglückliche Hatty den Anschluss verlieren würde. James war der Letzte von den drei Davonrennenden, und Tom hatte sich ihm an die Fersen geheftet. Er war einer von den Jungen, den er sich als Kameraden beim Bäumeklettern oder bei irgendeinem anderen Unternehmen wünschen würde. Noch an diesem Abend würde James auf Rattenjagd gehen –

»Hei!«, rief Tom, sprang ins Freie und legte einen glänzenden Spurt ein. »Hei, James!« Es war das erste Mal, dass er im Garten laut rief. Ein paar Vögel flatterten auf, doch der Junge, den er so laut beim Namen gerufen hatte, schenkte ihm keine Beachtung. Tom überholte ihn, lief ihm quer über den Weg und rief ihn dabei erneut. Für James war Tom unsichtbar und unhörbar. James sprang die Stufen zur Tür hoch und verschwand im Haus. Alle drei waren verschwunden.

Tom war bitter enttäuscht. Dass er für die anderen unsichtbar war, hatte ihn nicht gekümmert – für das Hausmädchen und die streng aussehende Frau und den Gärtner und selbst für Hubert (der blödsinnig erwachsen aussah) und Edgar (den Tom im Grunde nicht ausstehen konnte). Doch er hätte sich gerne James gezeigt, gemeinsam hätten sie Abenteuer erleben können.

Sich starrköpfig gegen seine Niederlage wehrend, ging Tom langsam die Stufen hinauf und folgte ihnen ins Haus. So war er schon öfter hineingegangen, immer am Ende eines Besuches im Garten, wenn er wieder nach oben wollte in die Wohnung der Kitsons und in sein Bett. Diesmal jedoch schloss er die Tür nicht hinter sich. Er wusste aus Erfahrung, dass er dann sofort im Haus der Mietwohnungen eingeschlossen sein würde. Diesmal wollte er in das andere Haus – das Haus, zu dem der Garten gehörte.

Also ließ er die Gartentür offen und ging den Flur entlang, am Holzregal und am Barometer vorbei zum Marmorregal und all den Glaskästen mit ausgestopften Tieren und Vögeln. Er hielt den Atem an, diesmal würde es ihm gelingen, ins Innere des nächtlichen Hauses einzudringen und es zu erforschen.

Obwohl Tom rasch durch den Flur ging, mit der Absicht, die Treppe nach oben zu nehmen, von wo er die Jungen lachen hörte (so jedenfalls meinte er) – obwohl er sich beeilte, lösten sich die Möbel im Flur noch schneller auf als sonst und verschwanden. Noch bevor er die Mitte des Flurs erreicht hatte, war alles verblichen außer der Standuhr; und in der Mitte stehend, sah er linker Hand zur Treppe, und sie hatte keinen Läufer mehr und war genau so, wie Onkel und Tante und die anderen sie tagsüber benutzten. Dies war nicht die Treppe, die ihn irgendwo anders hinführen konnte als ins Bett.

»Zum Kuckuck damit«, sagte Tom. Er wandte sich um und machte sich auf den Weg zurück zur Gartentür, dahinter lag der Garten, unverändert. Als er über die Schwelle hinaustrat, warf er einen Blick zurück über die Schulter ins Haus, siehe da, hinter seinem Rücken füllte sich der Flur wieder. Regale, Barometer, Glaskästen, Schirmständer, Gong und Schlägel – alle stahlen sich wieder an ihre Plätze; und natürlich war die Standuhr die ganze Zeit über da gewesen.

Tom ärgerte sich. Doch er beschloss, sich die Freude am Garten nicht durch seine Enttäuschung vermiesen zu lassen. Er würde James und die andern entschlossen aus seinem Kopf verbannen. Das Mädchen, Hatty, hatte er bereits so gut wie vergessen. Sie war ihren Vettern nicht über den Rasen und ins Haus gefolgt. Aus irgendeinem Grund hatte sie die Jagd aufgegeben. Er fragte sich nicht, in welcher Ecke des Gartens sie jetzt steckte und was sie tat.

Hatty

Tom sah die Jungen nur selten im Garten. Einmal kamen sie mit dem Luftgewehr herausgeschlendert, ein andermal, um sich Früchte zu holen. Als Tom sie zum zweiten Mal sah, nur ein paar Tage nach der ersten Begegnung, waren sie auf Äpfel aus.

Mit einem Terrier auf den Fersen kamen sie aus dem Haus gerannt und schlugen scheinbar ziellos den Weg am Gewächshaus entlang ein, der sie zum Küchengarten führte. Dann, plötzlich, drängten sie sich zusammen und gingen auf einen jungen Baum mit früh reifenden Äpfeln zu.

»Sie haben nur gesagt, wir dürfen keine pflücken«, sagte Hubert. »Kommt! Schütteln wir den Baum und lassen sie purzeln!«

Er und James packten den Baumstamm mit den Händen und schüttelten ihn heftig. Ein Apfel fiel herunter und dann noch einige mehr. Edgar las sie vom Boden auf, hielt dann jedoch inne, spähte mit scharfem Blick hinüber zu den Büschen und rief: »Da spioniert eine!« Drüben stand die kleine Hatty. Sie trat hervor, denn es war sinnlos geworden, sich zu verstecken.

»Gebt mir einen Apfel, bitte«, sagte sie.

»Oder du verpetzt uns, nehm ich an!«, rief Edgar.

»Spionieren und verpetzen!«

»Ach, gib ihr schon einen Apfel – sie meint es doch nicht böse!«, sagte James. Da Edgar offenbar nicht wollte, warf James ihr selbst einen zu, und sie fing ihn mit dem ausgespannten Unterteil ihres Rüschenkleids. »Aber lass das Kerngehäuse nicht auf dem Rasen liegen wie letztes Mal, Hatty, oder du kriegst Ärger und wir vielleicht auch.«

Sie versprach es, und während sie den Apfel aß, näherte sie sich den Jungen. Jeder von ihnen hatte jetzt einen Apfel und sie aßen hastig. Beim Weggehen scharrten sie mit den Füßen über die Erde, um ihre Spuren zu verwischen.

Nun machten sie wieder Halt – zufällig in der Nähe von Tom, doch mit den Rücken zu ihm – und aßen ihre Äpfel auf. Der Terrier schnüffelte zwischen ihren Beinen herum und kam dabei auch auf Toms Seite. Er war Tom jetzt näher als je zuvor und schien jetzt auf ihn aufmerksam zu werden. Sein Verhalten war jedenfalls aufschlussreich. Er stand Tom gegenüber; die Haare auf seinem Rücken sträubten sich; immer wieder knurrte er. »Was ist los, Pincher?«, fragte Hubert und wandte sich um; er sah Tom an und doch sah er ihn nicht.

Zugleich hatte sich Edgar schnell umgewandt: Sein Blick war forschender, aber er drang auch durch Tom hindurch. Dann drehte sich James um und endlich auch Hatty. Alle vier starrten unverwandt durch Tom hindurch, während der Hund zu ihren Füßen weiter knurrte.

Das war recht grob von ihnen, dachte Tom, und ziemlich dumm dazu. Plötzlich verlor er die Geduld mit der ganzen Bande. Er spürte den Drang, ebenfalls grob zu sein, und gab ihm nach – schließlich konnte ihn keiner sehen. Er streckte ihnen die Zunge raus. Zur Vergeltung streckte die kleine Hatty Tom ebenfalls die Zunge heraus.

Einen Moment lang war Tom so verdutzt, dass er fast glaubte, das hätte er sich eingebildet; doch er wusste, dass es nicht so war. Das Mädchen hatte ihm die Zunge herausgestreckt.

Sie konnte ihn sehen.

»Wozu hast du die Zunge rausgestreckt, Hatty?«, fragte Edgar, der offenbar aus den Augenwinkeln ganz gut beobachten konnte.

»Mir war die Zunge im Mund so heiß«, sagte Hatty mit einer Findigkeit, die Tom überraschte. »Sie wollte etwas Abkühlung – ein wenig frische Luft.«

»Lüg nicht so frech!«

»Lass sie in Ruhe, Edgar«, sagte James.

Sie verloren das Interesse an dem merkwürdigen Gebaren des Hundes und auch an dem Hattys und machten sich auf den Weg zurück zum Haus. Nervös und immer noch aus tiefer Kehle knurrend, schlich der Hund auf der Tom abgewandten Seite neben ihnen her; das Mädchen ging ein Stück vor ihnen.

Tom folgte der Gruppe und wartete siedend vor Aufregung auf seine Chance.

Auf dem engen Pfad zwischen dem Gewächshaus und dem großen Buchsbaum gingen sie im Gänsemarsch. Hatty ging voraus, dann kamen die drei Jungen. Tom folgte den vieren, doch als er vom Pfad auf den Rasen trat, waren nur noch die drei Jungen vor ihm.

»Wo ist Hatty?«, fragte James. Er war der Letzte der drei gewesen.

»Irgendwo zwischen die Büsche geschlüpft«, sagte Edgar unbekümmert. Die Jungen gingen weiter in Richtung Haus.

Tom blieb auf dem Rasen zurück und blickte entschlossen und zornig umher. Sie dachte wohl, sie wäre ihm entwischt, aber da lag sie falsch. Er würde sie finden. Jetzt wollte er es wissen.

Tom begann zu suchen. Er sah überall nach, wo sie sich hätte verstecken können: zwischen den Büschen, auf den Bäumen, hinter dem Heizungshaus, hinter den Haselnusssträuchern, unter den Arkaden des Sommerhauses, unter dem Stachelbeerverhau, hinter den Bohnenstangen …

Nein … nein … nein. Sie war nirgends. Endlich, hinter seinem Rücken, hörte er sie rufen: »Hu–iii!«

Da stand sie, nur ein paar Meter von ihm entfernt, und starrte ihn an. Stille trat ein. Dann sagte Tom – und er wusste nicht, ob er wirklich für Ohren sprach, die ihn hören konnten: »Ich wusste vorhin genau, dass du dich versteckt und mich beobachtet hast.«

Sie hätte vielleicht vorschützen können, sie würde ihn nicht hören, wie sie zuvor so getan hatte, als würde sie ihn nicht sehen. Doch ihre Eitelkeit konnte dieser Einladung nicht widerstehen. »Vorhin!«, rief sie hochmütig. »Ach, ich hab mich schon ganz, ganz oft versteckt und dich beobachtet! Ich hab dich gesehen, als du an den Haselnusssträuchern entlanggelaufen bist und dann durch meinen geheimen Tunnel durch die Hecke auf die Wiese hinaus bist! Ich hab dich gesehen, als Susan Staub gewischt hat und du von der Spitze der Eibe gewunken hast! Ich hab dich gesehen, als du mitten durch die Obstgartentür gegangen bist!« Sie zögerte, als würde die Erinnerung sie ein wenig durcheinander bringen; doch dann fuhr sie fort. »Ach, ich hab dich oft gesehen – ganz, ganz oft, und du hast es nie bemerkt!«

Das also bedeuteten die Fußspuren im Gras an jenem ersten Tag; das bedeutete die schattenhafte Gestalt und das Gesicht an der Rückwand des Schlafzimmers; das also bedeutete das komische Gefühl, beobachtet zu werden, das Tom im Garten so oft gehabt hatte, dass er es schließlich ohne weiter zu überlegen hingenommen hatte.

Eine Art von Hochachtung für das Mädchen erwachte in Tom. »Für ein Mädchen versteckst du dich gar nicht schlecht«, sagte er. Er sah sofort, dass diese Bemerkung sie ärgerte, also fuhr er rasch fort und stellte sich vor. »Ich bin Tom Long«, sagte er. Sie sagte nichts, doch sah sie drein, als ob sie wenig von diesem Namen hielt. »Nun«, sagte Tom gereizt, »ich weiß auch deinen Namen: Hatty – Hatty Soundso.« Er mischte beiläufig einen Schuss Überheblichkeit in seine Worte, das geschah ihr nur recht.

Das kleine Mädchen zögerte keinen Augenblick. Sie richtete sich kerzengerade auf und sagte: »Prinzessin Hatty, bitte sehr! Ich bin eine Prinzessin.«

Spiele und Geschichten

Zuerst wollte ihr Tom fast glauben.

Ihr Blick war sehr hell und ruhig; und mit ihren roten Wangen, dem langen schwarzen Haar und ihrer steifen kleinen Würde hatte sie (vielleicht) tatsächlich etwas Fürstliches an sich – etwas von einer Bilderbuchkönigin. Hinter ihr ragte die dunkelgrüne Gestalt einer Eibe empor. In einer Hand hatte sie einen Eibenzweig, den sie in ihrer Aufgeregtheit abgebrochen hatte oder mit dem sie spielen wollte; in der andern hatte sie ihren halb aufgegessenen Apfel. Beides hielt sie wie Zepter und Reichsapfel einer Königin.

»Du darfst mir die Hand küssen«, sagte sie.

»Das will ich nicht«, sagte Tom. »Danke«, fügte er nach kurzer Überlegung hinzu, falls sie tatsächlich eine Prinzessin war; doch er hatte da seine Vorbehalte. »Wenn du eine Prinzessin bist, dann müssen dein Vater und deine Mutter König und Königin sein: Wo ist ihr Königreich – wo sind sie?«

»Das darf ich nicht sagen.«

»Warum nicht?«

Sie zögerte, dann sagte sie: »Ich werde hier gefangen gehalten. Ich bin eine verkleidete Prinzessin. Hier ist eine Frau, die sich meine Tante nennt, doch das ist sie nicht. Sie ist gemein und grausam zu mir. Und das sind auch nicht meine Vettern, auch wenn ich sie so nennen muss. Jetzt kennst du mein ganzes Geheimnis. Ich werde dir erlauben, mich Prinzessin zu nennen.«

Wieder streckte sie ihm die Hand entgegen, doch Tom achtete nicht darauf.

»Und nun«, sagte sie, »werde ich mir gestatten, mit dir zu spielen.«

»Ich hab nichts gegen Spielen«, sagte Tom starrköpfig, »aber ich bin es nicht gewohnt, dumme Mädchenspiele mitzumachen.«

»Komm mit«, sagte das Mädchen.

Sie zeigte ihm den Garten. Tom hatte geglaubt, er kenne ihn schon; doch nun, mit Hatty, sah er Orte und Dinge, von denen er keine Ahnung gehabt hatte. Sie zeigte ihm all ihre Verstecke: einen laubwerkverhangenen Spalt zwischen einer Mauer und einem Baumstamm, wo ein kleiner Menschenkörper sich gerade noch hineinzwängen konnte; einen Hohlraum inmitten eines Buchsbaums und einen Tunnel, der zu ihm hinführte – wie der durch die Hecke an der Wiese; einen Wigwam aus den Bohnenstangen, die Abel an das Heizungshaus gelehnt hatte; eine Reihe von Verstecken hinter den großen Farnwedeln, die entlang dem Gewächshaus wuchsen; einen fedrigen grünen Tunnel zwischen den Spargelhügeln. Sie zeigte Tom, wie man sich versteckte, indem man sich einfach hinter den

Stamm der großen Tanne stellte. Man musste angestrengt lauschen und sich sehr sorgfältig bewegen – und geräuschlos natürlich –, sodass der Stamm immer zwischen einem selbst und dem Suchenden war.

Hatty zeigte Tom vieles, was er allein nicht hätte finden können. Als sie die Säcke über den Rhabarberfässern anhob, um ihm die Rhabarberknollen zu zeigen, fiel Tom etwas ein:

»Hast du hier mal einen Zettel hinterlassen?«

»Hast du einen gefunden?«

»Ja – einen Brief an Elfen.« Tom verhehlte nicht, welchen Abscheu er empfunden hatte. »Elfen!«

»Wer hat den bloß hier lassen können?«, fragte sich Hatty. »An Elfen! Stell dir vor!« Sie zog eine Grimasse, wenn auch verlegen, und wechselte rasch das Thema. »Komm mit, Tom! Ich zeig dir noch viel mehr!«

Sie öffnete Türen für ihn. Sie löste den Haken an der Tür des Drahtverhaus und sie gingen hinein. Zwischen den Johannisbeersträuchern am hinteren Ende fanden sie eine Amsel, die sich, angezogen von den Beeren, auf einem unerlaubten Weg hereingezwängt haben musste. Als sie sich näherten, schlug der Vogel hektisch mit den Flügeln gegen den Draht, doch es gelang ihnen, um ihn herumzugehen und ihn vor sich her durch den Drahtverhau zu scheuchen. Mit erleichtertem Flattern flog er durch die Tür hinaus, die sie offen gelassen hatten. »Ein Glück, dass wir ihn gefunden haben«, sagte Hatty. »Ich fürchte, dass Abel …« Sie schüttelte den Kopf. »Ich glaube wirklich, dass er Vögel lieber *verhungern* sieht, als dass sie seine Beeren essen.«

Für Tom öffnete sie die Tür zum Obstgarten am Sonnenuhrweg und dann die Tür des Gartenschuppens. Zwischen den Werkzeugen und Saatkästen und Blumentöpfen und Drahtrollen fanden sie einen Sack voller Federn – Hennenfedern und Gänsefedern. Hatty griff hinein und warf eine Hand voll in die Luft, und ein dichtes, braunweißes Federtreiben ließ Toms Nase kitzeln und niesen. Dann kroch Hatty lachend über den Boden und las alle Federn wieder auf und steckte sie zurück in den Sack, denn sonst würde Abel zornig werden. Tom setzte sich, die Beine über Kreuz, auf den Rand der Schubkarre und wies auf die eine oder andere Feder, die noch herabschwebte. Er hätte Hatty nicht helfen können, er wusste, dass er nicht einmal mit beiden Händen und aller Kraft auch nur eine Feder hätte hochheben können. Hatty, auf Händen und Knien umherkrabbelnd, schien unterdessen vergessen zu haben, dass sie eine Prinzessin war.

Danach gingen sie zu dem kleinen, backsteinernen Heizungshaus neben dem Gewächshaus und Hatty machte Anstalten, auch dessen Tür für Tom zu öffnen. Aber sie war viel zu klein, um den Haken zu erreichen, mit dem die Tür ganz oben verschlossen war. Doch auf Zehenspitzen und mit dem Eibenzweig in der Hand konnte sie ihn schließlich lösen. Sie öffnete die Tür und die beiden stiegen die Stufen hinab ins dunkle Innere, wo es nach Rost und kalter Asche roch – draußen war es so warm, dass der Ofen für das Gewächshaus nicht an war. Auf einem kleinen Regal lagen zwei oder drei Bücher, die, wie Hatty sagte, Abel gehörten. Das Regal war zu hoch für sie, doch sie konnten sehen, dass das oberste Buch auf dem Stapel die Bibel war. »Abel sagt, die Bibel muss über allen Büchern stehen, wie – wie die Königin über ganz England regiert.«

Sie gingen ins Gewächshaus, hindurch zwischen Kakteen und Kletterpflanzen, deren Schlingen von ihren Gittertöpfen an der Decke herabhingen, und anderen Pflanzen mit seltsamen Blüten, die niemals wie die anderen draußen im Freien leben konnten. Nach Atem ringend fragte Tom sich, wie die Pflanzen die stickige Hitze im Gewächshaus aushielten. Da war eine Rizinuspflanze – ihm wurde ein wenig schlecht, als Hatty den Namen nannte. Auch Mimosen gab es, und als Hatty eine Blattspitze berührte, schrumpfte das ganze Blattwerk abweisend in sich zusammen. Dass die Pflanze offensichtlich fühlen konnte, fand Tom ganz erstaunlich; sie schien sogar Toms Berührung zu spüren. Er war so begeistert, dass er mit den Fingern über die ganze Pflanze strich, die ihre Blätter nervös und abweisend zusammenfaltete.

Dann beugten sie sich über den Wassertank, spähten nach den Goldfischen und versuchten sie zu fangen. Hatty entblößte einen Arm und tauchte ihn ins Wasser; Tom legte seinen Arm an den ihren und die offene Hand hinter ihre Hand, Finger an Finger. Und so, wie mit einem Arm und einer Hand, griffen sie ins Wasser und jagten die Fische. Tom hätte alleine nichts unternehmen können, doch als Hatty beinahe einen Fisch fing, schien Toms Hand eins zu sein mit ihrer.

Dann führte Hatty Tom zurück zum Eingang des Gewächshauses und zeigte ihm die gefärbten Scheiben der oberen Glasverkleidung. Durch jede farbige Fensterscheibe konnte man draußen einen anderen Garten sehen. Durch die grüne Scheibe sah Tom einen Garten mit grünen Blumen unter einem grünen Himmel; selbst die Geranien waren grünschwarz. Durch die rote Scheibe sah man einen Garten, wie man ihn vielleicht durch die Röte geschlossener Augenlider sehen konnte. Die purpurne Scheibe füllte den Garten mit drohenden Schatten und mit der aufziehenden Nacht. Das gelbe Glas schien ihn in Limonade zu tauchen. An jeder der vier Ecken dieser gläsernen Umfassung war ein farbloses Glasquadrat eingelassen, in das ein Stern eingraviert war.

»Und wenn du hier durchschaust …«, sagte Hatty. Sie kniffen die Augen zusammen und spähten durch das geprägte Glas.

»Eigentlich sieht man gar nichts durch den Stern«, sagte Tom enttäuscht.

»Manchmal mag ich das am liebsten«, sagte Hatty. »Du guckst und siehst nichts und du könntest meinen, es gäbe überhaupt keinen Garten; doch natürlich ist er die ganze Zeit da und wartet auf dich.«

Sie gingen hinaus, zurück in den Garten, und Hatty erzählte Tom von den Eiben am Rasen. Die eine, auf die er geklettert war und von der aus er gewunken hatte, wurde Matterhorn genannt. Ein anderer Baum war der Aussichtsturm, und wieder ein anderer hieß die Stufen von St. Paul. Ein Baum hieß Tricksy, weil er so schwer zu erklimmen war. Sein Stamm war vom Boden aus ein gutes Stück völlig kahl und man konnte nur hinaufrobben. Hubert und James und Edgar hatten es alle einmal geschafft; Hatty konnte es nicht. (Tom fühlte sich ihr sehr überlegen – Prinzessin oder nicht.)

Manchmal zweifelte Tom an dem, was Hatty ihm erzählte. An einer buschigen Pflanze, auf die ihn Hatty aufmerksam machte, hielten sie inne. »Das ist der Brennende Busch«, sagte sie. Sie riss ein Blatt ab, zerrieb es zwischen den Fingern und hielt es Tom unter die Nase. Er schnüffelte an ihren Fingerspitzen; doch es roch nur ganz schwach. »Sollte sie nach Verbranntem riechen?«, fragte er zweifelnd.

»Nein, James sagt, sie riecht nach Zitronenthymian.«

»Warum heißt sie dann Brennender Busch?«

»Es heißt, wenn man in der Mittsommernacht um Mitternacht herauskommt und ein Blatt anzündet, wird die ganze Pflanze lichterloh verbrennen.«

»Woher weißt du das – habt ihr es schon probiert?«

»Nein, natürlich nicht. Es gibt ja nur eine davon im Garten und wir wollen sie nicht zu einem Haufen Asche verbrennen.«

»Ah!« Es könnte aber immerhin stimmen, dachte sich Tom.

Hatty trat auf ihn zu. »Soll ich dir etwas verraten – ein Geheimnis?«

»Wenn du magst.«

»Dieser Busch stammt von einem Ableger des echten Brennenden Busches – der einst vor den Augen Moses' verbrannte.«

»Aber das ist doch lange, lange her und steht in der Bibel!«

»Dir erzähl ich nichts mehr!«, sagte Hatty beleidigt.

Doch sie konnte nie widerstehen. Nicht nur bei ihrem ersten Treffen, sondern an allen folgenden Tagen sprudelte sie emsig Geheimnisse und Geschichten hervor, als ob sie Angst hätte, dass Tom ihr nicht mehr lange Gesellschaft leisten würde. Wenn sie des Spielens im Garten müde waren, führte sie Tom hinüber zum Sommerhaus. Sie gingen die Treppe hoch und Hatty öffnete die Tür für sie. Von hinten im Haus brachte sie zwei verschlungene eiserne Gartenstühle heraus und stellte sie unter den Türbogen. Da saßen sie dann und sahen über den ovalen Teich und beobachteten die springenden Fische, während Hatty erzählte.

Eines Tages fand Edgar sie dort sitzen. Sie hatten nicht bemerkt, dass er schon eine Weile dagestanden und sie angestarrt und belauscht hatte, bis er plötzlich – von der einen Seite des Teichs aus – Hatty zurief: »Was treibst du da eigentlich, Hatty?«

»Ich ›treib‹ gar nichts, Vetter Edgar.«

»Seit fünf Minuten redest du und nickst und lächelst und hörst zu, und das alles ganz allein.«

»Ich bin nicht allein. Ich unterhalte mich mit einem Freund.«

»Wo ist er?«

»Auf diesem Stuhl hier natürlich.«

Edgar brach in recht verächtliches Lachen aus. »Wirklich, Kusine Hatty, die Leute werden denken, du bist nicht ganz richtig im Kopf – früher waren es Elfen, aber das war einfach nur albern; und heute ist es jemand, der gar nicht da ist!« Lachend ging er davon.

Hatty zitterte, als sie sich wieder Tom zuwandte. »Und jetzt geht er und sagt es den andern und sie werden mich auslachen und Tante Grace wird sagen, es zeigt, das ich immer noch nicht so weit bin, mit anderen Kindern irgendwohin zu gehen, nach draußen, ins Dorf.«

»Nun ja«, sagte Tom, »warum hast du dann Edgar von mir erzählt?«

Sie sah ihn mit weit aufgerissenen Augen an: »Aber man muss doch die Wahrheit sagen, oder nicht?«

Von ihrem Platz aus sahen sie oft Abel unten im Garten bei der Arbeit. Manchmal hielt er inne und sah hinüber zum Sommerhaus, und dann winkte ihm Hatty nach Art einer Prinzessin.

»Das ist so traurig mit Abel«, sagte Hatty geheimnisvoll.

»Traurig?«

»Die ganze Familie ist traurig. Aber du musst mir versprechen, nichts zu sagen, wenn ich es dir erzähle.«

Tom sagte nichts und Hatty fuhr munter fort.

»Er hatte nur einen Bruder und sie waren eines Tages draußen auf dem Feld – kurz bevor Abel hier Gärtner wurde. Sein Bruder war sehr eifersüchtig auf ihn und an diesem Tag kämpften sie miteinander. Nun, eigentlich hat der Bruder Abel einfach angegriffen – mit einer Waffe – und wollte ihn umbringen.«

»Erzähl weiter.«

»Er hat Abel getötet – das heißt, natürlich hat er ihn fast getötet. Es ist viel Blut geflossen. Es lag dampfend auf der Erde.«

Eine schreckgetränkte Stille trat ein. Plötzlich sagte Tom: »Wie hieß Abels Bruder?«

»Ich weiß nicht mehr, wirklich«, sagte Hatty. Sie wandte den Kopf ab und sah einem Vogel nach.

»Hieß der Bruder vielleicht Kain?«, fragte Tom. Hatty tat, als hörte sie ihn nicht. Das ärgerte Tom besonders, denn mit allen Menschen im Garten erging es ihm so. »Die Geschichte von Kain und Abel steht nämlich in der Bibel und Kain hat Abel wirklich getötet. Ich glaube nicht, dass dieser Abel, der hier gärtnert, irgendetwas mit dem Abel aus der Bibel zu tun hat – außer dass er nach ihm getauft wurde. Ich glaube nicht, dass dieser Abel je einen Bruder hatte, der versuchte, ihn zu ermorden.«

»Und was, wenn ich dir sage, dass Susan es mir erzählt hat – und Susan ist Abels Schatz? Und was, wenn ich dir sage, dass Abel selbst es mir gesagt hat, als Geheimnis?«

»Ich bin mir nicht sicher, ob du nicht flunkerst«, sagte Tom; und er hatte bewusst ein mildes Wort gewählt, um Hatty nicht zu verletzen. »Geh doch jetzt gleich zu Abel und frag ihn, ob er einen Bruder hat, der ihn ermorden wollte!«

»Ich werd dir nie, nie mehr ein Geheimnis erzählen – nie!«, rief Hatty leidenschaftlich. Doch Tom wusste, was er davon halten sollte. Seine Herausforderung, die Sache mit Abel selbst zu klären, nahm sie nicht an, und Tom hielt dies für die Erlaubnis, ihre Geschichte nicht zu glauben. Es war nur noch ein kleiner Schritt, bis er nicht mehr glauben würde, dass Hatty die Prinzessin war, die sie zu sein behauptete.

Doch diesen Garten hatte sie wahrhaftig in ein Königreich verwandelt.

Der Fluss zum Meer

Eigentlich wollte ich von Hatty mehr über den Garten erfahren«, schrieb Tom an Peter, »aber aus irgendeinem Grund hab ich vergessen zu fragen.« Er vergaß es immer. Tagsüber, in der Wohnung der Kitsons, dachte er unablässig an den Garten, und manchmal fragte er sich: Wo kommt er her, was bedeutet das alles? Dann dachte er sich kluge Fragen für Hatty aus, die sie gründlich und ohne Ausschmückungen ihrer Phantasie beantworten sollte. Doch Nacht für Nacht, wenn er in den Garten ging, vergaß er, den Detektiv zu spielen. Dann war er wieder nur ein Junge in einem perfekten Garten und Hatty war seine Spielkameradin.

Es gab immer etwas zu unternehmen im Garten. In einer der Eiben wollten sie ein Baumhaus bauen, sobald Hatty ein paar Dielenbretter dafür finden konnte; bis dahin spielten sie mit Pfeil und Bogen. Hatty erzählte in sehnsüchtigem Ton, dass früher Hubert und James und Edgar im Wald Räuber gespielt hatten, mit Pfeil und Bogen, die sie im Garten gebastelt hatten.

»Warum hast du nicht mitgemacht?«, fragte Tom.

»Sie sagten, ich sei zu klein; und dann, als ich alt genug war, sagten sie, sie selbst seien jetzt zu alt dafür.«

»Und warum hast du nicht allein gespielt? Du könntest dir selbst Pfeil und Bogen bauen.«

»Das konnte ich nicht. Ich wusste nicht, wie es ging. Wenigstens weiß ich jetzt, wie man Pfeile macht, weil James es mir gezeigt hat – die sind leicht; aber ein Bogen nicht.«

Tom sagte Hatty, sie solle ein scharfes Messer holen. Sie ging ins Haus und kam mit einem Küchenmesser zurück, das sie unter ihrem Rüschenkleid versteckt hatte. Von Tom angeleitet, schnitt sie einen brauchbaren Eibenzweig ab; das Holz war noch nicht ausgereift, aber das konnten sie nicht ändern. Hatty schnitzte den Zweig zurecht und kerbte ihn an beiden Enden ein, um der Schnur festen Halt zu geben. Zuerst stellte sie sich mit dem Messer etwas ungeschickt an und Tom musste ihr sogar erklären, dass sie es immer von sich weg führen sollte, um sich nicht zu verletzen. Als der Zweig endlich zurechtgeschnitten war, stellte Hatty fest, dass sie nicht die Kraft hatte, ihn zu biegen und die Schnur zu verknoten. Tom konnte ihr nicht helfen; schließlich ging sie zu Abel.

Bevor Abel die Schnur auf ihren Bogen spannte, musterte er die Schnitzarbeit genau.

»Haben Sie das gemacht, Miss Hatty?«

»Ja, das war ich.«

»Gut, aber wer hat Ihnen das beigebracht?«

»Jemand.«

»Nun, wer immer es war – passen Sie auf, dass er Ihnen nicht beibringt, wie man damit Ärger bekommt.«

»Ärger?«

»Ärger für Sie, Miss Hatty.« Abel sah sie eine ganze Weile an und in seinem Blick lag etwas, das Tom, der sie aus der Ferne beobachtete, nicht verstand. Dann erfüllte Abel Hattys Wunsch und spannte die Schnur auf den Bogen.

Pfeile waren leicht zu basteln, und Hatty wusste tatsächlich, wie es ging. Sie nahmen die geraden, knotenlosen Stecken der alten Haselnusssträucher. Ein Ende stutzten sie zurecht und kerbten es ein, um es auf die Sehne setzen zu können. Als Gewicht für die Spitze nahmen sie ein kurzes Stück Holunderholz. Die Vettern hatten offenbar immer Holunder genommen; man drehte das Ende des Steckens in das Holundermark, bis die Spitze fest saß.

Tom wollte die Pfeile mit Federn besetzen, doch Hatty war zu ungeduldig. Sie wollte die Pfeile so, wie sie waren, und Tom gab nach. Es tat ihm nur Leid, dass er nicht selbst Bogenschießen konnte, und so beschränkte er sich darauf, ihr Ratschläge zu erteilen.

Er wollte, dass Hatty auf Vögel schoss, aber das mochte sie nicht, obwohl – und da hatte er Recht – es nicht die geringste Gefahr gab, dass sie je getroffen würden.

Stattdessen schoss Hatty in die Luft. Sie mochte es, die Pfeile losschnellen zu lassen und dann mit zusammengekniffenen Augenbrauen den dünnen schwarzen Strich vor dem strahlenden Blau des ewigen Sommerhimmels zu verfolgen.

Sie verloren vier Pfeile in den Baumspitzen, weil Hatty ziellos in die Luft schoss. Der fünfte Pfeil krachte durch das Dach des Gewächshauses.

Abel war glücklicherweise der einzige Zeuge dieses Unfalls, und er schien auf ihrer Seite zu sein. Ohne ein Wort zu sagen, holte er einen Besen, um die Glasscherben aufzukehren, eine Leiter, eine neue Glasscheibe und ein wenig Kitt. Als er die Scheibe eingesetzt hatte und von der Leiter stieg, schwebte die Angst, die auf Hatty gelastet hatte, empor wie eine Wolke – Tom konnte das sehen.

»Danke«, sagte sie zu Abel. »Tante wird es nie erfahren.«

»Nein«, meinte Abel. Dann fügte er entschlossen hinzu: »Aber vergessen Sie nicht, was ich Ihnen gesagt habe.« Das war keine Frage und auch keine Maßregel; vielmehr war es eine Warnung, voll düsterer Vorahnung.

»Sie meinen«, sagte Hatty nach kurzer Überlegung, »dass ich Ärger kriegen könnte?«

Abel nickte nur und ging davon.

Als sie sich das nächste Mal Ärger einhandelten – oder vielmehr nur Hatty –, konnte Abel sie vor den Folgen nicht schützen. Es fing damit an, dass sie ängstlich darauf achteten, mit dem Pfeileschießen im Garten ja keinen Schaden mehr anzurichten. Deshalb begann Hatty über die Gartenhecke auf die Wiese auf der anderen Seite zu schießen. Anschließend krochen die beiden durch den Tunnel in der Hecke und holten die Pfeile zurück.

Damit richteten sie keinen Schaden an, denn die Kühe hatten die Wiese schon ganz abgegrast. Die Suche nach den Pfeilen hielt sie eher vom Bogenschießen ab, doch Tom genoss die Ausflüge, ebenso wie Hatty. Und hatten sie die Pfeile einmal gefunden, zog der Fluss, der an der Wiese entlangströmte, Hatty magisch in seinen Bann. Um ans Ufer zu gelangen, bot sie sogar den Gänsen die Stirn.

Die Gänse, die jetzt Junge dabeihatten, kämpften stets ein mutiges Rückzugsgefecht, um die Kleinen zu schützen. Tom und Hatty mochten sie zwar nicht fortscheuchen, doch sie wollten ans Ufer. Schritt für Schritt gingen sie vor – Hatty hielt sich ein wenig hinter Tom; die Gänschen watschelten quakend davon zum Fluss, die beiden Gänse mit ihnen, und den Rückzug sicherte der Gänserich. Unter zornigem Kreischen schlurfte er davon, die Federn an seinem langen Hals gesträubt vor Wut, den Kopf mal auf die eine, mal auf die andere Seite wendend, sodass er die Feinde im Rücken immer im Auge behielt. Hin und wieder drehte er sich um und plusterte sich auf, um sie abzuschrecken, dann senkte er plötzlich den Kopf und reckte den Hals, sodass er fast den Boden berührte, und begann Tom zischend wie eine Schlange anzugreifen. Immer rannte er auf Tom los, denn inzwischen war Hatty weit hinter Tom zurückgeblieben und so gut wie möglich durch seine Gestalt verdeckt. Der Gänserich bremste seinen Sturmlauf kurz vor Tom ab. Im letzten Moment machte er kehrt und zog watschelnd von dannen, schloss zu den Gänsen mit den Jungen auf und folgte ihnen, wachsam wie zuvor.

So kamen sie allmählich voran, und endlich gelangte die schnatternde Schar zum Fluss und ließ sich hineinplumpsen. Sie paddelten im Wasser umher, die Alten unter empörtem Gekreische, während die Kleinen bald die Gefahr vergaßen, in der sie vermeintlich gewesen waren. Tom und Hatty setzten sich ans Ufer oder wanderten am Fluss entlang.

Hatty mochte den Fluss gern, doch Tom war nicht sonderlich beeindruckt. Er hatte andere, größere Flüsse gesehen; Hatty nicht.

»Der ist nicht groß für einen Fluss«, sagte er. »Er kommt mir nicht besonders tief vor und es wächst auch noch Schilfgras drin.«

Doch Hatty, die flussabwärts spähte, erwiderte: »Du solltest ihn weiter unten sehen.«

»Hast du?«, fragte Tom.

»Nein, aber ich hab davon gehört. Die Jungen baden nur ein wenig weiter unten, wo es Tümpel gibt; und sie angeln dort auch. Flussabwärts wird er größer. Er fließt nach Castleford und dann nach Ely und dann weiter und weiter bis ins Meer. So sagen sie.«

»Alle Flüsse fließen ins Meer«, sagte Tom. Doch Hatty interessierte eben dieser eine Fluss – der einzige, den sie kannte. Sehnsüchtig spähte sie stromabwärts, als würde sie das Wasser beneiden, weil es ewig auf Reisen war.

»Und manchmal, Tom, ist der Fluss sogar hier groß. Manchmal, im Winter und im Frühjahr, gibt es Fluten und dann steigt das Wasser hoch an den Uferrand und tritt über und überflutet diese Wiese.«

»Hatty«, sagte Tom verwundert, »wenn du diesen Fluss so magst, warum gehst du dann nicht baden, dort, wo die andern sind? Oder warum paddelst oder watest du nicht dorthin? Oder du besorgst dir ein Boot und fährst selber flussabwärts und erkundest, wo der Fluss hinfließt.«

Hatty sah Tom verdutzt an und sagte, eigentlich dürfe sie gar nicht auf die Wiese, gerade weil der Fluss hier entlangfließe. Die Tante sagte, sie mache sich dann die Kleider schmutzig oder nass oder – am schlimmsten für alle – sie würde es vielleicht sogar schaffen zu ertrinken.

Wenn sie derart an ihre Tante erinnert wurde, sprang Hatty plötzlich angsterfüllt auf und sagte, sie müsse zurück in den Garten. Und nichts, was Tom erwidern mochte, konnte sie davon abhalten. Schnellen Schrittes ging sie zurück über die Wiese zur Lücke in der Hecke. Tom folgte ihr. Wenn die beiden das Ufer verließen, kamen die Gänse mit ihren Jungen wieder an Land und kletterten den Uferhang empor. Die drei Alten, und besonders der Gänserich, behielten Tom und Hatty scharf im Auge. Jedes Mal standen sie da und beobachteten, wie die beiden im geheimen Tunnel durch die Hecke verschwanden.

Die Gänse konnten eigentlich nichts für das, was dann geschah. Nein, wenn überhaupt, dann lag es am Pfeileschießen. Die Gänse gebrauchten einfach ihre Perlaugen und sahen, auf welchem Weg Tom und Hatty mit dem Pfeil, den sie geholt hatten, zurückkehrten. Und dann, einige Zeit später, machten sie sich selbst auf diesen Weg. Gewiss hatten sie ihre Gründe: Neugier und Heißhunger – Heißhunger auf den Küchengarten, keine Arglist.

Die Gänse

Die Gänse mussten ihren Marsch durch die Hecke in den Garten bald nach Sonnenaufgang begonnen haben, denn eines Morgens, als der Tau noch schwer auf dem Gras des Rasens lag, waren sie da. Tom hatte sich wie üblich um Mitternacht aus der Wohnung geschlichen, hatte die Hintertür geöffnet und den Garten am frühen Morgen vorgefunden. Das hatte ihn nicht überrascht, der Anblick der Gänse freilich schon.

Die beiden Gänse und der Gänserich reckten wie üblich die Hälse und starrten ihn an, doch die Jungen achteten nicht auf ihn. Sie watschelten ziellos über den Rasen und eines steckte den Kopf ins Gras, um Tau zu trinken. Ein paar gebogene weiße Brustfedern lagen auf dem Rasen verstreut wie kleine Boote; und – viel schlimmer – ein oder zwei dunkelgrüne Gänsehäufchen waren zu sehen.

»Was werden sie sagen?«, dachte Tom und meinte damit Abel und Hubert und James und Edgar und Susan, das Hausmädchen, und die strenge Frau, die wohl Hattys Tante sein musste – alle Hausbewohner, die er kannte. Hatty schloss er nicht ein, denn er wusste, dass sie zum Teil dazu beigetragen hatte – sie und ihr Geheimgang durch die Hecke. Natürlich hatte auch Tom Schuld. Das gestand er sich freimütig ein und hätte es ebenso jedem eingestanden, der seine Stimme hätte hören können.

Bald stießen die anderen dazu. Als Erster kam Abel einen der Wege zum Rasen entlang. Er blieb wie angewurzelt stehen, riss Augen und Mund auf, sagte jedoch kein Wort.

Dann wurde eines der Schlafzimmerfenster geöffnet und Tom hörte eine gebieterische Stimme, die Hattys Tante gehören musste. Sie rief Abel und fragte, was die Gänse da zu suchen hätten – auch wenn es in diesem Moment ganz offenkundig war – und was *er* jetzt unternehmen würde und wie sie überhaupt hereingekommen seien und vor allem – Tom wurde mulmig – wer daran schuld sei.

Abel begann die Fragen der Reihe nach zu beantworten, wenigstens die ersten beiden, doch er kam nicht weit, denn die Tante ließ das Fenster zuknallen. Oben im Haus gab es ein Durcheinander von Stimmen und Schritten, die schließlich die Treppe herunterkamen. Es hörte sich an, als würde der ganze Haushalt auf dem Weg sein. Tom ging hinter einem Baum in Deckung. In einer solchen Lage überwältigte der Drang, sich zu verstecken, all seine Gewissheit, dass ihn niemand sehen könne. Selbst als er nur einen Augenblick durch Abels Blickfeld huschte, war ihm unwohl.

Bald darauf kamen sie alle aus dem Haus geeilt und stellten sich auf die Treppe zum Garten, Hubert, James und Edgar vornean. Auch Hatty war dabei, angezogen von der Aufregung, doch ohne zu erkennen, dass sie selbst damit zu tun hatte. Die Brüder warteten ungeduldig darauf, etwas unternehmen zu können.

»Scheucht sie nicht auf«, rief ihnen Abel von der anderen Seite des Rasens aus zu. »Wir treiben sie raus in den Obstgarten, wo sie keinen Schaden anrichten können, und von da aus krieg ich sie wieder rüber auf die alte Wiese.«

Nun war auch Pincher, der Hund, zur Stelle, als Letzter von allen. Er drängelte sich durch die Beine der Gruppe auf der Treppe und stellte sich vor ihnen auf.

»Nehmt den Hund weg«, rief Abel. Unterdessen schritt er langsam auf die Gänse zu. Die drei Jungen kamen von der anderen Seite und gemeinsam trieben sie die Schar hinüber zur Obstgartentür. Keiner beachtete Abels Warnung wegen des Hundes; und noch blieb Pincher abwartend auf der Türschwelle sitzen. Tom jedoch konnte erkennen, dass er vor Erregung zu zittern begonnen hatte. Er würde sich nicht mehr lange zurückhalten.

Die Gänse ließen sich davontreiben, unablässig die gereckten Hälse wendend, die Kleinen an der Spitze. Misstrauisch und nervös schnatterten sie, am Rande der Panik. Plötzlich raste Pincher bellend los … und trieb sie über diesen Rand hinaus, und jetzt brach eine Art Gänsehölle los. Auf einmal schienen es nicht mehr zwei Gänse und ein Gänserich zu sein, sondern ein Dutzend, die das Geschrei von Hunderten machten. Weit ausgestreckte weiße und graue Flügel schienen den ganzen Rasen zu bedecken und flirrten durch die Luft. Gänse, Gänserich und Gänschen rannten ziellos umher, voll Zorn oder Angst, und trampelten über Blumenbeete, über ihre eigenen Häufchen und übereinander – Tom sah, wie sich der Gänserich zur Verteidigung seiner Jungen aufrichtete und mit seinem riesigen flachen Fuß auf den Rücken eines der Kleinen tapste. Glücklicherweise ist ein großer Schwimmfuß bei weitem nicht so gefährlich wie ein Stiefel, und das Gänschen sah danach kaum flacher aus – aber doch etwas zerzauster.

Am Ende nahmen nur die Blumenbeete und der Rasen Schaden – allerdings recht beträchtlichen. Selbst der Hund war so klug gewesen, mit eingezogenem Schwanz durch den Sturm der schnappenden Schnäbel und an der Gartenmauer entlang zurück ins Haus zu laufen. Auch Abel und die Jungen zogen sich ein wenig zurück: Ein zur Raserei getriebener Gänserich, die Gattinnen an seiner Seite und die Kleinen hinter ihm oder gar unter ihm – das ist ein einschüchternder Anblick.

Also warteten sie, bis das Gekreische sich ein wenig gelegt hatte, dann – diesmal noch vorsichtiger – begannen sie wieder mit dem Gänsetreiben. Hatty rannte voraus und öffnete die Tür zum Obstgarten.

Tom blieb in seinem Versteck. Es gab jetzt nichts mehr zu sehen, außer dem wüst mitgenommenen Rasen und dem einzigen Menschen, der auf der Türschwelle stehen geblieben war: Hattys Tante. Tom wusste schon, dass sie streng aussah; aber jetzt mochte er ihren Gesichtsausdruck noch weniger.

Tom und Hattys Tante konnten dort, wo sie standen, hören, was geschah. Die Gänsetreiber erreichten die Obstgartentür und offenbar konnten sie die Gänse wohlbehalten hindurchscheuchen, denn einer der Jungen stieß einen Siegesschrei aus und dann fiel eine Tür ins Schloss.

Tom wartete darauf, dass sie zum Haus zurückkehrten, doch das taten sie nicht. Schnell wurde ihm klar, dass sie zur Wiesenseite des Gartens hinübergingen, um herauszufinden, wie die Gänse überhaupt hereingekommen waren. Währenddessen waren gelegentliche Klagerufe von Abel zu hören. Ein wenig später hörte er ihre Stimmen entlang der Wiesenhecke. Dann, endlich, erschienen sie wieder auf dem Rasen.

Hatty war nicht bei ihnen. Tom vermutete, dass sie sich nun, da sie ihren Teil der Schuld kannte, versteckt hatte.

Während die anderen über den Rasen kamen, stimmte Abel ein tiefes, lautes Klagelied an: von zerfledderten Salatköpfen und anderen Plünderungen, von zertrampelten und abgeknickten Setzlingen, von Gänsehäufchen, wo sie am unpassendsten waren. Und dann, als Antwort auf eine scharfe Frage seiner Herrin, berichtete er von der Lücke und von dem Tunnel in der Hecke, durch den die Gänse gekommen sein mussten.

»Wie sie sich diesen Weg bahnen konnten, ahnungslos, wie sie sind, das weiß der Himmel; außer der Teufel selbst hat es ihnen gezeigt«, sagte Abel niedergeschlagen und verwundert zugleich.

»Das waren nicht die Gänse«, sagte Edgar plötzlich. »Sondern Hatty.« Es war nur eine Vermutung, da war sich Tom sicher, doch sofort leuchtete allen ein, dass es stimmen konnte.

Abel hatte mitten im Satz abgebrochen, als ob er sich die Sache noch einmal überlegen wollte. Auch die anderen blieben stumm – so stumm, dass sogar Tom hinter seinem Baum Hattys Tante atmen hörte: schwer und rasselnd.

»Harriet!«, rief sie, so laut und barsch, dass es gar nicht wie die Stimme einer Frau klang.

Hatty kam aus ihrem Versteck und ging über den Rasen auf die Tante zu, nicht schnell, nicht langsam. Ihr Gesicht war weiß, sodass ihre Augen und ihr Haar noch schwärzer schienen als sonst. So weiß war ihr Gesicht, erinnerte sich Tom später, dass selbst die Farbe aus ihren Lippen entwichen war.

Hatty trat vor die Tante. Sie fragte nicht, ob Hatty die Lücke und den Tunnel gebahnt hatte und warum; sie stellte keine der Fragen, die Tom erwartet hatte; sie stellte überhaupt keine Fragen. Sie sagte: »Du bist schuld.«

Hatty antwortete nicht. Tom kam es vor, als könne sie überhaupt nicht sprechen. All die Menschen, die Hatty mit ihrer Einbildungskraft in diesen Garten geholt hatte – biblische Helden und Elfen und Menschen aus Legenden und Erzählungen und ihrer eigenen Phantasie –, all ihre Freunde verließen sie jetzt. Selbst Tom konnte nicht für sie sprechen oder auch nur einen Finger für sie rühren.

Er wandte den Bick ab, denn er erwartete, dass Hattys Tante sie schlagen würde; doch das tat sie nicht. Stattdessen begann sie zu sprechen: Sie nannte Hatty ein Fürsorgekind, eine undankbare Arme, die sie in ihr Heim aufgenommen habe aus Pflichtgefühl gegenüber ihrem verstorbenen Mann, dessen Nichte Hatty sei. Nur die Forderungen der Blutsverwandtschaft hätten sie veranlasst, dieses unangebrachte Mitleid mit Hatty zu haben; sie hätte erwartet, dass Hatty dankbar wäre und pflichtbewusst und gehorsam. Doch sei sie nichts davon, sondern eine Last und eine Schande für die Tante und ihre Vettern – eine Lügnerin, eine Verbrecherin, ein Monster.

»Oh!«, flüsterte Tom wütend. »Warum holen dann ihre Eltern Hatty nicht fort – weg von hier?« Er glaubte nicht mehr – schon lange nicht mehr –, dass Hattys Eltern König und Königin waren. Doch gewiss würden selbst die ärmsten, einfachsten Leute ihr Kind aus dieser Lage retten. Seine Mutter würde es tun; sein Vater würde es tun – in aller Eile und bebend vor Entrüstung.

»Weiß Hattys Mutter nichts davon? Warum kommt Hattys Vater nicht?« Er kauerte sich zusammen und vergrub das Gesicht in den Händen und heulte, weil er so machtlos war.

Er hörte die grausame Stimme weiter und weiter sprechen, und dann, endlich, verstummte sie; Stille trat ein. Nach einer Weile erhob er sich widerwillig und sah hinüber zum Haus. Ob alle, mitsamt Hatty, in dieser Stille ihrer Wege gegangen waren oder ob sie buchstäblich verschwunden waren – das konnte er nicht sagen.

Tom verließ seinen Platz hinter dem Baum und ging hinunter ans andere Ende des Gartens und kletterte dort über die niedrige Mauer. Er wanderte zwischen den Bäumen auf der anderen Seite umher und setzte sich schließlich an einen Baumstamm. Erschöpft, wie er war, schlief er ein.

Als er erwachte und sich umsah, schien etwas anders geworden zu sein – die Zeit, meinte er. Doch die Sonnenstrahlen drangen immer noch von Osten durch die Blätter der Bäume. Noch immer war es Morgen.

Er kletterte über die Mauer zurück in den Garten und begann nach Hatty oder Abel zu suchen, nach irgendjemandem außer der schrecklichen Frau. Als er um die Ecke in den Sonnenuhrweg einbog, sah er an dessen Ende eine sehr kleine Gestalt, ganz in Schwarz: ein kleines Mädchen, halb so groß wie Hatty, in einem schwarzen Kleid, schwarzen Strümpfen und schwarzen Schuhen. Selbst ihr Haar war schwarz und mit einem schwarzen Band zurückgebunden. Es hatte sich gelockert und das Haar fiel ihr übers Gesicht, das sie mit den Händen bedeckt hatte, und in diese Hände hinein schluchzte sie.

Noch nie hatte Tom solchen Schmerz miterlebt. Schon wollte er sich auf Zehenspitzen davonmachen, doch etwas an der Einsamkeit und der Hilflosigkeit des Kindes hielt ihn zurück. Gerade an diesem Morgen konnte er aus irgendeinem Grund nicht so tun, als ob es ihn nichts anginge. Er trat auf die Kleine zu und – es schien dumm, denn im ganzen Garten hatte niemand außer Hatty je seine Stimme gehört – sprach zu ihr: »Nicht weinen«, sagte er.

Zu seiner Überraschung hörte sie ihn tatsächlich. Sie wandte ein klein wenig den Kopf, wie Trost suchend; doch sie hörte nicht auf zu weinen und nahm auch nicht die Hände vom Gesicht.

»Warum weinst du?«, fragte Tom sanft.

»Wegen zu Hause!«, schluchzte sie. »Wegen Mama – und Papa!«

Dann begriff Tom, was die schwarzen Sachen, die sie trug, zu bedeuten hatten, und auch ihr untröstliches, haltloses Weinen. Und da war noch etwas – etwas fast Unglaubliches, und er hatte das Gefühl, er sei nahe daran, es zu verstehen; etwas Vertrautes in ihrer Stimme und in ihrer Art zu sprechen, etwas an ihrem *Wesen* ...

»Nicht weinen«, sagte er noch einmal, hilflos.

»Ach, Vetter!«, schluchzte sie.

Da begriff Tom. Sie hielt ihn für einen ihrer Vettern – für Hubert oder James oder Edgar. Dieses Mädchen war Hatty, die Hatty, die er schon kannte, und doch eine ganz andere Hatty, weil sie – ja, das war es – *jünger* war: eine sehr junge, einsame kleine Hatty, deren Vater und Mutter gerade gestorben waren und die deshalb kein Zuhause mehr hatte – eine arme, mittellose Waise Hatty, die nur widerwillig in dieses Haus und diese Familie aufgenommen worden war, von einer Tante, deren Liebe nicht weiter reichte als bis zu ihren eigenen drei Söhnen und deren Wohltätigkeit so kalt war wie ihr Herz.

Es war jetzt nicht die richtige Zeit, Hatty zu verblüffen, indem er ihr zeigte, dass er nicht einer ihrer Vettern war; und trösten konnte er sie auch nicht. Tom verstummte und machte sich auf Zehenspitzen davon.

Diese kleine Hatty sah er nie mehr wieder. Er sah die andere, ältere Hatty, wie immer, bei seinem nächsten Gang in den Garten. Doch niemals mehr fragte er sie nach ihren Eltern aus. Als Hatty sich eines Tages wieder auf ihren Stolz besann und erneut ihre sehnsuchtsvolle Geschichte spielte, sie sei eine verbannte Prinzessin und eine Gefangene, widersprach er ihr nicht.

Der verstorbene Mr Bartholomew

In der Wohnung der Kitsons war es der Zeit nicht erlaubt, so launenhaft und verwirrend hin und her zu hüpfen wie im Garten – mal vorwärts bis zum Fall des Baumes, dann wieder rückwärts in die Zeit, als er noch gestanden hatte; dann noch weiter zurück, bis zur Ankunft eines kleinen Mädchens; und schließlich wieder vorwärts. Nein, in der Wohnung schritt die Zeit stetig voran, so wie sie eigentlich sollte: von Minute zu Minute, von Stunde zu Stunde, von Tag zu Tag.

Der Tag, an dem Tom nach Hause gehen sollte, war bereits gekommen und wieder vergangen; doch immer noch war er bei Onkel und Tante. Das hatte er selbst erreicht. Noch am Tag vor seiner geplanten Abreise hatte er sich ein Herz gefasst, sich geräuspert und gesagt: »Mir wäre es am liebsten, wenn ich morgen nicht nach Hause gehen müsste.«

Onkel Alan hatte Zeitung gelesen; raschelnd waren die Blätter auf seine Knie gefallen, als ob ihn die Kraft seiner Hände verlassen hätte. Seine Augen hatten sich vom Gedruckten abgewandt und ihre Schärfe auf Tom eingestellt. »Wie bitte?«

»Ich würde morgen lieber nicht nach Hause gehen«, sagte

Tom. Mehr zu sagen traute er sich nicht, doch er sprach laut und deutlich. Tante Gwen stieß vor Überraschung einen Freudenschrei aus.

»Würdest du gern hier bleiben?«

»Ja.«

»Noch sieben Tage? Eine Woche?«

»Oder länger«, sagte Tom.

»Wir schicken sofort ein Telegramm«, sagte Tante Gwen und rannte hinaus.

Tom und der Onkel waren jetzt allein. Alan Kitson musterte Tom mit unverhohlener Neugier. »Warum willst du hier bleiben?«

»Wenn ihr was dagegen habt, dann nicht«, sagte Tom stolz, doch bei dieser Vorstellung wurde ihm mulmig.

»Nein ... Nein ...« Noch immer beobachtete ihn Onkel Alan. »Aber ich frage mich, warum ... Was gibt es hier, das einen Jungen interessieren könnte – mit dem er sich gar die Zeit vertreiben könnte?«

»Mir gefällt's einfach hier«, murmelte Tom.

Tante Gwen kam zurück; sie hatte Toms Eltern ein Telegramm geschickt. Ihr Gesicht war vom Laufen gerötet; sie sprach schnell und atemlos: »Wir könnten in die Stadt gehen und Ausflüge machen – jetzt, wo du nicht mehr unter Quarantäne stehst und bei uns bleibst, können wir so viel unternehmen. Du musst jetzt nicht mehr eingesperrt sein und dich langweilen, Tom.«

»Danke«, sagte Tom, doch ohne Begeisterung. Er hätte es viel lieber gehabt, wenn sie ihn wie gewohnt der Langeweile im Haus überlassen hätten. Sein wahres und spannendes Leben verbrachte er nachts, wenn er in den Garten ging; tagsüber wollte er nur seine Ruhe haben – in die Vergangenheit und in die Zukunft denken, immer mit dem Bild des Gartens vor Augen, und Peter davon berichten. Er wollte nicht schlafen, dennoch war der Tag in der Wohnung wie eine Zeit des Schlafes für ihn. Er brauchte diese Ruhe.

Tante Gwen unternahm mit ihm ein paar Ausflüge nach Castleford, in die Läden, ins Museum und ins Kino. Tom ertrug sie geduldig. Das Kino mochte er am liebsten, denn dort war es dunkel und er konnte mit geschlossenen Augen dasitzen und seinen Gedanken nachhängen.

Gegen Ende von Toms verlängertem Aufenthalt wurde das Wetter schlechter. Aber Tante Gwen beharrte auf Vergnügungen und Ausflügen, nun mit Regenjacke und Schirm. Nach einem dieser Kinobesuche mussten die beiden lange auf den Bus warten, und Tom stand die ganze Zeit über in einer Pfütze. Es war seine Tante, der es auffiel, aber das auch erst, als der Bus schon kam: »Tom, du stehst ja in einer Pfütze – in einer ganz tiefen dazu!« Er war überrascht: Mit dem Kopf war er in den Wolken gewesen – in den weißen Wolken, die sich über einem ewig sommerlichen Garten auftürmten – und auf seine Füße hatte er gar nicht geachtet. Nun, da er sie spürte, fühlten sie sich ziemlich feucht und kalt an.

»Hoffentlich hast du dir keine Erkältung eingefangen«, sagte die Tante besorgt.

Als Antwort kam ein Niesen.

Die Tante eilte mit ihm nach Hause, kochte ihm Tee und ließ ein heißes Bad einlaufen. Doch wenn eine Erkältung ihr Opfer einmal in der Hand hat, lockert sie ihren Griff selten vor der üblichen Zeit. So hatte Tom nun eine ernste Erkältung, die ihn mehrere Tage im Bett hielt und noch einige Tage länger im Haus. Die Genesung schritt nicht gerade in Windeseile voran. Fröhlich schrieb Gwen Kitson an ihre Schwester, Tom werde noch einige Zeit nicht reisen können, und Tom schrieb an Peter: »Das ist ein toller Glücksfall – fast so gut wie die Masern.«

Wie üblich konnte er sich jede Nacht die Treppe hinunter und in den Garten schleichen. Dort verließ ihn jedes Mal die fiebrige Hitze der Erkältung, als ob allein das Grün der Bäume und der Pflanzen und des Grases sein Blut abkühlte. Er spielte mit Hatty.

Tagsüber lag er zwischen seinen Kissen, absichtlich träge. Onkel Alan, den ein krankes Kind rührte, bot an, ihm Schach beizubringen. Doch Tom sagte, er fühle sich dafür nicht klar genug im Kopf. Er wollte nicht reden; und er verhehlte seiner Tante nicht, dass er einfach nicht fit genug war, um Schulmädchenabenteuer vorgelesen zu bekommen.

Zu Beginn der Krankheit hatte Tom sich wirklich ein wenig schwindlig im Kopf gefühlt, und auch die Augenlider verklebten recht schnell. Aber es machte ihm nichts aus, sie geschlossen zu halten. Dann konnte er in seiner Phantasie den Garten sehen und sich ausmalen, was Hatty dort wohl trieb.

Die Tante schlich des öfteren auf Zehenspitzen herein und sah ihn mit zweifelndem Blick an. Sie probierte, ob er durch das Flüstern seines Namens aufzuwecken war. Die Stimme der Tante rief Tom zurück, ohne dass er sofort begriff, wohin zurück. Die Augenlider öffneten sich und er sah das Schlafzimmer, doch seine Augen druckten die schattenhafte Erscheinung Hattys auf das vergitterte Fenster und den Schrank und ließen sie zwischen ihm und der Gestalt seiner Tante am Fuß des Bettes auftauchen.

Hattys Bild spukte zu dieser Zeit häufig im Zimmer umher auf der Suche nach Tom; und vielleicht begann er deshalb zunächst flüchtig, dann ernsthaft zu überlegen, ob sie nicht selbst – auf ungewöhnliche Weise – ein Geist war. Es gab niemanden, der ihre Geschichte kannte und sie Tom erzählen konnte, und deshalb versuchte er, sich diese Geschichte selbst auszumalen: Hatty hatte hier gelebt, vor langer, langer Zeit – in diesem Haus mit dem Garten, den er kannte; hier hatte sie gelebt, hier war sie gestorben …

Unten im Flur erklangen die Schläge von Mrs Bartholomews Standuhr, die Geheimnisse kannte, sie aber nicht verraten wollte. Tom lauschte und hielt jäh den Atem an: Mrs Bartholomew natürlich! Wer, wenn nicht sie, könnte etwas über die Geschichte dieses Hauses wissen? Oder vielmehr, es musste einen Mr Bartholomew gegeben haben, dessen Familie über Generationen im Besitz dieses Hauses gewesen war, und Mr Bartholomew musste alles darüber gewusst haben. Gewiss hatte er seiner Frau die Geschichte des Hauses erzählt, und sie würde sich noch daran erinnern.

Tom beschloss, Mrs Bartholomew zu besuchen, sobald es ihm besser ging. Sicher, sie war eine ungesellige alte Frau, vor der sich die Leute fürchteten; doch das sollte Tom nicht an seinem Vorhaben hindern. Unerschrocken würde er an ihrer Wohnungstür läuten; sie würde die Tür nur einen Spalt breit öffnen und mürrisch herausspähen. Dann würde sie ihn sehen und bei seinem Anblick würde ihr Herz schmelzen (Tom hatte von solchen Geschehnissen in den etwas veralteten Kinderbüchern gelesen; nie zuvor hatte er geglaubt, dass so etwas passieren könnte, doch nun sollte es ihm recht sein). Mrs Bartholomew, die Kinder nicht mochte, würde Tom, sobald sie ihn sah, in ihr Herz schließen. Sie würde ihn auf der Stelle in ihre Wohnung ziehen; und später, an einem Teetisch voller Leckereien allein für ihn, würde sie Tom die Geschichten aus alter Zeit erzählen. Tom würde hin und wieder eine Frage stellen und sie würde alle beantworten. »Ein kleines Mädchen namens Harriet oder Hatty?«, würde sie erinnerungsselig sagen. »Ja, natürlich, mein verstorbener Mann hat mir von einem solchen Kind erzählt – oh, das war vor langer Zeit! Ein Einzelkind war sie und eine Waise. Als ihre Eltern starben, nahm ihre Tante sie in dieses Haus auf. Die Tante war eine unangenehme Frau …«

So nahm die Geschichte in Toms Gedanken ihren Lauf. Sie verwirrte sich und stockte, wo Tom selbst die Tatsachen noch nicht kannte; doch schließlich würde er nur warten müssen, bis er Mrs Bartholomew besuchen konnte, um es aus ihrem Mund zu hören. Vielleicht würde sie ihre Geschichte mit gedämpfter Stimme beenden: »Und seither, Tom, heißt es, dass sie und ihr Garten und all die andern in diesem Haus umherspuken. Es heißt, wer Glück hat, kann hinuntergehen, wenn die Uhr Mitternacht schlägt, und die einstige Gartentür öffnen und den Geist des Gartens und des kleinen Mädchens sehen.«

Tom beschäftigte sich in Gedanken unablässig mit dieser Geschichte. Die Erkältung hatte er fast auskuriert und Onkel und Tante bestanden nun darauf, sich an sein Bett zu setzen und ihm Gesellschaft zu leisten. Eines Tages, eigentlich nur vor sich hin murmelnd, sagte Tom: »Als Mr Bartholomew noch in diesem Haus gelebt hat – «

»Aber ich glaube nicht, dass Mr Bartholomew jemals hier gelebt hat«, sagte Tante Gwen. »Was meinst du, Alan?«

Onkel Alan antwortete zunächst nicht, er steckte tief in einem Schachproblem, mit dem er Toms Interesse nicht hatte wecken können.

»Aber Tante Gwen«, widersprach Tom, »das war das Haus seiner Familie. Wie konnte er denn sonst die Geschichte dieses Hauses kennen und auch die Geistergeschichten? Wie hätte er sie denn sonst Mrs Bartholomew erzählen können?«

»Hör mal, Tom – «, sagte die Tante verwundert.

»Mr Bartholomew, wer immer er war, hat nie in diesem Haus gelebt«, sagte Onkel Alan jetzt entschieden. »Mrs Bartholomew war Witwe, als sie hierher zog, und das ist übrigens nicht allzu viele Jahre her.«

»Aber was ist mit der Uhr?«

»Welcher Uhr?«

»Der Standuhr im Flur. Ihr habt gesagt, sie gehöre Mrs Bartholomew; aber diese Uhr war immer in diesem Haus. Sie war schon vor langer, langer Zeit hier – als dieses Haus noch einen Garten hatte.«

»Nun, wie kommst du darauf, Tom?«, fragte Onkel Alan. Er sprach weniger scharf als sonst, weil er davon überzeugt war, der Junge müsse Fieber haben. Tom suchte noch nach einer Erklärung, mit der er sein Geheimnis nicht verraten würde, als die Tante ihm unerwartet zu Hilfe kam. »Weißt du, Alan, die Uhr ist sicher schon seit langem hier, weil die Schrauben an der Rückseite in der Wand eingerostet sind.«

»Nun ja, Tom, das mag es etwas erklären«, sagte Onkel Alan. Er tätschelte Toms Hand, um ihn zu trösten. »Die Uhr mag schon lange Zeit hier sein, wie du sagst, und in dieser Zeit sind die Schrauben eingerostet. Danach konnte man die Uhr nicht mehr entfernen, ohne Gefahr zu laufen, sie zu beschädigen. Als die alte Mrs Bartholomew hierher kam, musste sie mit dem Haus auch die Uhr kaufen. Siehst du, Tom? Es ist alles ganz einfach, wenn du der Sache auf den Grund gehst.«

Von da an setzte Tom keine Hoffnungen mehr auf Mrs Bartholomew.

Dass Hatty vielleicht ein Geist sein könnte, blieb jedoch in seinen Gedanken haften – ganz hinten in seinem Kopf. Es war ihm nicht einmal richtig klar, dass er diese Vorstellung noch hegte, bis sie eines Tages im Garten zum Anlass eines Streits mit Hatty wurde. Es war ihr einziger richtiger Streit.

Sie waren gerade dabei, mit dem Bau ihres Baumhauses in den Stufen von St. Paul zu beginnen. Wie üblich gab Tom die Anweisungen, während Hatty die Arbeit machte und Äste zusammenzog und verflocht, um Wände zu bauen. Der Boden – aus alten Brettern, die Hatty im Gartenschuppen gefunden hatte – war schon fertig.

Während der Arbeit sang Hatty Volkslieder und Balladen. Gerade sang sie das Ende der Ballade von der Süßen Molly Malone:

»Ihr Geist schiebt die Karre
Durch Gassen fern und nahe,
›Muscheln und Krebse‹, singt sie,
›Lebendig – lebendig – und wie!‹«

Und sie summte und murmelte den Refrain immer wieder vor sich hin: »Lebendig – lebendig – und wie!«

Plötzlich sagte Tom – es sprudelte aus ihm heraus, bevor er sich besinnen konnte: »Wie ist das eigentlich – ich meine, wie ist das, tot zu sein und ein Geist zu sein?«

Hatty hörte sofort auf zu singen, warf ihm über die Schulter einen verschmitzten Blick zu und lachte. Tom wiederholte seine Frage: »Wie ist es, ein Geist zu sein?«

»Wie das ist?«, sagte Hatty. Sie drehte sich jetzt ganz zu ihm um, legte die Hände auf seine Knie und sah ihm ins Gesicht: »Ja, erzähl es mir, Tom!«

Einen Moment lang begriff Tom nicht, was sie meinte; dann sprang er auf und rief: »Ich bin kein Geist!«

»Stell dich nicht so an, Tom«, sagte Hatty. »Du vergisst, dass ich gesehen habe, wie du mir nichts, dir nichts durch die geschlossene Tür zum Obstgarten gegangen bist.«

»Das beweist, was ich sage!«, sagte Tom. »Ich bin kein Geist, aber die Gartentür ist einer und deshalb konnte ich durchgehen. Die Tür ist ein Geist, der Garten ist ein Geist und du auch!«

»Nein, bin ich nicht, du bist ein Geist!«

Sie starrten sich jetzt mit zornerfüllten Augen an. Hatty zitterte. »Du bist doch ein dummer kleiner Junge!«, sagte sie (und widerwillig dachte Tom, dass sie in letzter Zeit offenbar viel zu erwachsen geworden war). »Und du gibst ein dummes kleines Gespenst ab. Was für Kleider du überhaupt trägst! Keiner von meinen Vettern hat hier im Garten jemals in solchen Kleidern gespielt. Solche Sachen für draußen können nicht in unsere Zeit gehören, das *weiß* ich! Was für Klamotten!«

»Das ist mein Schlafanzug«, sagte Tom entrüstet, »mein bester Schlafanzug für Besuche! Ich schlafe darin. Und das ist mein Pantoffel.« Den anderen Pantoffel hatte er wie immer oben unter die Wohnungstür geklemmt.

»Und so läufst du rum, tagsüber, in deinem Schlafanzug?«, lachte Hatty verächtlich. »Und heutzutage ist es auch Mode, nicht wahr, nur einen Pantoffel zu tragen? Wirklich, du musst dumm sein, wenn du solche Ausreden erfindest! Du hast merkwürdige Sachen an, die heutzutage keiner trägt, eben weil du ein Geist bist. Außerdem bin ich der einzige Mensch im Garten, der dich sehen kann! Ich kann nämlich Geister sehen.«

Hatty, dachte Tom, würde ihm die wahre Erklärung für seine Kleidung nie abnehmen, und ihm fiel ein knapperes Widerwort ein: »Weißt du, dass ich meine Hand durch dich hindurchstrecken könnte – jetzt –, als ob du gar nicht da wärst?«

Hatty lachte.

»Ich könnte es – ich könnte!«, rief Tom.

Sie zeigte mit dem Finger auf ihn: »Du bist ein Geist.«

In einer Anwallung von Zorn versetzte ihr Tom einen Schlag auf das ausgestreckte Handgelenk. Viel Willenskraft und viel Muskelkraft steckten in diesem Schlag, und seine Hand ging einfach hindurch – wenn auch nicht gerade wie durch bloße Luft, denn Tom spürte etwas und Hatty zog die Hand zurück und rieb sie mit der anderen. Sie sah aus, als würde sie gleich in Tränen ausbrechen, doch das konnte nicht wegen des Schmerzes sein, denn die Empfindung war nicht stark genug gewesen. Hatty, die sich jetzt wild verteidigte, stachelte Tom noch weiter auf: »Deine Hand ist nicht durch mein Handgelenk gegangen; mein Handgelenk ist durch deine Hand gegangen! Du bist ein Gespenst mit einer grausamen Gespensterhand!«

»Hörst du mich?«, rief Tom. »Du bist ein Gespenst und ich habe es bewiesen! Du bist mausetot und ein Gespenst!«

Daraufhin trat Stille ein. Er hörte den stotternden Ruf eines Kuckucks im Wald jenseits des Gartens; und dann begann Hatty leise zu weinen. »Ich bin nicht tot – oh, bitte, Tom, ich bin nicht tot!« Nun, da sie aufgehört hatten sich zu streiten, war sich Tom der Wahrheit doch nicht mehr ganz sicher; er wusste nur, dass Hatty so heftig weinte wie noch nie, seit er sie als ganz kleines Mädchen gesehen hatte, in schwarzer Trauerkleidung den Sonnenuhrweg entlanggehend und schrecklich weinend – weinend, weil der Tod so früh gekommen war.

Er legte den Arm um sie: »Schon gut, Hatty! Du bist kein Gespenst, ich nehm alles zurück – alles. Wenn du nur nicht mehr weinst!«

Er tröstete sie; und endlich war sie bereit, ihre Tränen zu trocknen. Sie fing wieder an, die Äste zusammenzubinden, dabei nur hin und wieder schniefend. Tom kam nie mehr auf dieses Thema zurück, das sie so heftig aufwühlte. Doch er glaubte es sich schuldig zu sein, wenn er ein wenig später sagte: »Aber hör mal, ich bin auch kein Gespenst!« Dies, so war aus ihrem Schweigen zu schließen, gestattete ihm Hatty.

Forschungen

Und dennoch. Zwar hatte Tom Hatty beruhigt, doch er erwog weiterhin den Gedanken, dass sie ein Geist sein könnte, und dies aus zwei Gründen. Erstens schien es gar keine andere Möglichkeit zu geben, und zweitens – und Tom musste einsehen, dass dies die schlechtere Alternative war –, wenn Hatty kein Geist war, dann war er selbst vielleicht einer. Vor diesem Gedanken schreckte Tom zurück.

Am Nachmittag ihres Streit war Tom – auch wenn er dies sorgfältig vor Hatty verbarg – von der Art und Weise, wie sie ihre Meinung begründet hatte, beeindruckt gewesen. Sie hatte den sicheren Blick eines Mädchens für Kleidung, und bei dieser Gelegenheit hatte sie ihn gegen ihn gerichtet. Tom wünschte sich, das auch zu können, doch er musste feststellen, dass er sich nur undeutlich an das Aussehen der Menschen im Garten erinnerte. Gewiss, er hatte den starken Eindruck, dass sie nicht so gekleidet waren wie er, sein Onkel oder seine Tante. Doch »altmodisch« war alles, was ihm zu dem Unterschied einfiel. Zum Beispiel hatten sowohl Susan, das Hausmädchen, als auch Hattys Tante Röcke getragen, die fast bis zum Boden reichten.

Natürlich mussten ihre Kleider altmodisch sein, wenn Hatty ein Geist war. Doch um das zu beweisen, musste er die Kleider im Garten einer bestimmten Zeit zuordnen und ebenso Hatty selbst.

Er glaubte zu wissen, wo er Informationen darüber finden könnte. Oft hatte er auf dem Küchenregal der Tante, unter all den Koch- und Backbüchern, einen Band gesehen, der einladend *Das praktische Hauslexikon* hieß. Nun, als seine Tante einkaufen gegangen war, schlüpfte er aus dem Bett und borgte es sich aus. Er suchte im Stichwortverzeichnis nach KLEIDUNG – Kleidungsstile vergangener Zeiten. Es gab nichts unter STILE oder unter VERGANGENHEIT. Unter KLEIDUNG gab es Unterabschnitte, die Tom ein andermal sicher interessiert hätten – »Weite Kleidung ist wärmer als enge« und »Feuersichere Kleidung«; doch über den Wandel der Moden im Lauf der Geschichte stand nichts drin. Er war enttäuscht, so als ob er zu einem Fest eingeladen worden wäre und dann, als er an die Tür geklopft hatte, niemand da gewesen wäre.

Aber bevor Tom das Buch schloss, stieß er zufällig auf etwas, das sich doch noch als nützlich erwies. Auf einer Seite, die freundlich überschrieben war mit »Das Gute ist oft mit seinen Knochen begraben« fand er eine Liste der englischen Monarchen von der Normannischen Invasion bis zur Gegenwart. Ihm fiel ein, dass Hatty einmal einen englischen Monarchen erwähnt hatte. Sie hatten sich Abels kleinen Bücherstapel im Heizungshaus angeschaut, und Hatty hatte ihn darauf aufmerksam gemacht, dass das oberste Buch die Bibel war, weil Abel glaubte, die Bibel würde über allem stehen, »wie die Königin über ganz England herrscht«. Hatty lebte also zu einer Zeit, da eine Königin und kein König in England herrschte. Tom sah in der Liste der Monarchen nach, es hatte in der Geschichte Englands sehr wenige Königinnen gegeben. Plötzlich war die Zahl der Möglichkeiten geschrumpft; Hatty konnte zum Beispiel nicht im zwölften, dreizehnten, vierzehnten oder fünfzehnten Jahrhundert gelebt haben, denn damals hatte es dem *Hauslexikon* zufolge nur Könige gegeben. Aus demselben Grund hätte sie auch nicht in großen Abschnitten des siebzehnten oder achtzehnten Jahrhunderts leben können. So blieben die übrigen Teile dieser Jahrhunderte und die größten Teile des sechzehnten und neunzehnten Jahrhunderts.

Tom stellte das *Hauslexikon* an seinen Platz zurück, und als er das nächste Mal allein in der Wohnung war, stöberte er nach einem anderen Buch mit nützlichem Wissen. Im Schlafzimmer von Onkel und Tante fand er, was er suchte: eine vollständige Ausgabe der *Encyclopaedia Britannica* in ihrem eigenen glasgeschützten Regal an Onkel Alans Bettseite.

Tom sah unter KLEIDUNG nach. Darüber gab es schier endlos viele Seiten, klein gedruckt und doppelspaltig, und dieser Anblick entmutigte ihn ein wenig. Lieber sah er sich die Bilder an, auch wenn keines davon wirklich etwas zeigte, was mit dem übereinstimmte, das die Menschen im Garten trugen.

Bei den Bildern der Kleidung aus früheren Epochen fiel ihm etwas Merkwürdiges auf. Die Männer trugen verschiedene Arten von Beinkleidern, doch nie Hosen. Das erste Paar Hosen, das abgebildet war, trug ein französischer Edelmann aus dem frühen Viktorianischen Zeitalter. Tom wusste zumindest, dass die Männer und Jungen in seinem Garten alle Hosen getragen hatten – mit Ausnahme von Edgar, der eine Art Kniebundhose mit Wollstrümpfen angehabt hatte.

Tom hatte eine heiße Spur gefunden, er zog den Band HOF bis JAM der *Encyclopaedia* heraus und sah unter HOSE nach. Bilder gab es nicht, aber der Artikel war wenigstens kurz. Um Missverständnissen vorzubeugen, begann er mit der Definition einer Hose: »Von Männern getragenes Kleidungsstück, das jedes Bein einzeln bekleidet und von der Hüfte bis zu den Füßen reicht.« Nun, Tom fand das richtig und las aufmerksam weiter. Hosen, wie sie heute üblich sind, waren offenbar erst Anfang des neunzehnten Jahrhunderts in Mode gekommen. Der Herzog von Wellington hatte damit heftiges Aufsehen erregt. Der Artikel schloss mit dem Hinweis: »Kirche und Universitäten sprachen sich scharf gegen das Tragen von Hosen aus. (Siehe KLEIDUNG)«. Tom glaubte jetzt, genug Wissen gesammelt zu haben, um eine Schlussfolgerung ziehen zu können. Hatty lebte in einer Zeit, in der Männer Hosen trugen, also kann sie nicht vor dem neunzehnten Jahrhundert gelebt haben, als Hosen erst in Mode kamen. Sehr schön. Er erinnerte sich an eine Stelle aus dem *Hauslexikon*: Und während des neunzehnten Jahrhunderts herrschte in England eine Königin: Viktoria, 1837 bis 1901. Sie musste Hattys Königin sein. Und dann war da der französische Edelmann in Hosen, er gehörte in das frühe Viktorianische Zeitalter. Dahin gehört auch Hatty. Das ist über hundert Jahre her, und wenn Hatty damals ein Mädchen war, muss sie inzwischen tot sein, und was ich im Garten gesehen habe, konnten nur Geister sein. Der Beweis schien Tom hieb- und stichfest, doch um ganz sicherzugehen, prüfte er ihn mit einer weiteren Frage gegen, was den Onkel sicher gefreut hätte. Was war mit den langen Röcken, die die Frauen im Garten trugen? Wann waren *die* in Mode gewesen?

Inzwischen war Tante Gwen vom Einkaufen zurück und Tom lag im Bett, als ob nichts gewesen wäre. »Nun, Tom, lange Röcke waren immer in Mode, bis vor nicht allzu langer Zeit. Bestimmt bis zum Ersten Weltkrieg.«

»Haben Frauen zum Beispiel auch Röcke getragen, als Königin Viktoria den Thron bestiegen hat?«

»O ja, während der ganzen Regierungszeit Königin Viktorias und danach auch noch«, sagte die Tante. »Sicher gibt es heute noch viele Menschen, die sich noch gut an die langen Röcke erinnern!«

Tom allerdings interessierte es nicht, dass solche Röcke noch vor nicht allzu langer Zeit in Mode gewesen waren. Seine Aufmerksamkeit galt einer fernen Vergangenheit und dem Beweis, dass Hatty damals gelebt hatte und jetzt ein Geist war – ein kleiner Geist aus den Anfängen des Viktorianischen Zeitalters. Gut, all sein Wissen deutete geradewegs in diese Richtung. Nun, da die Frage zufriedenstellend geklärt war, wandte er sich anderen Dingen zu.

Die Aussicht von der Mauer

Wir haben dem Gang des Geschehens, wie Tom es erlebte, ein wenig vorgegriffen, indem wir seinen Forschungen über die Vergangenheit und seinen Gedanken darüber gefolgt sind. Das Baumhaus, in dem er sich mit Hatty stritt, bauten sie erst einige Zeit nach der Geschichte mit den Gänsen und der morgendlichen Begegnung mit der kleinen Hatty. Als Tom nach diesen Geschehnissen wieder in den Garten kam, glaubte er zunächst, er hätte Hatty für immer verloren. Der Garten schien vollkommen ausgestorben zu sein.

Er rief nach Hatty und suchte all ihre üblichen Verstecke ab. Er rannte atemlos um den Stamm der Tanne herum und glaubte schon zu hören, wie sie mit ihren Pantoffeln flink über die trockene Erde huschte, um seinem Blick zu entgehen. Doch wenn Hatty sich versteckt haben sollte, dann besser als je zuvor, und der Garten kam ihm nun vor wie eine große Einöde.

Oberhalb der Südmauer sah er einen Rauchfaden senkrecht in die linde, ruhige Sommerluft emporsteigen. Vielleicht verbrannte Abel Unkraut. Vor der Tür zum Obstgarten blieb Tom stehen und überlegte, ob er sich hindurchzwängen sollte. Abel konnte ihn vielleicht auf die Spur Hattys bringen.

Da öffnete sich die Tür und Hatty kam in den Garten. Urplötzlich verwandelte sich Toms Angst in Ärger, besonders, da Hatty keineswegs besorgt aussah – eher aufgeregt, ja sogar vergnügt. Ihr Gesicht war gerötet und das Feuer hatte eine Wange mit Ruß geschwärzt. Sie trug etwas in der Tasche ihres Kleids.

»Warum hast du nicht geantwortet?«, verlangte Tom zu wissen. »Hast du mich nicht gehört? Ich habe dich gerufen, gerufen und nochmals gerufen.«

»Ich hab Abel mit dem Feuer geholfen.«

»Du hättest doch einfach hingehen und die Obstgartentür aufmachen und mich durchlassen können. Mir gefallen Gartenfeuer auch.«

»Dieses Feuer hättest du nicht gemocht – wenn du gewusst hättest, was wir darin verbrannten.« Sie sah ihn widerborstig an.

»Ach, und was habt ihr verbrannt?«

Nun verlor sie den Mut und senkte den Blick; doch schließlich sagte sie: »Den Bogen und die Pfeile. O Tom, es war Abel, der sie verbrennen wollte!«

Tom schwieg, denn er ahnte, was Abel sich dabei gedacht hatte. Er hatte immer gesagt, der Bogen könne Hatty in Schwierigkeiten bringen, und so war es auch gekommen.

Hatty fuhr fort: »Und außerdem wollte er, dass ich verspreche, keine Messer mehr aus der Küche zu borgen, weil sie so scharf sind und ich mich schneiden und mir wehtun könnte. Und wenn ich ihm verspräche, den Bogen und die Pfeile zu verbrennen und die Küchenmesser nicht mehr zu benutzen, dann, sagte er, würde er mir ein kleines Messer für mich allein schenken.«

»Was für ein Messer?«

Sie zog die Faust aus der Tasche und öffnete sie. In der Hand lag ein schlichtes kleines Taschenmesser, bunt bemalt und mit kleinen blauen Herzchen geschmückt. »Abel hat es auf der Kirmes gekauft, für Susan; aber sie wollte es nicht annehmen, weil es Unglück bringt, von seinem Schatz ein Messer zu bekommen. Und so hat er es mir geschenkt. Es ist ein gutes kleines Messer.« Sie wog es stolz in der Hand.

»Mach es auf«, verlangte Tom. Hatty öffnete das Taschenmesser und hielt es ihm entgegen, sodass er die Klinge sehen konnte – es hatte nur eine.

»Schön!«, sagte Tom kurz auflachend. »Verletzen kannst du dich mit dem Ding sicher nicht! Damit kannst du vielleicht Butter schneiden, und das ist auch schon alles.«

Hatty betrachtete immer noch bewundernd den bunt bemalten Schaft und sagte: »Ich hab schon mehr als Butter damit geschnitten. Komm mit, ich zeig's dir.«

Als hätte sie ihm ein Geheimnis zu verkünden, führte sie Tom mit einem Anflug von Stolz zu einer der Eiben – es war der Baum, den sie Matterhorn nannten – und zeigte ihm den Stamm. Dahinein geschnitzt waren die Anfangsbuchstaben »H. M.«, besser gesagt, halb eingekratzt, halb eingedrückt.

Für welchen Nachnamen stand wohl »M«? Tom wollte nicht

fragen, doch Hatty sagte schon: »Das heißt: ›*Hatty Melbourne* ist auf diesen Baum geklettert.‹ Ich hab meine Anfangsbuchstaben mit dem Messer in alle Eiben geschnitzt – nur nicht in Tricksy, natürlich.«

»Man soll überhaupt nichts in Bäume schnitzen«, sagte Tom, dem plötzlich wieder einfiel, dass er ja sauer war. »Das ist, als würde man seinen Müll in die Landschaft werfen.«

Hatty riss die Augen auf, als ob sie nie etwas von Müll gehört hätte; und Tom sah an ihrem Gesichtsausdruck, dass sie nicht glaubte, Schnitzen sei falsch, nicht an *ihren* Bäumen, und dass sie, wenn sie Lust hatte, es auch weiterhin tun würde, ohne es ihm zu sagen.

»Und du kriegst nur Schwierigkeiten, wenn jemand diese Baumstämme sieht«, warnte sie Tom. »Sie sehen ›H. M.‹ und wissen, dass es deine Anfangsbuchstaben sind und dass du die Schuldige bist. Wenn ich mein Zeichen in einen Baum schnitzen wollte – was ich natürlich nie tun würde –, aber wenn ich wollte, würde ich ein Geheimzeichen nehmen.« Er erzählte ihr, dass er das Bild eines langen Katers nahm – für Tom Long.

Hatty war neidisch. »Melbourne ist so ein blöder Name.«

»Du heißt Hatty«, sagte Tom. »Du könntest einen Hut zeichnen.«

Hattys Augen glitzerten.

»Das heißt, natürlich besser nicht – ich hab dir ja gesagt, warum.« Plötzlich war er des Redens müde. »Lass uns etwas unternehmen«, sagte er.

»Schön«, stimmte Hatty zu. Und so begannen sie wieder zu spielen, weltvergessen, als ob der Garten und ihr Spiel nie enden müssten.

Das Bäumeklettern konnten sie einfach nicht bleiben lassen. Weil Hatty Tricksy bisher nicht geschafft hatte, brachte ihr Tom bei, wie man Baumstämme hinaufrobbt. Einfach war es nicht – und sie hatte Angst, sich die Kleider schmutzig zu machen, denn die Tante könnte es bemerken und sie bestrafen. Doch nach einer Weile lernte sie, wie man sich mit Armen und Beinen um den Stamm klammert und langsam nach oben robbt. Als sie Tricksy schließlich erobert hatte, war sie überglücklich. Sie dachten sich neue Spiele aus. Hatty entdeckte wilde Gerstenhalme im Gras und riss sie aus. Sie zeigte Tom, wie man den Fruchtstängel von der gräsernen Spitze knipst und ihn wieder einsetzt. Dann packte sie die Ähre mit einer Faust, schlug mit der anderen dagegen und rief: »Großmutter – Großmutter – spring aus dem Bett.« Bei dem Wort »spring« schlug sie besonders heftig zu, der Fruchtstängel sprang aus seinem grünen Bett und beide prusteten los vor Lachen.

Gemeinsam jagten sie unter den Blättern der Erdbeeren nach kleinen Fröschen (»Abel sagt, sie saugen die Erdbeeren aus«) und ließen sie an einer anderen Stelle wieder davonhüpfen. Und einmal sahen sie eine Kröte in einem Hohlraum unter der Türschwelle des Gewächshauses – braun und matt wie der Stein selbst und vollkommen starr, nur der Atem ließ ihren Bauch an- und abschwellen.

Sie triezten die Vögel im Garten – Tom war besonders gut darin, sie zu überraschen und dem wachsamen Eichelhäher Streiche zu spielen; doch sie schützten sie auch vor Gefahren. Hatty befreite Vögel aus dem Drahtverhau und den Erdbeernetzen. Und wenn Abel ganz sicher nicht in der Nähe war, löste sie den Haken am Verschlag der Sperlingsfalle. Wenn einer der Vettern mit einem Gewehr in den Garten kam, rannte Tom mit rudernden Armen schreiend vor ihm her, um die Vögel zu warnen. Wilde Tauben erhoben sich schwerfällig aus den Reihen der Bohnenstangen, wo sie auf Beute aus waren, und flüchteten sich in die Sicherheit des Waldes. Geschossen wurde nie etwas – wenn man einmal von Tom selbst absah, der eine Ladung Schrotkörner durch den Bauch bekam. Hatty erbleichte, doch Tom lachte – sie kitzelten ihn bloß.

Eines Tages, als Tom und Hatty auf die Sonnenuhr an der Südmauer starrten und herauszufinden versuchten, wie sie die Zeit anzeigte, sahen sie einen Zaunkönig auf einem der steinernen Sonnenstrahlen über dem Zifferblatt. Zwischen der Mauer und den Strahlen war ein kleiner Hohlraum, und kurz darauf verschwand der Vogel.

»Glaubst du, da ist ein Zaunkönigsnest?«, flüsterte Hatty, und Tom meinte, es könne gut sein. Doch vom Weg unten konnte man es natürlich nicht genau erkennen.

»James ist einmal auf der Sonnenuhrmauer entlangspaziert«, sagte Hatty.

»Nein, das werd ich nicht tun«, sagte Tom. »Das wäre bloß

dumm, nicht mutig. Die Mauer ist viel zu hoch und oben sicher ganz schmal. Das wäre viel zu gefährlich.«

»Ach Tom, das hab ich nicht gemeint!«, sagte Hatty bestürzt. »Für James war es nur eine Mutprobe. Vetter Edgar hat ihn herausgefordert und James hat sich darauf eingelassen. Er ist auf der Mauer entlanggegangen, dann wieder heruntergeklettert, dann hat er mit Vetter Edgar gekämpft und dann ist ihm schlecht geworden. Und als Hubert davon gehört hat, wurde er ganz zornig, weil James hätte herunterfallen und sich den Hals brechen können.«

Tom schwieg und dachte über Hattys Worte nach. Ganz allmählich kam er doch zu dem Entschluss, auf die Mauer zu klettern, denn für ihn konnte es ja nicht so gefährlich sein wie für James. Er mochte von der Mauer fallen, doch ein solcher Sturz, selbst aus dieser Höhe, konnte *ihm* nicht den Hals brechen, ja ihm nicht mal einen Kratzer zufügen.

»Mal schauen, ob hinter der Sonnenuhr wirklich ein Nest ist«, sagte er zu Hatty. »Ich steig hoch.«

»O Tom!«

Die Art, wie Hatty »O Tom« sagte, ließ Tom warm ums Herz werden. Er tätschelte ihre Hand. »Mach dir keine Sorgen. Mir kann nichts passieren.«

Über die leiterartigen Zweige eines Spalierbaums kletterte er hoch auf die Mauer. Trotz allem, was er sich eben noch gesagt hatte, packte ihn der Schreck, als er sich oben aufrichtete. Die Mauerkrone war so schmal – zwanzig Zentimeter, an manchen Stellen wegen des abgebröckelten Mauerwerks noch schmaler. Kräftige Ranken überwucherten die Mauer, über die er würde steigen müssen; und zu beiden Seiten dieses schmalen, gefährlichen Pfades fiel die Mauer jäh und steil ab, auf der einen Seite zum Obstgarten, auf der anderen zu Hatty, die ihr blasses Gesicht zu ihm emporgewandt hatte. Tom wusste jedoch, dass er nicht nach unten sehen durfte, wenn er kühles Blut bewahren und auf dieser Mauer balancieren wollte. Er richtete die Augen geradeaus und schritt entschlossen voran.

Bald war er über der Tür zum Obstgarten, dann über den Weinranken und schließlich über der Sonnenuhr. Er konnte erkennen, dass der Wind verdorrte Blätter und anderen federleichten Gartenabfall in den Hohlraum zwischen den steinernen Sonnenstrahlen und der Mauer geweht hatte. Auf der einen Seite war das Gestrüpp offenbar viel dichter. Tom ließ sich auf Hände und Knie nieder und sah jetzt, genau hinspähend, tatsächlich das mit grünbraunem Moos verflochtene Nest eines Zaunkönigs. Er konnte das kleine Loch des Eingangs erkennen.

»Da ist ein Zaunkönigsnest«, rief er Hatty mit verhaltener Stimme zu. »Aber ich trau mich nicht, es anzufassen – ich glaub, es wär nicht gut für den Vogel.«

»Komm jetzt lieber runter, Tom!«

Er richtete sich auf und wollte sich schon auf den Weg nach unten machen. Doch nun, hoch oben die freie Sicht genießend, überkam ihn jähe Freude. Er schritt auf der Mauer entlang wie ein König. Unten im Garten folgte ihm Hatty und flüsterte zu ihm empor; doch er achtete nicht auf sie, so hoch stand er über ihr und dem Garten. Er musste nur den Blick wandern lassen und sah die ganze Anlage des Gartens und die Mauern und die Hecken, die ihn eingrenzten. Er konnte auch das Haus sehen. Gerade lehnte sich Susan aus einem der oberen Fenster, um jemandem im Garten einen Handkuss zuzublasen – Abel, vermutete Tom. Er konnte in den Hof des Hauses sehen – nie war ihm eingefallen, es könnte einen Hof haben. Dort war Edgar gerade dabei, Pincher in einem Badezuber voll Seifenwasser zu waschen. Pincher sah sehr sauber und recht zerzaust aus, mit gerecktem Hals, angelegten Ohren und eingezogenem Schwanz. Ganz ausgelassen rief ihm Tom zu: »Halt die Ohren steif, Pincher!« Pincher hörte oder sah oder roch ihn sogar – schwer zu sagen, was der Grund war, doch selbst unter der Hülle aus Seifenschaum sträubten sich seine Nackenhaare und plötzlich schoss er aus dem Badezuber heraus. Edgar musste ihm völlig entnervt und voll gespritzt mit Seife und Wasser über den ganzen Hof nachjagen und ihn wieder einfangen.

Jenseits des Hauses und des Gartens sah Tom einen Weg, auf dem ein Pferdekarren entlangzuckelte. Dahinter lag eine Wiese und dann erkannte er eine Schlangenlinie, die der Fluss sein musste. Er floss an der Wiese vorbei und erreichte das Dorf und ließ es wieder hinter sich. Er erreichte eine Brücke mit weißem Geländer und glitt unter ihr hindurch und dann weiter fort, zu wie viel Seen und Wassermühlen und Schleusen und Fähren, von denen Hatty und Tom nichts wussten? So strömte der Fluss dahin, nach Castleford und Ely und King's Lynn, und mündete schließlich in die majestätische See.

»Was siehst du hinter dem Garten, Tom?«, flüsterte Hatty zu ihm hoch, deren Neugier die Oberhand über ihre Angst gewonnen hatte.

»Wenn du es nur selbst von hier oben aus sehen könntest …«, sagte Tom; und seine Worte schwebten hoch oben über dem Garten davon.

Er konnte es ihr nicht sagen – er wusste nicht, wie er für sie ein Bild dieser Weite malen sollte. Sie musste es selbst sehen. In einer flachen Landschaft wie dieser gewährt sogar eine kleine Erhebung eine überwältigende Aussicht, wie von der Spitze eines Berges. Tom hatte bisher nur den Garten und kaum etwas darüber hinaus gekannt; nun, oben auf der Mauer, kam es ihm vor, als sähe er die ganze Welt.

»Sag mir, was du siehst«, bat ihn Hatty inständig.

»Von hier oben kannst du den Fluss sehen«, begann Tom, »und wenn du dem Fluss mit den Augen folgst – «

»Ja, ja?«, flüsterte Hatty.

Tom beendete seinen Satz nicht, denn in diesem Moment tauchte Abel zwischen den Bäumen auf. Er rannte; er lief direkt auf Hatty zu; er packte sie mit den Händen bei den Schultern und Tom sah sie plötzlich in die Knie sinken. Dann drückte Abel ihr etwas in die Hand und begann, über ihr stehend, rasch und mit gedämpfter Stimme zu sprechen. Tom hörte Hattys Stimme antworten. Sie klang verängstigt. Er konnte nicht verstehen, was die beiden sagten.

Hastig ging Tom den Weg, den er auf der Mauer gekommen war, zurück und kletterte hinunter in den Garten. Inzwischen war Hatty wieder alleine.

»Was um Himmels willen war denn los?«, fragte Tom.

»Abel dachte, ich wollte oben auf der Mauer entlanggehen, wie James damals«, sagte Hatty. »Er wollte mich aufhalten, weil es gefährlich ist.«

»Ich dachte schon, er würde dich schlagen.«

»Er ließ mich niederknien und auf seine Bibel schwören – schwören, dass ich nie auf die Sonnenuhrmauer klettern und oben entlanggehen werde.«

»War er sehr wütend?«, fragte Tom.

Langsam sagte Hatty: »Nein. Ich glaube, er hatte – irgendwie – Angst.«

»Angst?« Tom runzelte die Stirn. »Du meinst, dass *du* Angst gehabt hast; *er* war wütend.«

»Nein, ich hatte nur ein wenig Angst, weil er so schnell gerannt kam und so stark war; aber ich bin sicher, dass auch er Angst hatte, und zwar viel mehr. Als er mir die Bibel in die Hand drückte, war seine Hand ganz feucht und zittrig.«

»Warum ist er überhaupt plötzlich auf den Gedanken gekommen, du könntest auf die Mauer steigen?«, fragte Tom.

»Weil er bemerkt hat, wie ich dauernd nach oben schaute, glaube ich.«

»Nein, das kann nicht der Grund sein«, sagte Tom. »Er rannte, als er zwischen den Bäumen hervorkam. Er muss mit der Bibel in der Hand gerannt sein, bevor er dich auch nur gesehen hat.«

»Vielleicht hat er gehört, wie ich mit dir gesprochen habe.«

»Nein, du hast nur geflüstert und *mich* hätte er nicht hören können.« Damit meinte Tom nicht, dass er sehr leise gesprochen hätte, denn das hatte er nicht; er meinte, selbst wenn er mit aller Kraft geschrien hätte, hätte Abel seine Stimme nicht hören können.

»Dann weiß ich auch nicht«, sagte Hatty, »vielleicht hat Susan mich von einem Fenster aus gesehen und ist heruntergekommen und hat es ihm gesagt.«

»Vielleicht«, sagte Tom. »Ich hab Susan am Fenster gesehen.« Doch er war mit dieser Erklärung nicht zufrieden.

Etwa um dieselbe Zeit begannen Hatty und Tom das Baumhaus zu bauen und mit den Gedanken ganz in die Arbeit versunken vergaßen sie bald Abels merkwürdiges Verhalten.

Das Baumhaus

In einem Brief an seinen Bruder schrieb Tom: »Freut mich, dass du wieder gesund bist. Ich wünschte, du wärst hier. Wir bauen gerade ein Baumhaus auf den Stufen von St. Paul.« Peter las den Brief und verbrannte ihn wie alle Briefe, die er von Tom bekam. Betrübt ging er hinaus in den kleinen Garten hinter dem Haus der Familie Long und begann halbherzig an seinem eigenen Baumhaus im Apfelbaum zu bauen.

Mrs Long, die ihn vom Küchenfenster aus sah, rief ihm zu: »Ich wünschte, Tom wäre zurück und könnte dir helfen.« Sie klang beunruhigt. Wieder und wieder hatte sie sich gesagt, dass der Junge bei Gwen und Alan in den besten Händen sei – und das glaubte sie wirklich. Dennoch schien etwas Merkwürdiges und Geheimnisvolles in der Luft zu liegen, und das machte ihr Sorgen.

Die Kitsons waren wohlhabender als die Longs – den Unterschied machten all die Ausgaben, die sie mit ihren beiden Kindern hatten. Vielleicht hatte der Luxus, den Tom in der Fremde genoss, ihn unzufrieden gemacht mit dem eigenen Zuhause. Nein, das war es nicht, musste Mrs Long zugeben. Toms Briefe an die Eltern enthielten nichts als knappe, trockene Berichte über ein langweiliges Leben, fast immer in Gesellschaft von

Onkel und Tante. Er schien keinerlei Spaß daran zu haben – nicht einmal mehr am Essen. Doch mehr als einmal bat er, noch länger bleiben zu dürfen.

»Es gibt dort keine Kinder«, sagte Mrs Long eines Abends zu ihrem Mann, »und Tom scheint auch nie irgendwelche spannenden Ausflüge zu unternehmen. Erzählt er in den Briefen an dich mehr, Peter? Die sind offenbar ziemlich ausführlich.«

Peter sah zu Boden. »Ich glaube, er mag einfach dort in der Wohnung bleiben.«

»Nun, wenn er nach Hause kommt, wird er sich das Herumhängen in der Wohnung schon wieder abgewöhnen«, sagte Mr Long gut gelaunt. »Nicht wahr, Peter?«

»Ich denke, wenn die Schule wieder anfängt, muss er ohnehin zurückkommen«, sagte Peter. »Er hat den Schluss des Sommerhalbjahres versäumt, weil ich Masern hatte, und für die Schule muss er wieder heimkommen.«

»Die fängt aber erst im Herbst wieder an!«, rief Mrs Long aufgebracht. »Hör mal, wir müssen ihn schon vorher wieder zurückhaben, Peter!« Peter machte ein zweifelndes Gesicht und Mrs Long sagte: »Du willst doch nicht etwa den ganzen Sommer ohne Tom verbringen?«

»Ich wollte eigentlich fragen –«, sagte Peter und wartete darauf, dass sie ihm auf die Sprünge half.

»Nun?«

»Wenn Tom noch bei Tante Gwen bleiben will, könnte ich dann nicht auch dort hingehen ...«

Mrs Long starrte ihren Sohn fast erschrocken an; doch Mr Long lachte: »Was um Himmels willen wollen denn *zwei* Jungs in einer winzigen Wohnung ohne Garten anstellen?«

»Ich würde gern mit Tom dort sein«, sagte Peter widerborstig.

»Du meinst sicher, dass du gerne *hier* wärst mit Tom. Du willst, dass er nach Hause kommt.«

»Du kannst doch nicht wirklich mit ihm in dieser Wohnung sein wollen«, sagte seine Mutter.

»Will ich doch!«, sagte Peter. »Ich will! Ich liege nachts wach und wünsche mir, dort zu sein; und dann schlafe ich ein und träume, dass ich dort bin. Ich will fort – ich will, ich will!«

»Aber sag mir, warum, Peter?«, fragte seine Mutter. Peter senkte nur den Blick und wiederholte mit dumpfer, verbissener Stimme, dass er wüsste, es würde ihm dort gefallen.

Das Gespräch endete, ohne dass sie einen Entschluss gefasst hatten. In dieser Nacht schlich Mrs Long nach oben zum Zimmer, das Peter und Tom teilten. Die Tür war wie üblich einen Spaltbreit geöffnet, und sie spähte hinein. Peter war noch wach. Beim Licht der Straßenlaterne vor dem Fenster konnte sie erkennen, dass er die Augen weit geöffnet hatte und quer durch das Zimmer auf die Postkarte starrte, die er auf dem Kaminsims aufgestellt hatte. Mrs Long stahl sich davon, kehrte jedoch später noch einmal und dann ein weiteres Mal zurück. Beim dritten Mal schlief Peter. Entschlossen ging sie ins Schlafzimmer, trat neben das Bett und betrachtete ihren Sohn.

Er musste träumen, denn im Schlaf veränderte sich der Ausdruck seines Gesichts. Einmal lächelte er, dann seufzte er; und einmal nahm sein Gesicht einen so entrückten Ausdruck an, dass die Mutter sich unwillkürlich über ihn beugte, um ihn zu wecken. Doch dann besann sie sich und ließ ihn allein.

Auf ihrem Weg nach unten kam Mrs Long an dem kleinen Treppenfenster vorbei, das zum Hintergarten hinausging. Sie sah schwarze Schatten aus dem Apfelbaum ragen – die Balken von Peters Baumhaus. Sein Bau war sicher noch nicht so weit wie der auf den Stufen von St. Paul – doch Mrs Long konnte natürlich nicht vergleichen. Tom und Hatty waren jedenfalls schon weiter mit ihrem Baumhaus als Peter – so viel weiter, wie es Zeit braucht, einen Brief zu schreiben, ihn zu verschicken, zu lesen und dann zu verbrennen.

»Hatty arbeitet fleißig am Baumhaus«, hatte Tom an Peter geschrieben. »Sie mag es ganz gern.« Hier hatte er Hattys Gefühle weit untertrieben. Hatty war ganz versessen auf das Baumhaus, und das überraschte Tom. Aber für Hatty war es ein eigenes Haus, wie es das große Haus nicht sein konnte: Das gehörte ihrer Tante und ihren Vettern, und sie wurde dort nur geduldet. Dieses Baumhaus jedoch sollte ihr ureigenes Haus und ihr Heim sein und ganz begeistert sprach sie davon, sie wolle es mit dem Teeservice ihrer Puppen ausstatten und selbst mit Dingen, die sie aus den unbewohnten Schlafzimmern des großen Hauses stibitzen würde. Tom musste sie ein wenig zur Vernunft bringen.

Hatty mochte das Baumhaus umso mehr, als es das beste aller Verstecke im Garten war. »Keiner wird je auf die Idee kommen, dass es hier ist«, sagte sie, »außer sie haben uns beobachtet. Aber von den Vettern weiß es keiner.«

»Hat Abel es gesehen?«, fragte Tom.

»Er hat nie gesehen, wie ich Sachen getragen hab oder hinaufgeklettert oder auch nur hierher gegangen bin. Ich hab immer aufgepasst und bin ihm aus dem Weg gegangen.«

»Er macht mir keine Sorgen«, sagte Tom, »und mich hat er natürlich nie gesehen.«

»Natürlich nicht«, stimmte ihm Hatty zu. Und dann sprachen sie eilends von etwas anderem, denn ihr Streit über Geister und wer von ihnen einer war, war ihnen noch immer frisch in Erinnerung.

Wie sich allerdings herausstellte, musste Abel doch von dem Baumhaus gewusst haben. An diesem Nachmittag arbeitete er im Garten und spannte Netze über die Erdbeerbeete. Hatty und Tom wussten das, denn sie sahen immer lieber nach, wo Abel und die anderen im Garten steckten, ehe sie in ihr Baumhaus kletterten. Diesmal vergewisserten sie sich, dass nur Abel im Garten und nicht gerade in der Nähe war, und kletterten dann hinauf. Das Haus war inzwischen fertig, doch Hatty hatte immer noch einiges damit vor. »Wenn es wie ein wirkliches Haus sein soll, müsste es Fenster haben – nicht nur zufällig ein paar Lücken in den Wänden.« Und die Fenster müssten hoch sein, meinte sie, wie die des großen Hauses.

»Du erwartest zu viel«, grummelte Tom. Und am Ende musste Hatty alleine Fenster einbauen – so gut es ging.

Die beiden Fenster, die sie baute, wirkten eher wie ausgefranste Löcher. Hatty arbeitete geduldig erst von innen und dann von außen und flocht Zweige an den Fensterrändern entlang, die möglichst gerade und fest sitzen sollten.

Tom half ihr dabei nicht. Er hoffte, Hatty würde die Beschäftigung mit den Fenstern bald langweilen – wenn es jetzt auch noch nicht danach aussah. Dann würde er etwas Spannenderes vorschlagen: Die Fenster waren eigentlich Bullaugen und dies war die Kapitänskajüte eines Schiffs auf hoher See.

Aber Hatty baute die Fenster nie zu Ende. Summend kletterte sie draußen vor der Wand des Baumhauses von einem Ast zum andern; dann hielt sie inne und rief: »Tom, auf dieser Seite ist ein angeknackster Ast – hält der noch? Hast du schon mal darauf gesessen?«

»Ein angeknackster Ast?«, sagte Tom. »Ach ja, auf dem bin ich schon gewesen.« Hatty begann wieder zu summen, diesmal etwas abgehackt, und kletterte weiter umher. »Aber hör mal«, setzte Tom hinzu, »ich bin anders als du: *Dir* würde ich nicht raten –«

Er sah nicht, wie es passierte, doch der angeknackste Ast musste bei der ersten Belastung durch die leichte Hatty gebrochen sein. Er hörte es knacken und reißen; er hörte Hattys überraschtes, leises »Oh!«, das nur den Bruchteil einer Sekunde dauerte, bevor es zum Schrei wurde, als sie merkte, dass sie stürzte.

Hattys Schrei war ein scharfer, hoher Laut, der den ganzen Garten durchdrang. Vögel flatterten auf und schwirrten davon; ein rotes Eichhörnchen, das auf den Haselnusssträuchern entlanglief, erstarrte. Und Abel – Abel warf seinen Arm voll Erdbeernetze zu Boden und rannte los, hinüber zu den Stufen von St. Paul.

Tom sprang von ganz oben herab und landete – leichter als eine Katze – neben Hatty. Sie lag auf dem Boden, benommen und stumm. Ihr Körper war merkwürdig verbogen und beim Fallen hatte sich ihr Rüschenkleid aufgebauscht, sodass es nun ihr Gesicht verdeckte. Wo der Stoff auf der Stirn lag, kroch ein Blutfleck an den Fasern entlang.

Tom stand noch immer hilflos da, als Abel herbeigeeilt kam. Abel sah das Blut und stöhnte laut auf, er nahm Hatty auf die Arme und trug sie hinüber zum Haus. Tom folgte ihnen.

Plötzlich hielt Abel an. Er drehte sich halb um, sodass er genau dahin sah, wo Tom stand. So benommen vor Entsetzen er auch war, Tom erkannte, dass Abel nicht durch ihn hindurch, sondern ihn selbst sah. Und jetzt sprach er ihn an: »Verschwinde!«, sagte Abel mit heiserer Stimme.

Tom starrte ihn an; keiner der beiden regte sich.

»Scher dich zurück in die Hölle, wo du herkommst! Ich kenne dich. Ich hab dich immer gesehen und hielt es für das Beste, dich nicht zu sehen; und hab dich gehört und hielt es für das Beste, mich taub zu stellen; doch ich kenne dich, und ich weiß, was für einer du bist!«

Tom drängte alle Gedanken beiseite, außer dem dass Abel ihn hören und ihm daher antworten konnte. »Oh!«, rief er, »wissen Sie – lebt Hatty oder ist sie tot?«

»Hört, hört«, sagte Abel, »du hast doch oft genug versucht, sie zu töten, sie, die weder Mutter noch Vater hatte und hier auch kein Zuhause – nichts als ihre Unschuld, gegen dein Teufelswerk mit Pfeil und Bogen und Messern und Aussichtspunkten. Scher dich davon, sage ich!«

Tom rührte sich nicht vom Fleck. Doch Abel, mit Hatty auf den Armen, wich zurück, über den Rasen und in Richtung Haus. Währenddessen wiederholte er mit lauter Stimme jenes Gebet, das Tom für ein Essensgebet gehalten hatte: »... möge der Herr mich vor allen Listen des Teufels beschützen, damit dieser mir kein Leid tut.« Abel sprach mit zitternder Stimme und stolperte unter seiner Last, während er Schritt für Schritt rückwärts ging, die Augen fest auf Tom gerichtet, die Treppe hinauf und durch die Gartentür ins Haus. Die Tür schlug zu und Tom hörte, wie der Riegel vorgeschoben wurde.

Dann erwachte Tom aus seinem Entsetzen. Er rannte zur Tür und stürzte sich auf sie, trommelte wild mit den Fäusten dagegen und flehte erst Abel und dann Hatty an, ihn hereinzulassen. Die Tür blieb verschlossen; sein Schreien und Klopfen lockte niemanden an. Von den beiden, die ihn vielleicht hätten hören und hereinlassen können, schien der eine nicht zu wollen und die andere nicht zu können.

Auf der Suche nach Hatty

Tom lehnte sich weinend an die Gartentür, erschöpft von seinem zornigen Getrommel. Drinnen schlug die Standuhr teilnahmslos die Stunde. Von oben drang fernes Stimmengewirr und Fußgetrappel an sein Ohr.

Er konnte die Tür nicht öffnen und jetzt erkannte er, dass er alle Willenskraft und Energie, die ihn vielleicht hindurchgetragen hätten, erschöpft hatte. Tom war ausgesperrt und konnte weder zu Hatty noch in sein Bett bei den Kitsons. Doch um Hatty hatte er mehr Angst als um sich selbst.

Er überquerte den Rasen und stellte sich unter den Laubvorhang einer Eibe. Jetzt konnte er nur noch abwarten.

Es schien eine Ewigkeit zu dauern, bis die Gartentür wieder aufging und Abel herauskam. Sofort rannte Tom zu ihm hinüber und sprach ihn an: »Abel, bitte, wie geht es Hatty?«

Tom hatte sich auf alles Erdenkliche gefasst gemacht. Wenn Abel glaubte, er sei ein Dämon aus der Hölle, als Junge verkleidet und darauf aus, Unglück über Hatty zu bringen – wenn er das glaubte, dann würde er Tom hassen und ihn anschreien, ihn verfluchen und mit Bannsprüchen belegen und mit Gebeten und der Bibel vertreiben wollen. Das Einzige, was Tom nicht erwartet hatte, war, dass Abel nun wieder so tat, als ob er Tom weder sehen noch hören könne.

»Abel – Abel – Abel«, bettelte Tom, »sie ist nicht tot, oder? Sie ist nicht tot?« Endlich blinzelte Abel und wenigstens einen Moment lang sah er Tom an. Toms Gesicht war schmutzig vom Bäumeklettern, und Tränen der Erschöpfung und des Schreckens hatten zwei saubere Bahnen von den Augen bis zum Kinn gezogen. Alles in allem hatte Tom so viel von einem Jungen und so wenig von einem Dämon an sich, dass Abel, fast gegen seinen Willen, zum letzten Mal zu ihm sprach.

»Nein«, sagte Abel, »sie lebt.« Und wieder richtete er seinen Blick fest geradeaus, stapfte absichtlich durch eine Seite von Toms Körper hindurch und machte sich auf den Weg zum Geräteschuppen.

Abel hatte die Gartentür hinter sich offen gelassen – wie immer in diesen Sommertagen. Toms erster Gedanke war, sofort ins Haus zu gehen, und die Frage, ob er ins Bett gehen oder mehr über Hatty herausfinden wollte, war für ihn bereits entschieden.

Diesmal lösten sich die Möbel nicht vor seinen Augen auf, während er den Flur entlangging, die ausgestopften Tiere blieben an ihren Plätzen und starrten ihn mit ihren Glasaugen durch die Scheiben der Glaskästen an. Auch entging ihm nicht, dass die Quecksilbersäule des Barometers auf *Sehr Trocken* stand. Alles war klar und deutlich zu sehen. Tom erreichte die Standuhr; ihre Zeiger wiesen auf elf Minuten vor fünf, und wieder sah er die Gestalt auf dem Zifferblatt. Trotz seiner Angst um Hatty schlug sie ihn in ihren Bann. Es gab nichts Neues, und doch schien er alles wie neu zu sehen. Er wusste immer noch nicht, wer oder was diese Engelsgestalt war, die hier aufgemalt war, mit einem Fuß an Land und dem andern im Meer und mit einem aufgeschlagenen Buch in der Hand. Aber er hatte das Gefühl, dass er ihren Sinn schon bald begreifen würde.

Er wandte sich von der Standuhr ab und ging hinüber zur Treppe. Sie hatte einen Läufer, der auf jeder Stufe mit einer glänzenden Bronzestange befestigt war und Stufe um Stufe weich und sanft die Treppe emporführte.

Tom blieb vor der Treppe stehen. Was sollte er jetzt tun? Hinter ihm lag das Königreich des Gartens, dessen einzige Bewohner er und Hatty und Abel waren – und Abel hatte sogar bestritten, dass es mehr als zwei Bewohner gab. Dieses Königreich verließ er und trat nun ein in das Haus der Melbournes. Schon jetzt schien die Familie und ihr Leben auf ihm zu lasten. Am Fuß der Treppe, an der rechten Wand, sah er eine Reihe von Kleiderhaken, an denen Hüte und Mützen und Mäntel und Capes der Melbournes hingen. Daneben stand ein Schuhschrank; Tom wusste, dass es ein Schuhschrank war, denn die Tür stand auf und er konnte die Regale darin sehen und darauf alle Stiefel und Halbschuhe und Pantoffeln und Pumps und Gummistiefel und Anglerstiefel und Gamaschen. Gegenüber den Kleiderhaken, links von Tom, stand ein weiteres Regal, und darauf hatte jemand zwei marmorfarben eingebundene Geschäftsbücher, ein kleines Tintenfass und ein altmodisches Lineal aus Elfenbein hinterlassen. Welchem Melbourne gehörten *diese* Sachen? Neben dem Regal war eine Tür – die Tür, durch die Susan einmal mit dem Feuerholz und den Streichhölzern gekommen war. Jetzt hörte Tom dahinter ein Gemurmel von Frauenstimmen. Er konnte nicht hören, was sie sagten, und auch nicht, wer da sprach, auch wenn er sich einbildete, eine der Stimmen klinge nach Susan.

Tom fühlte sich allein unter vielen Fremden. Hatty war verschwunden und insgeheim befürchtete er, für immer. Abel hatte gesagt: »Sie lebt.« Doch vielleicht hieß das »Sie ist gerade noch am Leben« oder sogar »Sie lebt, aber nicht mehr lange«. Tom war stets davon überzeugt gewesen, dass Hatty ein Geist war, und nun musste er sich eingestehen, was das bedeutete: dass sie irgendwann gestorben sein musste. Geister mussten immer sterben, bevor sie Geister wurden – Toms Denken verlief in wirren, angsterfüllten Bahnen.

Er musste all seinen Mut zusammennehmen, um weiterzugehen und den Fuß auf die erste Stufe dieser sanften, stillen Treppe zu setzen. Vielleicht – obwohl Tom sehr mutig sein konnte –, vielleicht hätte ihm das letzte bisschen Mut gefehlt, wenn er nicht die Standuhr hinter sich gehört hätte. Ihr Ticken klang für ihn wie ein lebendiges menschliches Herz und er dachte dabei an Hatty. Er gab sich einen Ruck und stieg die Treppe empor.

Oben im ersten Stock angekommen, war er in einem Teil des Hauses der Melbournes, den er nie zuvor gesehen hatte. So kam es Tom jedenfalls vor. Er hatte vergessen, dass dies das Haus war, in dem auf irgendeine Weise auch Tante und Onkel und die anderen Mieter lebten. Jetzt erinnerte ihn kaum etwas daran. Der Flur im ersten Stock der Melbournes war mit einem Teppich ausgelegt und breiter als der Korridor zwischen den Wohnungen, wie Tom ihn kannte. Statt zweier Eingangstüren zu den Wohnungen führten viele Türen von diesem Korridor ab und hinter jeder lag ein Schlafzimmer. Die schmale Treppe, die geradewegs zu Mrs Bartholomews Tür geführt hatte, mündete nun auf einem kleinen Treppenabsatz mit drei Türen.

Tom sah sich um. Alle Türen waren geschlossen, ebenso die Türen oben im Dachgeschoss. Hinter welcher dieser vielen Türen lag Hatty? Einen Hinweis gab es nicht, deshalb wählte Tom einfach die erste Tür, holte tief Atem, konzentrierte sich, spannte die Muskeln und trieb seinen Kopf geradewegs durch das Holz in das Zimmer auf der anderen Seite.

Hier war Hatty nicht. Die Schutzbezüge über dem Bett und den anderen Möbeln zeigten ihm, dass dieses Schlafzimmer nicht benutzt wurde. Das Fenster ging auf den Garten hinaus und Tom konnte selbst von der Tür aus die Spitzen der gegenüberliegenden Eiben erkennen und die mächtige, efeubewachsene Tanne, die noch immer über sie emporragte. Er dachte sich nichts weiter dabei, denn er suchte Hatty, doch später sollte er sich daran erinnern.

Er zerrte den Kopf zurück und überlegte, was er jetzt tun konnte. Er hatte eigentlich vorgehabt, den Kopf nacheinander durch alle Türen zu stoßen, bis er Hatty fand. Doch jetzt fragte er sich, ob das wirklich klug wäre. Schon jetzt war er müde; die Ohren schrillten ihm, die Augen schmerzten, und selbst sein Magen, der auf der anderen Seite der Tür geblieben war, krampfte sich zusammen. Wenn er Hatty erst beim letzten Versuch finden würde, dann hätte er vielleicht gar nicht mehr die Kraft, zu ihr zu gelangen.

In diesem Notfall waren gewiss auch unfeine Methoden entschuldbar. Tom begann durch Schlüssellöcher zu spähen und an ihnen zu lauschen. Durch das dritte Schlüsselloch drang etwas an sein Ohr: ein sehr leises, regelmäßig sich wiederholendes Rascheln. Er kam nicht darauf, was es sein konnte, und durch das Schlüsselloch sah er nur einen Waschtisch mit Schale und Krug, ein Fenster, einen halb zugezogenen Spitzenvorhang und einen Stuhl mit hoher, gerader Lehne.

Nein, er konnte sich nicht vorstellen, was dieses Geräusch verursachte. Zumindest konnte es nicht von Hatty kommen, die krank war und vielleicht im Sterben lag. In Gedanken an sie wandte er sich verzweifelt ab, um es an den anderen Türen zu probieren, aber noch als er sich umdrehte, dachte er, dass Hatty vielleicht doch in diesem Zimmer lag, im Fiebertraum, stumm und reglos, außer dass ihre Hände immer wieder sanft raschelnd über die Bettdecke glitten.

Tom kehrte zu der Tür zurück, hinter der er das Geräusch

gehört hatte, und begann seinen Kopf hindurchzudrücken. Er steckte bis zu den Augenbrauen im Holz, die Ohren waren noch frei, als er Schritte auf der Treppe hörte. Er zog den Kopf zurück und sah sich rasch um.

Ein Mann kam die Treppe hoch. Unter einen Arm hatte er die Geschäftsbücher geklemmt, die Tom im Flur unten gesehen hatte; Tintenfass und Lineal hielt er in der anderen Hand. Er hatte den ernsten Blick von jemandem, der sich seinen Lebensunterhalt verdient und gerade von der Arbeit nach Hause kommt. Wer war er? Ein Melbourne, da war sich Tom sicher, das waren die Gesichtszüge der Melbournes.

Der Mann kam den Korridor entlang – direkt auf Tom zu. Doch von Tom wollte er nichts wissen. Er trat vor eben jene Tür, an der es Tom versucht hatte, und klopfte sanft.

»Mutter?«

Das Rascheln hörte auf. Eine Stimme, die Tom sofort als die von Hattys Tante erkannte, sagte: »Wer ist da?«

»James.«

James? Tom war verdutzt, James war doch nur ein großer Junge gewesen, als er ihn das letzte Mal im Garten gesehen hatte. War während der kurzen Zeit, die für Tom verstrichen war, so viel Zeit für die Melbournes vergangen, dass James nun ein erwachsener Mann war – und dazu noch ein Geschäftsmann? Vor ihm stand James, kein Zweifel: breitschultrig und groß und kräftig, mit hohem, abgetragenem Kragen und ernstem Gesicht.

»Du kannst hereinkommen«, sagte eine Frauenstimme. »Ich kämme mir nur die Haare.«

James trat ein und Tom folgte ihm. Das hatte er eigentlich nicht vorgehabt, denn er war kein unverschämter naseweiser Junge, doch James hatte, noch während er die Tür öffnete, gefragt: »Wie geht es Hatty?«

Beide standen jetzt im Schlafzimmer: der Mann und der Junge. James sah sich mit einem Anflug von Unbehagen um, wie Menschen, die wissen, dass sie allein sind, aber das Gefühl haben, es sei noch jemand im Zimmer – vielleicht nur eine Katze.

Vor dem Spiegel des Toilettentisches stand Hattys Tante. Ihr langes braunes Haar fiel schwer herab bis zu den Hüften. Sie zog die Bürste durch die Strähnen, vom Kopf bis zu den Haarspitzen – das war das Geräusch, das Tom gehört hatte. Erst jetzt fiel ihm auf, dass ihr Haar nicht mehr ganz braun war, sondern langam ergraute. Auch für Hattys Tante war die Zeit vergangen.

Sie antwortete James nicht sofort. Sie begann jetzt ihr Haar zu wickeln und zu flechten. »Hatty wird sich schon wieder erholen«, sagte sie beiläufig und kühl.

»Sagt das der Doktor?«

»Ja.«

»Dann müssen wir dankbar sein.«

»Dankbar!« Die Hände immer noch im Haar, wandte sich Hattys Tante um und sah ihren Sohn an. »Dankbar! Und was hat sie angestellt, bis sie diesen Unfall hatte? Auf Bäume klettern, ich bitte dich! Hat sie kein Gespür dafür, was sich als Mädchen schickt, und dazu noch in diesem Alter? Sie ist alt genug, um es besser zu wissen!«

»Hatty ist jung geblieben für ihr Alter«, sagte James. »Vielleicht kommt es daher, dass sie so oft alleine ist – alleine spielt –, und immer im Garten.«

»Ach, du warst immer so gut zu ihr!«, rief Hattys Tante, und die Art, wie sie es sagte, ließ es wie eine bittere Anklage klingen. »So wird sie nie erwachsen! Was soll aus ihr werden, wenn sie älter wird? Ich weiß es nicht. Sie ist jetzt schon ein so seltsames Mädchen.« Die Tante wandte sich wieder dem Spiegel zu, um ihr geflochtenes Haar zu ordnen.

»Natürlich wird Hatty erwachsen werden«, sagte James, und Tom bewunderte, wie er sich dem Zorn der Mutter entgegenstellte. »Aber was soll *dann* aus ihr werden?«

»Von mir kann sie gewiss nichts erwarten. Meine Wohltätigkeit hat ihre Grenzen.«

»In diesem Fall, Mutter, wird sie selbst ihren Lebensunterhalt verdienen müssen, obwohl ich nicht weiß, wie sie das anstellen soll. Vielleicht heiratet sie auch – obwohl sie außerhalb des Hauses und des Gartens keinen kennt und keinen trifft.«

»Ich will nicht, dass sie in diesem Haus das Sagen hat, wenn ich einmal nicht mehr da bin.« Hattys Tante hatte sich nicht vom Spiegel abgewandt, sondern sah mit starrem Blick auf die dort widergespiegelte Gestalt ihres Sohnes.

»Was meinst du damit, Mutter?«

»Du und Hubert und Edgar seid jetzt alle erwachsen und im Geschäft eures Vaters tätig und auch einigermaßen unabhängig. Gut so; aber sollte einer von euch später einmal die Absicht haben, Harriet zu heiraten, darf er von mir keinen Penny erwarten. Hubert hat sich nie um das Mädchen geschert und ich glaube, Edgar kann sie nicht ausstehen; aber du hast Mitleid mit ihr.«

Auf diese Worte hin trat Schweigen ein und Tom hätte es gern gesehen, wenn James, der so kühn war, laut verkündet hätte, dass er zwar nie daran gedacht habe, Hatty zu heiraten, doch jetzt einsehe, was für eine gute Sache das wäre, und dass er sie bestimmt heiraten würde, sobald sie volljährig sei und dass sie glücklich sein würden bis an ihr Lebensende – all das seiner Mutter zum Trotz. Doch James war kein Romantiker. Er seufzte leise: »Ich habe nicht die Absicht, Hatty jemals zu heiraten; ich denke nicht, dass ich es eines Tages will; aber Mitleid hat sie gewiss verdient.«

»Sie ist bemitleidenswert, gewiss«, sagte Hattys Tante grimmig.

»Und jetzt, da sie älter wird, Mutter, sollte sie natürlich mehr von der Welt sehen als dieses Haus und diesen Garten. Sie sollte mehr mit Menschen zusammenkommen, Bekanntschaften schließen und Freunde gewinnen.«

»Du weißt sehr gut, dass sie einzig und allein im Garten sein will.«

»Davon können wir sie abbringen. Wir haben Freunde und wir dürfen es nicht zulassen, dass sie sich immer vor ihnen versteckt, als ob sie Angst hätte. Wenn wir etwas unternehmen, könnten wir sie dazu überreden mitzukommen: zu Bootsfahrten auf dem Fluss zum Beispiel und zu Picknicks, zu Cricketspielen oder Whistrunden und zum Schlittschuhlaufen ...«

»Sie will ja gar nicht erwachsen werden; sie will nur ihren Garten.«

»Wir könnten sie auf den Geschmack bringen. Ich gehe jetzt und rede mit ihr. Wenn es ihr wieder richtig gut geht, muss sie mehr unternehmen, das werd ich ihr sagen. Wir alle wollen, dass sie ausgeht und Freundschaften schließt.«

Wir alle? Tom beobachtete das Gesicht der Frau im Spiegel und sah kühle Missbilligung darin.

»Kann ich ihr sagen, dass du es wünschst, Mutter?«

»Du verschwendest nur dein Mitgefühl und deine Kraft an Harriet.«

»Kann ich wenigstens sagen, dass du einverstanden bist?«

»Du kannst ihr sagen, was du willst; du kannst mit ihr machen, was du willst; und je weniger ich von ihr sehe, desto besser.«

Sie wandte sich ab, sodass sie ihren Sohn weder im Spiegel noch in Fleisch und Blut sah. James ging hinaus und Tom folgte ihm. An einer Tür am Ende des Korridors klopfte James leise und trat ein.

Tom wartete draußen, bis das Gespräch mit Hatty zu Ende

war. Er lauschte dem Auf und Ab von James' Stimme. Er sprach sanft, wie zu jemandem, der krank war oder sich gerade erholt hatte; doch er sprach lange mit ihr. Hattys Verletzung konnte doch nicht so schwer sein, wie Tom befürchtet hatte, wenn sie all dem lauschte, was James ihr zu sagen hatte.

Das Zimmer mit den vergitterten Fenstern

Endlich kam James wieder aus Hattys Zimmer, schloss die Tür hinter sich und ging den Korridor hinunter, offenbar in sein eigenes Zimmer. Tom wartete, bis er die Tür geschlossen hatte, dann trat er an Hattys Tür und drückte den Kopf hindurch.

Als Hatty ihn kommen sah, schrie sie vor Freude auf. »Bitte, Tom – mach langsam, ich will sehen, wie es geht!«

»Du musst eben den Bogen raus haben«, erwiderte Tom. Doch er erfüllte ihren Wunsch und kam gemächlich auf dem Teppich vor Hattys Bett an. Diesmal war er nicht so erschöpft wie sonst.

Hatty saß aufrecht im Bett, mit einem Verband um den Kopf. Ihr Gesicht war gerötet, doch vor Aufregung und nicht vom Fieber.

»Oh, ich will das auch können!«, seufzte sie und ließ sich auf die Kissen sinken. Tom musterte sie einen Moment lang: Vielleicht – nein, *gewiss* sah sie älter aus, als er sie bisher gekannt hatte. Hatty war ebenso älter geworden wie die anderen Melbournes, und Tom hatte es nicht bemerkt, weil sie so oft zusammen gewesen waren und weil er auf solche Dinge nicht achtete.

»Nun, wie geht's dir?«, fragte Tom. Sie noch länger anzustarren wäre unhöflich gewesen.

»Sehr gut«, sagte Hatty. »Der Doktor sagt, den Kratzer sieht man bald nicht mehr. Und James hat mich besucht und er meint, ich müsse in Zukunft statt von Bäumen zu fallen andere Dinge unternehmen.«

»Ohne mich?«, sagte Tom und dachte an die Geselligkeiten für Erwachsene, von denen James gesprochen hatte.

»O nein, Tom, du kannst immer mitkommen, wenn du willst!« Doch Tom spürte, dass sie zu ihm sprach, als wäre er noch ein Kind und sie keines mehr.

»Setz dich und unterhalte dich ein wenig mit mir, Tom«, bat sie ihn.

Er setzte sich ans Bettende und sah sich im Zimmer um. »Ein schönes Schlafzimmer hast du.« Es war ein geräumiges Zimmer – wie alle Zimmer in dem stattlichen Haus der Melbournes. Es hatte eine große Kommode und zwei große Fenster, zwischen denen Hattys Bett stand; doch unten an den Fenstern –

»Du hast Gitter an den Fenstern«, sagte Tom, »wie in einem Zimmer für kleine Kinder.« Und irgendwo in seinem Kopf schienen Worte widerzuhallen, die er einmal gesagt oder gehört hatte; und tatsächlich, die Gitter an den Fenstern erinnerten ihn an etwas, das er einmal gesehen hatte.

»Es war ein Kinderzimmer«, sagte Hatty. »Das Kinderzimmer meiner Vettern, als sie noch klein waren; und danach meines. Und dann, weil ich das letzte Kind war, blieb es einfach meins. Jetzt ist es mein Schlafzimmer.«

Tom starrte die Fenster an, als wäre er in Trance versetzt: Er hatte sie schon einmal gesehen, das wusste er, oder vielmehr nur eines der Fenster – nein, noch genauer, jedes Fenster, doch jeweils einzeln und nie zusammen.

»Wo ist in diesem Haus das Badezimmer?«, fragte Tom.

»Das Badezimmer?«

»Wo nimmst du dein Bad?«

»Ich bade natürlich hier in meinem Schlafzimmer. Die Jungen in ihren Zimmern.«

»Hier?«, sagte Tom und sah sich verblüfft um. »Wie denn?«

»Was fragst du denn: Da ist die Zinkwanne, und Susan bringt Kannen mit heißem Wasser aus der Küche hoch. Im Winter wird hier Feuer gemacht und ich nehme mein Bad am Feuer.«

»Man könnte hier ein richtiges Badezimmer einrichten«, sagte Tom, als ob er es schon fertig vor sich sehen würde. »Man könnte eine Trennwand durch die Mitte des Zimmers ziehen, hier, sodass auf beiden Seiten der Wand ein Fenster wäre. Dann könnte dieser Teil immer ein Schlafzimmer bleiben und aus dem Raum drüben könnte man ein Badezimmer machen.«

Hatty hielt das für überflüssig und für eine dumme Idee, und das sagte sie ihm auch. »Außerdem wäre dann das Zimmer hier nur ein schmaler Schlauch.«

»Ja«, stimmte ihr Tom zu, »und die Trennwand wird – wäre dünn und du könntest immer das Wasser nebenan laufen hören, wenn du hier im Bett liegst.«

»Darauf hätte ich keine Lust«, sagte Hatty bestimmt.

»Ich glaube nicht, dass du es je erlebst«, sagte Tom. »Andere Leute vielleicht.«

Er ging hinüber zum Fenster und sah hinaus. Sein Blick wanderte weit in die Ferne: zuerst über einen Rasen, an dessen Ende eine riesige Buche nachdenklich die Äste hängen ließ; über eine Hecke; einen Weg, wiederum eine Hecke; eine Wiese mit einer großen Ulme in der Mitte …

Tom holte tief Luft: »Dein Zimmer mag ich lieber«, sagte er, »und die Aussicht hier noch viel lieber.«

»Kannst du den Fluss hinter der Wiese sehen?«, fragte Hatty. »Aber lieber als was, Tom?«

»Lieber – lieber als wenn es nichts als Häuser auf der anderen Seite gäbe.«

Hatty lachte. »Sei nicht albern, Tom! Wenn das so wäre, würden wir nicht am Rand eines Dorfes wohnen, wie jetzt, sondern in einer Stadt.«

»Oder in einem Dorf, das so gewachsen ist, dass es eigentlich eine Stadt ist.« Tom wechselte jetzt das Thema. »Wie oft badest du, Hatty?«

»Einmal die Woche. Und du?«

»Jeden Abend. Aber ich glaube, ich würde lieber seltener baden und dafür dieses Zimmer und diesen Blick haben.«

Hatty sah ihn verwirrt an. Sie konnte nicht begreifen, wie seine Gedanken zusammenhingen, und verstand auch nicht die Wehmut, die ihn offenbar überkommen hatte. »Tom, es gibt keinen Grund, traurig zu sein.«

Tom dachte über die Vergangenheit nach, die die Zeit so weit entfernt hatte. Die Zeit hatte Hattys Gegenwart genommen und sie in seine Vergangenheit verwandelt. Und dennoch, hier und jetzt, eine kleine Weile, wurde diese Vergangenheit auch zu *seiner* Gegenwart – seiner und Hattys. Dann fiel ihm die Standuhr ein, die sowohl seine Zeit als auch die Hattys maß, und er erinnerte sich an das Bild auf dem Zifferblatt.

»Hatty, was bedeutet das Bild auf der Standuhr?«

»Es ist etwas aus der Bibel.«

Tom war überrascht. »Was?«

Hatty runzelte die Stirn: »Das ist schwierig: Ich kann mich nicht daran erinnern – ich glaube, es ist schwer zu verstehen, deshalb weiß ich es nicht mehr genau. Ich finde es für dich heraus, wenn du willst.«

»Ja, bitte. Wen willst du fragen?«

Hatty lächelte, machte aber kein Geheimnis daraus, wie eine frühere Hatty es getan hätte. »Ich frage die Uhr; es steht dort geschrieben.«

»Wo? Ich hab es nie gesehen.«

»Nein, das konntest du nicht, weil es so tief unten auf dem Zifferblatt steht, dass die Schrift vom Rahmen der Glasscheibe verdeckt wird. Du musst die Scheibe öffnen.«

»Vom Pendelkasten aus, mit einem Riegel?«

»Ja, woher weißt du das?«

»Nicht so wichtig. Wer hat den Schlüssel für den Pendelkasten?«

Wieder lächelte sie. »Die Standuhr. Der Schlüssel steckt immer im Schlüsselloch.«

Tom war entsetzt. »Aber dann könnte jeder sie aufschließen!«

»Nur Tante darf es. Sie hat allen anderen verboten, die Uhr auch nur anzurühren.«

»Aber wenn Fremde ins Haus kämen? Neugierige Leute? Jungs?«

Hatty verstand ihn offenbar nicht. Sie versprach allerdings, das nächste Mal, wenn sie unten war und niemand dabei wäre, den Pendelkasten zu öffnen und die Glasscheibe des Zifferblatts zu entriegeln. Dann konnte Tom das Geheimnis selbst lesen.

Vorerst konnten sie nichts weiter unternehmen, und so wechselten sie das Thema. Hatty nahm das Gespräch in die Hand, denn Tom war nachdenklich und wortkarg. Sie unterhielt ihn mit Geschichten über das Kinderzimmer. Hinter den Läden dieser Fenster schliefen tagsüber Fledermäuse, erzählte sie. Wenn man die Läden zuzog, konnte man sie dort hängen sehen, zwischen den grauen Spinnweben und den vertrockneten Blättern einer Kletterpflanze und all dem Staub. Eines Nachts hatte sich eine in ihr Zimmer verirrt und war umhergeflattert wie ein winziges schwarzes Gespenst, und sie hatte unter ihrer Decke geschrien und geschrien, denn Susan hatte ihr gesagt, dass Fledermäuse auf langes Haar ganz wild seien und sich darin einnisteten und dann müsse das ganze Haar abgeschnitten werden. (Tom lächelte und selbst Hatty lächelte ein wenig.) Dann war eines Sommers eine Ranke der Kletterpflanze oben am Fenster hereingekrochen und hatte sich an der ganzen Klingelschnur entlanggeschlungen, bis Hattys Tante sie bemerkte und abschneiden ließ. Und wenn man ruhig dalag, konnte man Mäuse hinter den Fußleisten um die Wette rennen hören, und im Herbst, nach der Ernte, gab es immer mehr Mäuse, weil sie dann von den Feldern hereinkamen. Und dann war da natürlich der Schrank –

Jetzt sprang Hatty aus dem Bett, um Tom den Wandschrank zu zeigen – nicht ihre Kleider, die dort hingen, sondern ein Versteck unter den Dielenbrettern, das sie seit ihrer Kindheit geheim gehalten hatte. Mit den Fingernägeln fuhr sie zwischen die Ritzen und hob eine Diele an, und darunter, in einem geräumigen Hohlraum zwischen den Deckenbalken, war ihr kleiner Schatz: ihr Kirmesmesser mit der einen Klinge, eine Schachtel mit Farben und ein kleines, blassbraunes Bild eines feierlich dreinschauenden jungen Gentleman, der an einem Armsessel lehnte, in dem eine junge Frau saß. »Das waren mein Vater und meine Mutter, vor langer Zeit. Du erinnerst dich doch noch, Tom, dass ich einmal so getan habe, als wären sie König und Königin.«

Dann hörten sie Schritte draußen auf dem Korridor und Hatty zog sich rasch ins Bett zurück. Die sommerliche Dämmerung hatte nun Schatten in das Zimmer geworfen und Susan kam mit einer Öllampe herein, die sie auf den Kaminsims stellte und anzündete. Dann ging sie noch einmal hinaus und kam zurück mit Hattys Abendessen, einer Schale Brot in Milch.

Während Hatty aß, unterhielten sie sich weiter, und Tom wärmte seine Hände über der Öffnung des Lampenglases und beobachtete die Schattenfiguren, die seine Finger an die Decke warfen. Unten erklang laut der Gong, der die Melbournes zum Abendessen rief. Sie hörten Stimmen und Fußgetrappel auf der Treppe.

Susan kam noch einmal zurück, um die leere Schale und die Lampe zu holen, und bat Hatty, sich hinzulegen und zu schlafen. Als sie fort war, meinte Tom, auch für ihn sei es Zeit zu gehen.

»Nun gut«, sagte Hatty. Niemals fragte sie, wohin er ging.

»Wir sehen uns morgen«, sagte Tom.

Hatty lächelte. »Das sagst du immer, und dann dauert es oft viele Monate, bis du zurückkommst.«

»Ich komme jede Nacht«, sagte Tom.

Er wünschte ihr Gute Nacht und ging nach unten. Im Hausflur roch es nach Essen, und Susan und ein anderes Hausmädchen eilten mit Tellern und Schüsseln umher. Die Familie speiste zu Abend.

Tom hielt inne und sah nach, ob der Schlüssel der Standuhr im Schlüsselloch steckte. Wie gerne hätte er ihn gedreht, doch das musste Hatty für ihn tun. Er starrte den Engel auf dem Zifferblatt an.

Er verließ die Uhr, ging hinaus in den Garten und kam mit geschlossenen Augen wieder herein, machte die Tür hinter sich zu und verriegelte sie. Doch als er die Augen öffnete, war er immer noch im Hausflur der Melbournes. Er ging den Flur entlang und die Treppe hoch, verzweifelt hoffend, dass der Treppenläufer und die Stangen sich auflösen würden, während er hochstieg, und dass er sich auf dem Weg in die Wohnung der Kitsons und in sein eigenes Schlafzimmer und sein Bett wieder finden würde.

Nichts Derartiges geschah. Er kam zu Hattys Schlafzimmer, das eigentlich das seine war; die Tür war angelehnt.

»Wer ist da?«, murmelte Hatty schläfrig.

»Ich bin's nur«, sagte Tom. »Ich – ich hab was vergessen.«

»Hast du es gefunden?«

»Nein«, sagte Tom. »Aber es ist schon gut. Gute Nacht, Hatty.«

»Gute Nacht.«

Er ging nach unten und hinaus in den Garten und drehte eine Runde an den Mauern entlang. Fledermäuse schwirrten über seinen Kopf hinweg. Und dann versuchte er es noch einmal. Das Haus hatte sich nicht verwandelt – es war das Haus der Melbournes.

Ich komm nie mehr zurück, dachte Tom plötzlich; und dann: Ich sag es Hatty. Ich frage sie, was ich tun soll. Ich erzähle ihr alles, selbst wenn das heißt, dass ich über Geister reden muss.

Er ging nach oben, schlüpfte in Hattys Zimmer und rief in der Dunkelheit ihren Namen. Sie antwortete nicht. Er hörte nur das regelmäßige Atmen einer Schlafenden. Er mochte sie nicht aufwecken und ihr Angst einjagen, und so kauerte er sich neben dem Bett auf den Boden, den Arm über Hattys Arm gelegt, um gleich zu spüren, wenn sie aufwachte oder sich auch nur regte. Er ließ den Kopf auf den anderen Arm sinken und merkte, wie er allmählich in den Schlaf sank.

Er wusste nicht, wie viel Zeit vergangen war, als er erwachte. Draußen jedenfalls war es Tag und die Glieder taten ihm weh, weil er ganz verkrampft auf dem Boden lag. Zuerst wusste er nicht, wo er war. Dann fiel es ihm siedend heiß ein und er fuhr mit dem Arm über das Bett, doch das Bett war leer – ohne Hatty. Dann sah er, dass es nicht Hattys Bett war, sondern seines, und dass dies auch sein Schlafzimmer war – nur ein schmaler Schlauch mit einem vergitterten Fenster.

Tom begriff nicht, wie er hierher gekommen war, doch er war von ganzem Herzen dankbar. Er wollte gerade in sein kaltes Bett steigen, als ihm der Pantoffel einfiel, den er unter die Wohnungstür geklemmt hatte, um sie offen zu halten. Auf keinen Fall durften Onkel oder Tante ihn dort finden. Glücklicherweise war es noch sehr früh, und sie schliefen sicher noch. Er holte den Pantoffel, schloss die Tür und stieg ins Bett.

Da lag er und starrte an die Decke, bis er hörte, wie der Onkel ins Badezimmer auf der anderen Seite der kümmerlichen Trennwand ging und das Wasser für ein morgendliches Bad einlaufen ließ.

Einen Augenblick später kam die Tante herein und brachte Tom die erste Tasse Tee ans Bett, mit der sie ihn wie immer verwöhnte.

»Zeit aufzustehen, Tom. Der Postbote hat gerade Briefe von zu Hause gebracht – einen für dich von Peter und einen für mich von deiner Mutter.«

Am nächsten Samstag

Sie saßen alle am Frühstückstisch: Alan Kitson mit der Zeitung; seine Frau mit einem langen Brief von ihrer Schwester, Toms Mutter; Tom selbst mit einem Brief von Peter. Tom hielt beim Lesen eine Hand schützend über das Blatt, damit keiner, wenn auch nur zufällig, mitlesen konnte.

Lieber Tom,

PASS AUF! Mutter schreibt an Tante Gwen, dass du Ende der Woche nach Hause kommen kannst, und diesmal musst du wirklich kommen. Ich glaube, Mutter wird schreiben, du musst nach Hause, weil ich dich so vermisse, aber ich will nicht, dass du von dort weggehst. Mir gefällt alles, was du in deinen Briefen schreibst. Erzähl mir mehr davon. Ich würde am liebsten auch kommen, aber Mutter und Vater sagen nein.

Ich wünschte, wir hätten mehr Bäume und einen Fluss und eine hohe Mauer. *Ich wär so gerne dort.*

Dein Pete

Tom seufzte. Gerne hätte er Peters Wunsch erfüllt, wenn auch nur für eine Weile.

Tom las noch einmal den ersten Satz: »PASS AUF!« Doch was konnten Kinder gegen die Entscheidungen tun, die die Erwachsenen für sie fällten, und besonders die Eltern? »Du musst Ende der Woche heimkommen«; und heute – Tom sah auf die Titelseite von Onkel Alans Zeitung –, heute war Dienstag. Er vermutete, sie würden vorschlagen, er solle Samstag oder Sonntag nach Hause fahren. Tante Gwen legte den Brief beiseite und lächelte Tom an, fast ein wenig bekümmert. »Nun Tom, wie es aussieht, müssen wir dir wirklich bald Auf Wiedersehen sagen.«

»Wann?«, fragte Tom wie aus der Pistole geschossen.

»Nächsten Samstag. Für Samstagmorgen gibt es eine billige Fahrkarte und deine Mutter meint, da du nicht mehr unter Quarantäne stehst, kannst du mit dem Zug fahren.«

»Nächsten Samstag?«, sagte Tom. »So bald schon?«

Plötzlich meldete sich der Onkel. »Wir werden dich vermissen, Tom.« Doch gleich darauf schien er überrascht – fast verärgert – über das, was er gerade gesagt hatte.

Tante Gwen sagte: »Deine Eltern schicken dir ganz herzliche Grüße, Tom, und freuen sich darauf, dich bald wieder zu sehen. Deine Mutter schreibt, dass Peter dich sehr vermisst; er sehnt sich nach dir und hat schon Tagträume; er *braucht* dich. Länger können wir dich beim besten Willen nicht bei uns behalten – wir können dich ja schließlich nicht adoptieren.«

Wenn sie ihn adoptierten, dachte Tom, könnte er hier bleiben; dann würde er seine eigene Familie verlieren: Mutter, Vater, Peter …

Tom spannte es in der Brust, als ob er an den Rippen auseinander gezogen würde. Er sehnte sich nach zweierlei, das er nicht unter einen Hut bringen konnte: Er wollte seine Mutter und seinen Vater und Peter und sein Zuhause – wirklich und von ganzem Herzen; und gleichzeitig wollte er den Garten nicht verlassen.

»Wenn ihr mich adoptieren würdet«, begann Tom, langsam und gequält.

»Das war doch nur ein Scherz, Tom«, sagte die Tante, um ihn zu beruhigen.

Das gelang ihr auch, wenigstens zum Teil, denn Tom wollte gar nicht das Kind der Kitsons werden und seine eigene Familie verlassen. Und dennoch brauchte er ein Mittel in der Not, um sich aus dieser verzweifelten Lage zu retten. Er wusste jetzt, dass er bald nach Hause musste – dagegen würde nichts helfen: keine Aufschübe, keine Erkältungen, schon gar keine Adoption. Samstagmorgen hatten sie gesagt, und dabei blieb es.

Nächsten Samstag ...

»Vielleicht kommst du nächstes Jahr wieder«, sagte die Tante, »und verbringst einen Teil deiner Sommerferien bei uns.«

Tom konnte ihr nicht antworten und danken, denn das nächste Jahr war noch so fern, und wenn er an den Abschied dachte, war ihm hier und jetzt so schwer ums Herz – so schwer ums Herz, dass man beinahe sagen konnte, sein Herz breche entzwei.

Den ganzen Morgen schien Tom das Ticken der Standuhr zu hören, die den Samstag näher brachte, Minute um Minute, Stunde um Stunde. Dafür hasste er die Uhr. Doch dann fiel ihm ein, dass die Standuhr noch in dieser Nacht, wenn Hatty den Pendelkasten öffnete, ihr Geheimnis preisgeben würde. Tom hatte nicht die leiseste Ahnung, was dieses Geheimnis sein könnte, doch er hatte das eigentümliche Gefühl, es sei wichtig, und er spürte einen Anflug von Hoffnung – die letzte Hoffnung. Deshalb hätte er die Minuten und Stunden bis heute Nacht am liebsten rasch vergehen sehen. Die Zeit bis dahin war noch so lang – und die Zeit bis Samstag war so kurz.

An diesem Nachmittag schrieb Tom Peter über den Garten, mit einer Hoffnung, die er eigentlich nicht verspürte; er versprach, am folgenden Tag ausführlicher zu schreiben. Dann, um das Ticken der Uhr nicht mehr hören zu müssen, machte er einen Spaziergang mit seiner Tante. Er hatte gefragt, ob es in der Nähe nicht einen Fluss gebe, und sie meinte ja und sie könnten ihn zusammen suchen. Sie schlenderten durch kleine, zurückliegende Wohnstraßen, bogen mal um diese, mal um jene Ecke, bis Tom überhaupt nicht mehr wusste, wo sie waren. Und dann kamen sie an eine Brücke.

»Hier ist dein Fluss, Tom!«, sagte Tante Gwen stolz.

Es *musste* derselbe Fluss sein, auch wenn er weder wie die Linie in der Ferne aussah, die er von Hattys Fenster aus gesehen hatte, noch wie der Fluss, zu dem er und Hatty über die Wiese hinter der Gartenhecke gelangt waren. Am einen Ufer gab es schmale, eingezäunte Hintergärten, am anderen führte ein Asphaltweg entlang.

Auf der Brücke angelte ein Mann. Tante Gwen rief ihm zu: »Haben Sie schon was gefangen?«

»Hier gibt es keine Fische«, antwortete der Mann mit bitterer Stimme. Er stand neben einem Schild, auf dem es hieß: »WARNUNG. Der Stadtrat übernimmt keine Haftung für Personen, die im Fluss schwimmen, waten oder paddeln. Das Wasser ist gemäß amtlicher Untersuchung aus ökologischen Gründen für solche Zwecke nicht geeignet.«

»Was bedeutet das?«, fragte Tom.

»Ich weiß nur, dass der Fluss nicht mehr sauber und gesund ist«, sagte seine Tante. »Es hat mit all den Häusern zu tun, die hier gebaut wurden, und den Fabriken. Aus den Fabriken fließt schreckliches Zeug in die Flüsse, glaube ich.«

Tom blickte auf das Wasser: Es sah nicht faulig aus, doch er bemerkte, dass das Flussgras unter der Wasseroberfläche nicht grün schimmerte, sondern mit einem dicken, schmutzig braunen Pelz überzogen war. Gänse waren weit und breit keine zu sehen und auch keine Schwimmvögel. Fische gab es gewiss nicht. Dagegen sah Tom im Trüben unten auf dem Flussbett viele Glasscherben, zerbrochenes Geschirr und leere Dosen.

»Kann man hier irgendwo baden oder paddeln?«, fragte Tom.

»Bei Castleford gibt es eine Badestelle. Dieser Fluss fließt hinunter nach Castleford, musst du wissen.«

»Nach Castleford, Ely, King's Lynn und ins Meer«, sagte Tom.

»Ja, stimmt, Tom«, sagte die Tante ziemlich überrascht. »Woher kennst du dich hier so genau aus?«

»Jemand hat es mir erzählt«, meinte Tom vorsichtig.

»Wie viel Uhr ist es, bitte?«

»Fast vier.«

War nur so wenig Zeit vergangen?

Sie gingen nach Hause, denn es gab nichts Interessantes mehr zu sehen. Als sie durch die Tür des großen Hauses eintraten, hörte Tom als erstes das Ticken der Standuhr. Sie würde weiterticken, bis es Zeit war fürs Bett, und so gesehen war die Zeit Toms Freundin; doch danach würde sie weiterticken bis Samstag, und so gesehen war sie Toms Gegnerin.

Der Engel spricht

Tom wusste nicht, wo er Hatty in dieser Dienstagnacht finden würde. Lag sie noch im Bett, um sich von ihrem Sturz zu erholen, oder war sie wieder gesund und munter im Garten, oder aber nahm sie schon an einer der Geselligkeiten teil, mit denen James sie gelockt hatte?

Tom hatte sich darauf eingestellt, eine andere Hatty vorzufinden. Was ihn jedoch völlig überraschte, als er die Gartentür öffnete, war ein Wandel in der Jahreszeit. Es war mitten im Winter – nicht trübe und grau, sondern dank des frisch gefallenen Schnees ein strahlend heller Wintertag. Jeder Baum und Busch war in Weiß gehüllt; nur die innersten Nischen unter den Eiben waren vor dem Schnee geschützt, und sie schienen Tom wie dunkle, tief liegende Augen zu beobachten.

Dieses Wetter war auf seine Art so vollkommen, wie es das Sommerwetter gewesen war.

Es herrschte tiefe Stille. Tom hielt den Atem an, verzaubert von dem Anblick, der sich ihm bot. Dann erschien unter einem Busch am Rand des Rasens ein Teichhuhn. Die Kälte hatte es vermutlich aus dem Fluss getrieben, und es wollte im Garten nach Futter suchen. Ein wenig aufgeregt und flapsig pickte es hier und da mit dem Schnabel in den Schnee, und doch tapste es gemächlich und leichtfüßig über die Schneedecke des Rasens und verschwand dann wieder unter den Büschen.

Der Vogel hatte Tom aus seiner Nachdenklichkeit gerissen. Er sah sich um und fand neben den flachen, dreizehigen Abdrücken des Teichhuhns noch weitere Spuren im Schnee. Menschliche Füße waren aus der Gartentür gekommen, den Weg entlanggegangen, hatten eine Ecke des Rasens überquert und waren am Gewächshaus entlang zum Teich gegangen. Tom wusste sofort, dass es Hattys Füße waren, und er folgte ihrer Spur.

Als er das Gewächshaus hinter sich gelassen hatte, kam der Teich in Sicht. Und dort war sie. Der Teich war gefroren und auf einer Seite war der Schnee weggefegt worden. Auf diesem Platz lief Hatty Schlittschuh – wenn man es schon so nennen konnte. Sie hatte einen der Stühle aus dem Sommerhaus genommen und schob ihn vor sich her, während sie weit mit den Beinen ausschwang und vor Anstrengung laut keuchte. Doch als Tom sie rief, wandte sie ihm ein vergnügt strahlendes Gesicht zu.

»Hallo, Tom!«, rief sie und stolperte zum Ufer. Dort stellte sie sich mit nach innen gekehrten Zehenspitzen auf, als ob ihre Schlittschuhe es sich sonst in die Köpfe setzen würden, in entgegengesetzte Richtungen davonzujagen.

»Hatty«, sagte Tom. »Ich wollte, dass du – du hast versprochen –«

»Aber du bist ja dünner geworden!«, sagte Hatty und runzelte die Stirn.

»Dünner?«, sagte Tom. »Nein, ich bin dicker geworden.« Das wusste er sicher, denn Tante Gwen hatte vor kurzem einen Penny ausgegeben und ihn wiegen lassen, und mit dem Ergebnis war sie sehr zufrieden gewesen.

»Das hab ich nicht gemeint; ich meinte *durchsichtiger*«, sagte Hatty und setzte mit verlegenem Blick hinzu: »O nein, das hab ich auch nicht gemeint – ich weiß auch nicht so recht, was ich eigentlich meine –«

»Das ist jetzt nicht wichtig«, sagte Tom ungeduldig, »aber ich will, dass du die Geschichte mit der Standuhr für mich klärst.« Er bemerkte, wie Hatty unsicher wurde, und fügte deshalb hinzu: »Du hast gesagt, du würdest es tun.«

»Hab ich?«

»Als du aus dem Baumhaus gefallen bist. Danach haben wir darüber gesprochen.«

»Ach, das ist lange her! Wenn du schon so lange gewartet hast, Tom, könntest du dann nicht ein wenig mehr Geduld haben? Willst du mir nicht lieber beim Schlittschuhlaufen zuschauen?« Hastig erzählte sie, es ginge schon viel besser und bald werde sie mit den anderen zusammen Schlittschuh laufen – mit Hubert und James und Edgar und Bertie Codling und den Chapman-Schwestern und dem jungen Barty und all den andern. »Magst du nicht auch, Tom? Hast du es nie gelernt?«

»Doch«, sagte Tom. »Aber Hatty, halt jetzt bitte dein Versprechen und schließ die Standuhr für mich auf und zeig mir, was das Bild bedeutet!«

Seufzend ließ sich Hatty auf den Gartenstuhl sinken, zog Schlittschuhe und Stiefel aus und ihre gewöhnlichen Schuhe an und ging mit Tom ins Haus zurück. Unterwegs fing sie an zu murmeln, und Tom verstand sie kaum. Das Bild habe mit einer Offenbarung zu tun – so ungefähr jedenfalls verstand Tom, was sie sagte.

Im Hausflur stellte sich Hatty vor die Standuhr und lauschte einen Moment lang aufmerksam. »Tante ist sicher oben.« Sie drehte den Schlüssel am Pendelkasten und öffnete das Gehäuse. Während sie nach dem Riegel für die Abdeckung des Zifferblatts suchte, warf Tom einen Blick ins Innere des Pendelkastens. Er sah Schatten und Spinnweben; und dann sah er das Pendel, das mit dem Ticken der Uhr hin- und herschwang. Das Gewicht am Ende des Pendels war eine flache, runde Metallscheibe. Sie war vergoldet und leuchtete beim Schwingen wie eine Sonne. Tom bemerkte über dem Goldbezug einen Blütenkopf aus Buchstaben; obwohl das Pendel schwang, konnte er erkennen, was dort geschrieben stand: »Keine Zeit mehr.«

»Keine Zeit mehr?«, sagte Tom verdutzt.

»Ja«, sagte Hatty, mit dem unvertrauten Hebel kämpfend. »Das ist es.«

»Aber wer hat keine Zeit mehr?«

»Nein, nein! Du verstehst nicht. Warte –«

Endlich fand sie den Riegel und schob ihn zurück. Dann öffnete sie die Glasabdeckung des Zifferblatts und deutete auf die Worte, die dort, weit unter den gespreizten Füßen des Engels mit dem Buch, geschrieben standen. »Sieh mal. Ich wusste noch, dass es das Buch der Offenbarung war, aber ich konnte mich nicht mehr an das Kapitel und den Vers erinnern.«

Tom las: »Off. X, 1–6.« Er wiederholte es laut, um es sich einzuprägen, doch Hatty unterbrach ihn: »Schhh! War da nicht jemand oben?« Starr vor Schreck schloss sie den Uhrenkasten und rannte mit Tom im Schlepptau in den Garten.

»Offenbarung, Kapitel zehn, Vers eins bis sechs«, wiederholte Tom unterwegs.

»Ich sollte meine Bibel holen und es für dich nachschlagen«, sagte sie. Doch sie schien gar nicht erpicht darauf zu sein, ins Haus zurück und nach oben zu gehen.

Dann fiel Tom ein, dass Abel seine Bibel im Heizungshaus aufbewahrte, und sie machten sich auf den Weg dorthin. Tom stutzte, als er sah, wie mühelos Hatty jetzt die Tür öffnen konnte: Sie konnte den Haken oben an der Tür lösen, ohne sich auf die Zehenspitzen stellen zu müssen. Offensichtlich war sie um einiges gewachsen seit jenen frühen Tagen im Garten.

Drinnen im Heizungshaus sah es jetzt im Winter ganz anders aus. Unter dem Heizkessel loderte ein Feuer, um das Wasser für die Rohre im Gewächshaus zu erwärmen, der kleine Raum war stickig warm und von glühend rotem Licht erfüllt. Hatty fand die Bibel, ohne lange suchen zu müssen, und brachte sie Tom nach draußen.

Sie begann die Seiten gegen Ende des Buches durchzublättern und murmelte dabei vor sich hin: »– Titus – Philemon – Brief an die Hebräer – Brief des Jakobus – erster Petrusbrief – zweiter Petrusbrief – erster Johannesbrief – zweiter Johannesbrief – dritter Johannesbrief – Brief des Judas – OFFENBARUNG. Die Offenbarung ist das letzte Buch der Bibel.«

Hatty war jetzt bei den Kapiteln der Offenbarung des Johannes und Kopf an Kopf lasen sie darin. Ein leises Geräusch – das Knirschen von Schnee, der unter Sohlen zusammengedrückt wird – ließ sie aufmerken, neben den Haselnusssträuchern war Abel erschienen. Vielleicht war er gekommen, um das Feuer zu schüren; vielleicht – denn er trug einen Reisigbesen – kam er auch, um für Hatty den restlichen Schnee vom vereisten Teich zu kehren.

Verdutzt blieb er stehen.

Hatty sah die Verblüffung auf Abels Gesicht und missverstand sie: Sie dachte, er schaue auf die Bibel, während er Tom ansah – oder vielleicht Tom zusammen mit der Bibel. »Abel«, sagte Hatty aufgeregt, »hast du etwas dagegen? Wir – ich meine ich, natürlich –, ich wollte kurz etwas in der Bibel nachschlagen.«

Abel starrte sie immer noch an.

»Es tut mir sehr Leid, wenn du etwas dagegen hast«, sagte Hatty und sah ihn abwartend an.

»Nein ... nein ...« Abel schien sich zu einem Entschluss durchzuringen. »Denn es ist Wahrheit und Erlösung in diesem

Buch. Wer dieses Buch liest – nein, der kann nicht ganz und gar verflucht sein.« Er berührte mit der Hand seine Stirnlocke, was Hatty wie eine unangebrachte Entschuldigung vorkommen musste, doch Tom wusste, dass die Entschuldigung beabsichtigt war und ihm galt. Mit dieser Geste ging Abel davon, als wolle er nicht weiter stören.

Sie wandten sich wieder ihrer Suche in der Bibel zu, und jetzt fand Hatty das richtige Kapitel und die richtigen Verse:

1. Und ich sah einen andern starken Engel vom Himmel herabkommen; der war mit einer Wolke bekleidet, und ein Regenbogen auf seinem Haupt und sein Antlitz wie die Sonne und seine Füße wie Feuersäulen.

2. und er hatte in seiner Hand ein Büchlein aufgetan. Und er setzte seinen rechten Fuß auf das Meer und den linken auf die Erde;

3. und er schrie mit großer Stimme, wie ein Löwe brüllt. Und da er schrie, redeten sieben Donner ihre Stimmen.

4. Und da die sieben Donner ihre Stimmen geredet hatten, wollte ich sie schreiben. Da hörte ich eine Stimme vom Himmel sagen zu mir: Versiegle, was die sieben Donner geredet haben; schreibe es nicht!

5. Und der Engel, den ich sah stehen auf dem Meer und auf der Erde, hob seine Hand auf gen Himmel

6. und schwur bei dem Lebendigen von Ewigkeit zu Ewigkeit, der den Himmel geschaffen hat und was darin ist, und die

Erde und was darin ist, und das Meer und was darin ist, dass hinfort keine Zeit mehr sein soll.

Tom hörte auf zu lesen und sein Kopf schwirrte vor Wolken und Regenbogen und Feuer und Donner und es kam ihm alles recht überwältigend vor. Vielleicht war es dem unbekannten Zifferblattmaler vor so langer Zeit ebenso ergangen.

Freilich verstand Tom nicht den Sinn dessen, was er eben gelesen hatte, und das sagte er auch Hatty.

»Es ist schwierig«, stimmte Hatty ihm zu. »Ich glaube nicht, das jemand genau weiß, was das alles bedeutet. Das Buch der Offenbarung ist voller Engel und wilder Tiere und merkwürdiger Redewendungen. Es ist eben so.«

»Aber die Stelle am Schluss, ›keine Zeit mehr‹, was bedeutet das?«, fragte Tom hartnäckig nach. »Ich muss es wissen, es ist wichtig – es steht auf dem Pendel der Uhr und der Engel schwört es –, es wird keine Zeit mehr sein. Was meint er damit?«

»Vielleicht, wenn die letzte Posaune ertönt – wenn das Ende der Welt kommt«, sagte Hatty, und auch das klang nicht sonderlich einleuchtend. Tom erkannte, dass sie ihm nicht weiterhelfen konnte. Schon hatte sie die Bibel zugeschlagen und war einen Schritt zurückgetreten, um sie ins Heizungshaus zurückzubringen. Ihre Augen wanderten hinüber zum Teich und leuchten auf – ja, Abel fegte das restliche Eis für sie.

»Keine Zeit mehr ...«, murmelte Tom und dachte, alle Uhren der Welt würden aufhören zu ticken und würden auch nicht mehr schlagen, übertönt und für immer angehalten durch den Klang einer großen Posaune. »Keine Zeit mehr ...«, wiederholte Tom. Und die drei Wörter schienen ihm beladen mit einer Fülle von Bedeutungen.

Hatty hatte die Bibel wieder an ihren Platz zurückgelegt. »Kommst du mit zum Teich und schaust mir beim Eislaufen zu?«

»Nein«, sagte Tom. »Ich muss nachdenken.«

Ganz in Gedanken versunken wandte er sich von ihr und der kristallenen Schönheit des Gartens, den er so liebte, ab, kehrte ins Haus zurück und ging hinauf in sein Zimmer.

Zeit und noch einmal Zeit

Den Rest der Nacht zum Mittwoch verbrachte Tom im Bett, erst seinen Gedanken nachhängend, dann träumend – doch er träumte von den Dingen, über die er nachgedacht hatte, und seine Gedanken verknüpften sich mit anderen Gedanken, die aus den Tiefen seines Geistes heraufströmten. Er träumte, es sei seine letzte Nacht in diesem Haus. Er ging hinunter und wollte hinaus in den Garten, doch er sah, dass der Engel vom Zifferblatt herabgestiegen war und ihm – auf riesenhafte Größe angewachsen – den Weg mit einem Flammenschwert versperrte. Doch Tom ließ sich nicht aufhalten und schließlich trat der Engel beiseite und gab die Tür frei. Tom blickte hinaus und sah, dass der Garten verschwunden war und dass es draußen nur einen gepflasterten Hof mit Mülleimern gab, und mitten auf dem Hof stand die alte, uralte Mrs Bartholomew und sagte erzürnt: »Wer hat sich an der Zeit meiner Standuhr zu schaffen gemacht?« Dann wachte Tom auf und sogleich sanken all die seltsamen Traumbilder zurück auf den Grund seines Geistes und die Gedanken, Fragen und unvollendeten Überlegungen seiner wachen Stunden strömten herein.

Tom überdachte alles noch einmal: Keine Zeit mehr – der Engel auf der Standuhr hatte es geschworen. Doch sollte die Zeit jemals enden, dann hieße das, sie selbst wäre etwas Vergängliches. Man konnte sie vielleicht loswerden, oder besser, ihr ein Schnippchen schlagen. Vielleicht konnte Tom selbst hinter den Rücken der Zeit huschen und die Vergangenheit – das heißt Hattys Gegenwart und den Garten – hier, jetzt und immer für sich haben. Um dies zu schaffen, musste er natürlich verstehen, wie die Zeit arbeitete.

»Was ist Zeit?«, fragte er Tante Gwen, als sie ihm die erste Tasse Tee ans Bett brachte. Und seine Tante, die glaubte, nicht richtig gehört zu haben, antwortete, es sei fast sieben Uhr.

»Was ist die Zeit – ich meine, wie funktioniert die Zeit?«, fragte Tom den Onkel beim Frühstück. Der Onkel erklärte jedoch, es gebe keine einfache Antwort auf diese Frage. Es gebe nur Theorien.

»Natürlich«, sagte Onkel Alan, »früher hat man gedacht ...«, und Tom hörte aufmerksam zu und schien manchmal auch etwas zu verstehen, ein andermal war er sich sicher, dass er nichts verstand. »Aber die modernen Theorien über die Zeit«, sagte Onkel Alan, »die *neuesten* Theorien ...«, und Tom begann sich zu fragen, ob Theorien in Mode kamen und dann wieder veralteten, wie Kleider, und dann fiel ihm ein, dass er ja gar nicht aufpasste, und er spulte seine Gedanken zurück, und wieder meinte er, etwas zu begreifen, und dann war er sich doch nicht sicher und verfiel in trübe Gedanken.

»Auch ich habe eine Theorie«, sagte Tom, während der Onkel einen Schluck Tee nahm. »Ich kenne einen Engel – ich weiß von einem Engel, der sagte, dass es einmal keine Zeit mehr geben wird.«

»Ein Engel!«, bellte der Onkel so markerschütternd, dass eine Menge Tee über seine Krawatte schwappte, und er wurde noch zorniger, weil er das Verkleckerte aufwischen musste. »Was zum Teufel haben Engel mit wissenschaftlichen Theorien zu tun?« Tom zitterte und wagte nicht zu erklären, dass dies mehr als eine Theorie war: die blendende Gewissheit eines Engels.

Er wünsche nicht weiter zu frühstücken, sagte Onkel Alan mit zornbebender Stimme. Zehn Minuten zu früh ging er aus dem Haus, schlug die Tür hinter sich zu und fuhr zur Arbeit.

Sobald er fort war, wandte sich Tante Gwen Tom zu: »Tom, das hättest du besser nicht gesagt.«

»Tja«, sagte Tom, »ich wusste nicht, dass er so wenig von Engeln hält.«

»Dein Onkel hat so viel Ehrfurcht vor Engeln wie alle andern, freilich am richtigen Ort dafür«, sagte Tante Gwen. »Aber wenn ihm jemand beim Frühstück widerspricht, bekommt ihm das gar nicht. Seine Nerven sind so früh morgens immer ein wenig angespannt und im Handumdrehen verliert er die Beherrschung und dann schlingt er das Frühstück in sich hinein oder lässt die Hälfte stehen. Das verdirbt ihm den Magen.«

»Tut mir Leid«, sagte Tom. Die Tante hatte gewisse Einsicht in die Wahrheit, allerdings in eine andere als die des Onkels.

Kaum war Alan Kitson an diesem Abend nach Hause gekommen, nahm ihn seine Frau beiseite, um mit ihm zu sprechen. Zunächst redete auch er mit erregter Stimme drauflos, doch schließlich verstummte er. Und am Ende schwiegen beide eine Weile, bis er sagte: »Vielleicht hast du Recht, das sollte ich tun.«

»Tom, ich entschuldige mich«, sagte der Onkel beim Abendessen, doch so würdevoll, dass Tom sich von seinen Worten buchstäblich erdrückt fühlte.

Tom glaubte, das Thema Zeit würde nun nicht mehr angesprochen; doch der Onkel war jetzt entschlossen, das, was am Morgen geschehen war, gründlich wieder gutzumachen. Nach dem Essen holte er Papier und Bleistift und begann Schaubilder und Pfeile zu zeichnen: »Tom, stell dir dies als Punkt in der Zeit vor …« Später forderte er Tom auf, sich einen Maler vorzustellen, der in einer Landschaft steht und sie malt, und noch einen zweiten Maler, der nach ihm kommt und dieselbe Landschaft mit dem Bild des ersten Malers von der Landschaft malt, dann einen dritten Maler, der noch später kommt und diese Landschaft malt mitsamt dem Bild des ersten Malers und dem Bild des zweiten Malers vom Bild des ersten Malers, schließlich dann einen vierten Maler … »Ich hoffe, dieser Vergleich hat die Sache etwas klarer gemacht, Tom«, sagte der Onkel. »Oder nimm mal ein anderes Beispiel. Stell dir vor …« Toms Gesicht wurde allmählich ganz steif davon, eine Miene aufzusetzen, die Verständnis bekundete. In Wahrheit wollte er jetzt einfach losweinen wie ein kleines Kind, denn er verstand nichts, und doch war alles so wichtig für ihn.

Dann, ganz beiläufig, erwähnte Onkel Alan einen Namen, den er kannte. »Denk zum Beispiel mal an Rip van Winkle«, sagte er, »oder besser nicht, das ist wohl nicht sehr einleuchtend. Nein, denk dir mal einen neuen Punkt in der Zeit, den wir A nennen.«

Doch zu spät: Tom hatte den Faden schon aufgenommen, denn Rip van Winkle war der Erste, den der Onkel erwähnt hatte, über den Tom wirklich etwas wusste. Tatsächlich wusste Tom alles über ihn. Rip van Winkle war eines Tages in den Bergen Nordamerikas auf die Jagd gegangen und an einem verzauberten Ort eingeschlafen. Ihm kam es vor, als hätte er dort nur eine Nacht verbracht, doch als er schließlich wieder hinabstieg zu seiner Familie, stellte sich heraus, dass zwanzig Jahre vergangen waren.

Ja, dachte Tom, war er nicht selbst sozusagen ein verkehrter Rip van Winkle? Statt zwanzig Jahre in die Zukunft zu gehen ging er mehr als hundert Jahre zurück, in die Zeit, als Hatty gelebt hatte. Er ging nicht jede Nacht zu genau demselben Tag zurück und erlebte die Zeit auch nicht in ihrem üblichen Ablauf. Die Tanne zum Beispiel, er hatte sie im Garten stehen sehen, dann wurde sie umgeweht und später war sie wieder an ihrem Platz gewesen – auch letzte Nacht noch. Er hatte Hatty als Mädchen in seinem Alter gesehen, dann als viel jüngeres und vor kurzem als Mädchen, das ihm allmählich über den

Kopf wuchs – auch wenn Tom es sich noch nicht ganz eingestehen wollte. Er hatte Hattys Zeit – die Zeit des Gartens – in Abständen aufleuchten sehen, und in Hattys Zeit waren insgesamt etwa zehn Jahre verflogen, während seine eigene Zeit nur die Wochen der Sommerferien zurückgelegt hatte.

»Man könnte sagen«, meinte Tom langsam und wandte sich wieder dem Onkel zu, dem er nicht mehr gefolgt war, »man könnte sagen, verschiedene Menschen haben verschiedene Zeiten, die natürlich alle Abschnitte der gleichen großen Zeit sind.«

»Nun«, sagte der Onkel, »man könnte genauer sagen –«

Doch Tom ließ sich nicht beirren. »Sodass ich aus irgendeinem Grund vielleicht in die Zeit von jemand anderem zurückgehen könnte, in die Vergangenheit. Oder, wenn du magst« – jetzt sah er alles und zum ersten Mal aus Hattys Sicht – »sie könnte mich einholen in meiner Zeit, die ihr als Zukunft erscheint, während sie mir als Gegenwart vorkommt.«

»Es wäre viel klarer, Tom«, sagte der Onkel, »wenn wir zu diesem Punkt A zurückkehren –«

Doch Tom fuhr fort: »Wie auch immer es ist, sie wäre genauso wenig ein Geist aus der Vergangenheit wie ich ein Geist aus der Zukunft bin. Keiner von uns ist ein Geist und auch der Garten nicht. Damit ist die Sache klar.«

»Wovon redest du eigentlich?«, sagte Onkel Alan verärgert. »Gärten? Und was ist jetzt klar? Wir sprechen über Möglichkeiten – Theorien.«

»Aber«, sagte Tom, »wenn jemand tatsächlich von einer Zeit in eine andere getreten wäre – einfach so –, das wäre der Beweis.«

»*Beweis!*«, rief Onkel Alan. Und einen Moment lang dachte Tom, er würde wieder ungenießbar werden, doch er riss sich zusammen. »Ich habe dir nur sehr wenig beibringen können, Tom, wenn ich dir nicht einmal klargemacht habe, dass Beweise – wenn es um die Theorie der Zeit geht – *Beweise* ...!« Offenbar konnte man, wenn es um die Zeit ging, ebenso wenig beweisen wie bei der Tat eines Meisterdiebs.

Doch Tom kümmerte das nicht. Er hatte einige Dinge zu seiner Zufriedenheit geklärt. Er war von dem ausgegangen, was der Engel ihm enthüllt hatte, und hatte etwas Nützliches über die Zeit herausgefunden. Zwar wusste er noch nicht genau, wie es ihm nützen könnte, doch ihm war warm und aufgeregt zu Mute, als ob er nahe daran wäre, die rundum vollkommene Lösung des Problems zu finden.

In dieser Mittwochnacht ging Tom mit ganz anderen Gedanken in den Garten. Die Jahreszeit war immer noch der Winter; doch Tom sah sich aufmerksam um und überlegte: Schön und gut, aber ist es *derselbe* Winter? Ist dies ein weiterer Ausschnitt von Hattys Zeit, in den ich geraten bin? Wenn ja, ist es ein früherer oder ein späterer?

Die Frage wurde beantwortet, als er bei seinem Gang durch den Garten an die Hecke kam. Jetzt führte ein Weg mit Gartentor hindurch auf die Wiese. Er war bei Toms letztem Besuch sicher nicht da gewesen, oder er hätte ihn sofort bemerkt. Das Gartentor war in der Zwischenzeit eingebaut worden und hatte genug Zeit gehabt, um jetzt alt und schäbig auszusehen.

Tom ging auf das Tor zu, und auf dem Kiesweg unter seinen Füßen knirschte das Eis. Er lehnte sich über das Tor und schaute hinaus über die Wiese, die er im Sommer als tief liegende Weide kennen gelernt hatte. Jetzt war sie eine einzige große Eisfläche. Auf der anderen Seite der Wiese, wo das Eis am festesten war, tummelten sich, einander zurufend und lachend, Schlittschuhläufer.

Tom hatte das Gefühl, von diesem Vergnügen ausgeschlossen zu sein. Sicher war dies eine der Unternehmungen mit Freunden, zu denen James, wie er angekündigt hatte, Hatty mitnehmen wollte. Es war nicht schwer zu erraten, wer unter den Eisläufern wohl Hatty war: Ein Mädchen, das sich zwischen all den andern tummelte, doch im nächsten Moment schon ganz allein über das Eis segelte. Die Gewohnheit, in der frühen Kindheit allein zu sein, hält sich hartnäckig. Manchmal tatsächlich ein Leben lang.

Die jungen Männer unter den Eisläufern schnitten jetzt gebogene Zweige aus den gestutzten Weiden, als Stöcke für eine Partie Eishockey; ein Stein sollte der Puck sein. Die Mädchen versammelten sich und sahen lachend und tuschelnd zu.

Die einzelne Läuferin hatte sich von ihnen abgesetzt und kam nun auf ihren Schlittschuhen über das Eis geflogen – über die Wiese geradewegs auf die Hecke zu. Hatty – denn es *war*

Hatty – hatte Tom erkannt. »Jedenfalls hab ich jemanden gesehen, und ich dachte, das könntest du sein.« Sie musterte Tom mit zweifelndem Blick, selbst als sie schon mit einem letzten, langen Beinschwung fast vor ihm stand.

Sie öffnete das Gartentor. »Ich bin so froh, dass es wirklich du bist, Tom! Manchmal vermisse ich dich, selbst heute noch – obwohl es ganz lustig ist mit den Chapman-Schwestern, mit Barty und den anderen und obwohl wir Schlittschuh laufen – ach, Tom! Mir ist, als könnte ich von hier bis ans Ende der Welt laufen, wenn die ganze Welt aus Eis wäre! Ich fühle mich frei wie ein Vogel – wie nie zuvor! Ich will weit fort – ganz weit!«

Sie drängte ihn jetzt, aufs Eis zu kommen, und Tom hatte durchaus Lust dazu. »Komm schon, Tom, los!« Er spürte das glatte Eis unter seinem nackten Fuß, fühlte, wie es unter Hattys Gewicht ein wenig aufsplitterte und federte wie der Boden eines Ballsaales. Als hätte das Eis ihn verzaubert, vergaß er das Problem der Zeit, über das er nachdenken musste – vergaß, überhaupt an irgendetwas zu denken. Hatty schwang sich davon und er stürzte ihr nach auf dieser fantastischen Eisbahn, wie er und Peter sie auf den Straßen zu Hause niemals gefunden hatten. Doch sein Geschlitter endete früher als Hattys Lauf, und seine Füße blieben an die Erde gefesselt, während Hatty einem kräftigen Vogel glich.

»Tom«, rief ihm Hatty mit gedämpfter Stimme zu, während sie rasch auf ihn zuflog und mit einem Luftzug an ihm vorbeirauschte, »warum hast du keine Schlittschuhe?«

»Ja, warum hab ich keine Schlittschuhe?«, wiederholte Tom, jetzt plötzlich wütend, denn bisher hatte er sich die Schlittschuhe immer auf einer Eisbahn in der Stadt ausgeliehen. Onkel und Tante hatten sicher keine, und es würde ihnen bestimmt sehr seltsam vorkommen, wenn er in aller Eile Schlittschuhe kaufen wollte – mitten im Sommer.

Dann kam Tom eine Idee – wie ein Licht, das über dem Eis aufblitzte –, eine seiner kühnsten Ideen.

Mit ausgestreckten Armen bat er Hatty anzuhalten und ihm zuzuhören. »Hatty, wo bewahrst du deine Schlittschuhe auf, ich meine, wenn du sie nicht benutzt?«

»Im Schuhschrank im Hausflur. Wenn der Winter zu Ende ist, öle ich die Gurte und fette die Kufen ein und wickle die Schlittschuhe in Papier. Sie gehören ins oberste Schrankfach.«

Tagsüber waren keine Schlittschuhe im Schuhschrank, das wusste Tom – nichts war in den Fächern außer den Dingen, die der Mann mit dem rotbraunen Bart zur Pflege seines Wagens brauchte. Wenn Hatty ihre Schlittschuhe dort aufbewahrt hatte, dann waren sie, nachdem die Melbournes alle gestorben oder weggezogen waren, bestimmt aus dem Schrank geräumt und verkauft, verschenkt oder weggeworfen worden. Auf jeden Fall waren sie für ihn verloren. Bevor Hatty die Sache mit dem Schuhschrank zu Ende erklärt hatte, hatte Tom beschlossen, dass sie ihre Schlittschuhe am völlig falschen Platz aufbewahrte: Sie brauchte einen trockenen und sicheren Platz, gewiss, aber vor allem einen geheimen.

»Hatty, versprichst du mir etwas?«

»Was?«

»Versprichst du's mir erst?«

»Ich kann nichts versprechen, was schlecht oder gefährlich ist.«

»Es ist keines von beidem. Ich will nur, dass du es versprichst, denn wenn du es hörst, sagst du vielleicht, es sei zu albern – und das ist es nicht, wirklich.«

»Gut, sag es mir, und wenn es irgendwie möglich ist, dann verspreche ich es.«

Damit musste Tom zufrieden sein. »Nun ja, ich will nur, dass du deine Schlittschuhe, immer wenn du sie nicht brauchst, in dem Versteck aufbewahrst, das du mir in deinem Wandschrank im Schlafzimmer gezeigt hast. Unter den Dielen.«

»*Dort!*«, sagte Hatty, als sei es eine lange Zeit her, seit sie an diesen Ort gedacht hatte. »Aber das ist wirklich albern – warum um Himmels willen sollte ich sie dort aufbewahren?«

»Versprich es«, rief Tom. »Es mag albern klingen, aber es schadet niemandem. Versprich es. Für dich bedeutet es nichts.«

»Was bedeutet es dir?«, fragte Hatty verdutzt.

»Es dauert jetzt zu lange, das zu erklären, aber versprich es, gib mir dein Ehrenwort, die Schlittschuhe immer dort hinzulegen, wenn du nicht Eis läufst – in dieses Versteck. Es ist doch noch geheim, oder?«, fügte er mit jäher Angst hinzu.

»Der Einzige, dem ich es je gezeigt habe, warst du«, sagte Hatty. »Aber Tom –«

»Gib mir dein Ehrenwort, du hast gesagt, du würdest es tun, wenn du könntest«, beharrte Tom und sah, dass er gewann.

»Ich versteh's zwar nicht, aber na schön, ich verspreche es – ich geb dir mein Ehrenwort.«

Tom vertraute ihr vollkommen; auf der Stelle wandte er sich um, schlitterte zurück zum Gartentor und lief ins Haus zurück.

»Aber hör mal!«, rief ihm Hatty nach, denn ihr war etwas eingefallen. »Komm zurück, Tom! Dieses Versprechen bedeutet, dass ich meine Schlittschuhe zurücklassen muss, wenn ich von hier weggehe.«

Das war völlig richtig, doch Tom kehrte nicht um. Er hörte Hatty hinter sich rufen; und er hörte auch die entfernteren Rufe der Eisläufer, die sie fragten, was sie denn allein am Gartentor treibe, und sie aufforderten, wieder mitzuspielen.

Er rannte ins Haus und nach oben in den ersten Stock. Er zog den Pantoffel unter der Wohnungstür hervor und schloss ab, obwohl er vorhatte, noch in dieser Nacht wieder hinunter in den Garten zu gehen. Mit ein wenig Glück brauchte er nur fünf Minuten in der Wohnung und dann wäre er wieder unten auf der Wiese mit Hatty und könnte Schlittschuh laufen.

Er brauchte kein Licht in seinem Schlafzimmer. Er tastete nach dem Wandschrank und öffnete ihn, und dann fuhr er mit den Fingern über die Fugen der Dielen im Innern. Mit dem Taschenmesser hob er das rechte Bodenbrett an. Tastend griff er in den Hohlraum darunter und spürte zwei größere Gegenstände, die in Papier eingewickelt waren.

Er war schon dabei, sie auszuwickeln, als er eine Tür aufgehen hörte – die Tür des anderen Schlafzimmers. In seiner Aufregung, erkannte er jetzt, musste er mehr Lärm gemacht haben, als gut war. Sie hatten ihn gehört; sie kamen.

Er lehnte die Schranktür nur an, damit es nicht klickte, und ließ sich rasch ins Bett gleiten. Gerade noch rechtzeitig, denn eine Sekunde später öffnete die Tante die Schlafzimmertür und machte Licht. Sie musste das Knarren der Matratzenfedern gehört haben. Tom schloss die Augen und wälzte sich laut stöhnend im Bett umher, als hätte er einen schlechten Traum. Die Tante beugte sich über ihn, legte ihm den Handrücken auf die Stirn, um zu prüfen, ob er Fieber hatte, küsste ihn und ging wieder hinaus. Sie ließ die Schlafzimmertür angelehnt; Tom hörte sie in ihr Zimmer zurückgehen, doch er hörte sie nicht ihre Tür schließen. Sie hatte beide Türen offen gelassen, um zu lauschen, wie es ihm ging.

Tom lag mit weit geöffneten Augen im Bett, vor Ungeduld zitternd, und wusste, dass das leiseste Geräusch seine Tante zurückbringen würde. Er musste warten, bis sie wieder eingeschlafen war, und wie lange das dauern würde, konnte er nicht wissen.

Schließlich war es Tom, der als Erster einschlief – er schlief und träumte vom Schlittschuhlaufen bis ans Ende der Welt und ans Ende der Zeit.

Das vergessene Versprechen

Als Tom am Donnerstagmorgen erwachte, fiel ihm als Erstes ein, dass er die wertvolle Gelegenheit verpasst hatte, gestern Nacht noch einmal in den Garten zurückzukehren. Sein zweiter Gedanke galt dem Versteck unter den Dielenbrettern.

Schon meinte er, von seiner Entdeckung nur geträumt zu haben, doch als er die Schranktür öffnete, sah er die herausgehobene Diele, neben der sein Taschenmesser lag. Und in dem Hohlraum unter den Dielen lagen die beiden braunen Päckchen. Er zog sie hervor und wickelte das Papier ab. Heraus kam ein Paar Schlittschuhe mit angeschraubten und festgegurteten Stiefeln.

Dann fiel ihm auf, dass auch ein Zettel im Versteck lag. Er nahm ihn heraus und las:

»*An den Finder.* Diese Schlittschuhe sind Eigentum von *Harriet Melbourne,* doch sie lässt sie an diesem Platz zurück, um ein Versprechen zu erfüllen, das sie einst einem kleinen Jungen gab.«

Die Notiz war unterzeichnet und mit dem Datum 20. Juni versehen. Auch das Jahr war notiert, allerdings war die Schrift von einem toten Insekt so verschmiert, dass Tom nur die ersten beiden Zahlen lesen konnte: eine Eins und eine Acht.

Tom verbrachte fast den ganzen restlichen Tag damit, über Hattys Schlittschuhen zu brüten – die nun die seinen waren. Sie waren längst aus der Mode gekommen und waren auch für eine veraltete Art des Schlittschuhlaufens bestimmt gewesen. Es waren Fen-Läufer, deren lange Kufen vorne in einem Halbkreis nach oben ausliefen, damit sie sich den Weg durch die rauen Weiten der Marschlandschaft der Fens bahnten, auf denen die Schlittschuhläufer gewaltige Strecken zurücklegen konnten.

Er brachte die Schlittschuhe, so gut er konnte, in Schuss. Onkel oder Tante sagte er nichts davon. Er suchte nach Schmirgelpapier und fand schließlich welches in der Werkzeugkiste des Onkels. Damit schliff er den Rost von den Kufen. Vielleicht hatten die Kufen einen neuen Schliff nötig, doch das überstieg Toms Möglichkeiten. Er borgte sich eine Flasche Olivenöl aus der Speisekammer der Tante und ölte das hölzerne Fußbett und das vertrocknete Leder der Gurte und Stiefel. Er probierte die Stiefel an. Sie saßen fast perfekt – vielleicht waren sie ein wenig zu groß, doch umso besser. Dann konnte er zwei Paar Socken tragen. Während Tom die Stiefel ölte, fiel ihm jäh ein, was er so lange gesucht hatte: die rundum vollkommene Lösung des Problems der Zeit.

Die Tante war einkaufen gegangen, sodass Tom mit Schlittschuhen und Olivenöl ganz offen auf dem Küchentisch hantierte. An der Wand gegenüber hing die Küchenuhr; sie starrte ihn unablässig an und erinnerte Tom an jene Nacht – es war jetzt schon viele Nächte her –, da er ihren Blick erwidert hatte, zunächst ungläubig, doch dann mit atemlosem Erstaunen. Die Uhr hatte ihm gesagt, dass er zwar mehrere Minuten brauchte, um hinunter zur Gartentür und wieder zurück zu gelangen, doch überhaupt keine Zeit benötigte, um seelenruhig im Garten umherzuschlendern. Er mochte noch so lange im Garten geblieben sein, die Küchenuhr wusste nichts davon. Er verbrachte Zeit im Garten, doch nicht den Bruchteil einer Sekunde in der normalen Zeit. Vielleicht war es das, was die Standuhr gemeint hatte, wenn sie eine dreizehnte Nachtstunde schlug: Diese Stunde gab es in der gewöhnlichen Zeit nicht; sie unterlag nicht den Gesetzen der gewöhnlichen Zeit; sie war in sechzig gewöhnlichen Minuten nicht vorbei; sie war endlos.

Tom rieb die Gurte der Schlittschuhe mit Öl ein und der Gang seiner Gedanken kam ihm jetzt geschmeidig und stimmig vor. Er konnte eine endlos lange Zeit im Garten verbringen, wenn er wollte. Er konnte nun doch beides haben – den Garten und seine Familie –, denn er konnte für immer im Garten bleiben, und doch würde ihn seine Familie für immer am nächsten Samstagnachmittag erwarten. Hier oben in der Wohnung würde die Zeit am Donnerstag stillstehen und auf ihn warten; sie würde erst wieder zu fließen beginnen, wenn er den Garten verließ und in die Wohnung zurückkehrte.

»Ich könnte für immer im Garten bleiben«, verkündete Tom der Küchenuhr, lachend vor Freude. Und dann schauderte ihm ein wenig, denn das »für immer« klang lang und einsam. Jedenfalls könnte ich es heute Nacht ausprobieren, überlegte er. Ich könnte einfach ein paar Tage oder Wochen oder vielleicht ein Jahr bleiben; aber wenn ich dann keine Lust mehr habe – wenn er Heimweh bekam, meinte er in Wahrheit –, nun, dann kann ich immer zurückkommen. Und Freitagnacht habe ich eine zweite Gelegenheit. Dann kann ich noch länger bleiben – und erst zurückkommen, wenn ich alles im Garten gesehen und erlebt habe.

Während Tom immer noch mit den Schlittschuhen zugange war, dachte er an all die Genüsse, die ihm der Garten bieten konnte. Als er mit der Arbeit fertig war, hatte er einen Entschluss gefasst, der ihn glücklich stimmte. Er war bereit für die Nacht. Nur eines ging an diesem Donnerstag völlig unter. Gerade als er ins Bett gehen wollte, fiel es ihm ein: »Ich hab gestern nicht an Peter geschrieben.«

»Ist doch nicht schlimm«, sagte die Tante aufmunternd.

»Aber ich hab es versprochen.«

»Es ist nicht gut, ein Versprechen zu brechen, aber ich bin sicher, du hast es nicht absichtlich getan. Aber wahrscheinlich wird es für Peter nicht so wichtig sein. Außerdem seht ihr euch ja übermorgen.«

Doch Tom wusste, dass es wichtig war. Das gebrochene Versprechen war schon schlimm genug; doch er wusste zudem, dass Peter ohne diesen Brief ganz verzweifelt sein würde. Peter brauchte jedes Wort, das Tom ihm schrieb, um seine Einbildungskraft zu nähren – um seine Träume zu speisen. »Erzähl mir noch mehr vom Garten und von Hatty«, hatte er Tom gebeten. »Schreib mir, was ihr gemacht habt … Vergiss ja nicht mir zu schreiben, was du vorhast.«

»Tut mir Leid, Peter«, murmelte Tom in sein Kissen und er fühlte sich ganz elend dabei. Er hoffte, dass Peter die bittere Enttäuschung inzwischen überwunden hatte. Er ging früher zu Bett als Tom und vielleicht hatte der Schlaf diesen enttäuschenden Tag für ihn schon beendet.

Doch Tom irrte sich. Peter lag immer noch wach und grämte sich. Er hatte heute keinen Brief von Tom bekommen und er wusste nicht, warum – Tom vergaß seine Versprechen nicht so ohne weiteres. Er wusste nicht, was Tom die letzte Nacht und die Nacht davor unternommen hatte; er wusste nicht, welche Geheimnisse Tom inzwischen vielleicht kannte; er wusste nichts von den herrlichen Abenteuern, die Tom noch in dieser Nacht erleben würde. Peter starrte durch das Halbdunkel seines Zimmers, bis sich seine Augen mit Tränen füllten und schließlich wieder trockneten. Er sehnte sich mehr als je zuvor danach, bei Tom zu sein – zu wissen, was er tat. Erfüllt von dieser Sehnsucht schlief er endlich ein; und sein letzter Blick fiel auf Toms Postkarte von Ely auf dem Kaminsims gegenüber seinem Bett.

Auch Tom schlief jetzt ein; doch als es an der Zeit war, war er mit einem Schlag hellwach. Er zog zwei Paar Socken an. Diesmal ließ er beide Pantoffeln als Keile unter der Wohnungstür zurück; die Schlittschuhe über die Schultern geworfen, ging er nach unten. Natürlich war es möglich, dass es draußen nicht mehr Winter war – und doch hatte er das sichere Gefühl, dass sich die Jahreszeit nicht verändert hatte. Als er die Tür öffnete, sah er sich bestätigt. Der Garten lag in tiefem Frost, der die Bäume und Pflanzen in seiner eisigen Klammer hielt, sodass es nicht die geringste Lebensregung zu geben schien. Der Garten hätte genauso gut in Stein gemeißelt sein können.

In der tiefen Stille hörte Tom, wie hinter ihm sein Name geflüstert wurde. Er wandte sich um. Hatty stand im Hausflur. Sie war in dicke, warme Kleidung gehüllt, trug eine Pelzmütze auf dem Kopf und hatte die Hände in einem Pelzmuff verborgen.

»Ich war mir nicht sicher, ob du es warst, Tom, oder ob das Eislicht mir einen Streich gespielt hat.«

»Natürlich bin ich es«, sagte Tom und fragte sich, ob Hattys Augen noch in Ordnung waren.

»Ich hoffte, du würdest kommen – du und niemand sonst. Sieh mal!« Hatty zog eine Hand aus dem Muff und Tom sah, dass auch ihre Schlittschuhe in dem Pelz steckten. Zur Antwort hob er die eigenen Schlittschuhe hoch. Hatty nickte zufrieden, doch die Ähnlichkeit schien ihr nicht aufzufallen. Sie wusste nicht, was Tom wusste.

»Gleich kommt James«, sagte Hatty. »Er fährt heute auf den Markt nach Castleford, und ich fahre mit. Er weiß nicht, dass ich heute Nachmittag Schlittschuh laufen will. Ich werde bis nach Ely laufen.«

»Kannst du das?«, fragte Tom beeindruckt.

Hatty verstand ihn falsch. »Nun ja, natürlich sollte ich eigentlich nicht. Es schickt sich nicht wirklich für eine Dame, also darf ich es keinem erzählen. Und doch wäre es noch unschicklicher, alleine zu gehen ...«

»Was ich meinte, ist eigentlich – ist der Fluss wirklich zugefroren?«

»Ganz und gar, Tom – stell dir vor, Abels Großvater hat gesagt, das sei einer der härtesten und längsten Fröste, die er je erlebt hat. Der Fluss ist von hier oben bis hinunter nach Castleford und über Ely hinaus gefroren. Hier ist es zu unsicher, weil der Fluss noch nahe an der Quelle ist, aber unterhalb von Castleford und durch die ganzen Fens – ach Tom, komm doch mit!«

Tom war aufgeregt und zugleich entgeistert: »Jetzt? Ohne dass wir in den Garten gehen? Wenigstens ganz kurz?«

»Der Garten wird immer da sein«, versuchte ihn Hatty zu überreden, »aber dieser schwere Frost –«

Sie verstummte jäh und wandte sich um. Jemand kam die Treppe herunter. Tom überlegte schnell, trat ein paar Schritte vor und stellte sich neben Hatty. Für diesmal würde er den Garten verlassen und sich Hatty anschließen.

Der Neuankömmling war James, und auch er war für einen

Ausflug gekleidet. Er grüßte Hatty und holte seinen Marktkorb und zwei dicke Reisedecken aus einem der Regale im Flur. Dann gingen alle drei zur Vordertür hinaus – zur Eingangstür des Hauses der Melbournes, durch die Tom noch nie gegangen war.

Draußen auf der Zufahrt warteten ein Pony und eine Kutsche, und neben dem Pony stand Abel. Seine Miene beim Anblick Toms war leicht zu deuten: »Hätte nie gedacht, *dich* wieder zu sehen!« All das Grauen von einst war aus seinem Blick verschwunden.

Sie kletterten auf die Kutsche und Hatty und James wickelten sich mit den Decken ein. Abel nutzte die Gelegenheit, Tom insgeheim freundlich zuzuzwinkern. Dann straffte James die Zügel über dem Rücken des Ponys und sie fuhren los: die Zufahrt zum Haus der Melbournes hinunter und eine von Wiesen und Obstgärten gesäumte Straße entlang. An einem weiß getünchten Landhaus bogen sie nach rechts ab, dann ging es sieben oder acht Kilometer in flottem Trab auf vereisten Straßen durch überfrorene Felder und Wiesen. Östlich von ihnen lagen niedrige Hügel, die in dieser flachen Landschaft wie schlafende Riesen aussahen; im Westen, ohne dass sie ihn sehen konnten, schlängelte sich der Fluss durch das Land, in der gleichen Richtung wie die Hauptstraße nach Castleford.

Tom war schon einmal mit Onkel und Tante hier draußen gewesen, doch immer hatten ihm die Häuser die Sicht verwehrt, und sie waren mit dem Auto oder dem Bus gefahren.

Tatsächlich war er noch nie mit einer Pferdekutsche gereist. Nun beobachtete er gespannt das Muskelspiel auf dem kurzen Rücken und der Hinterhand des Ponys zu seinen Füßen. Er spürte die harten Stöße der eisenbeschlagenen Räder, während sie dahinrollten.

Schließlich erreichten sie Castleford. An diesem Markttag drängten sich viele Menschen durch die Straßen der Stadt. James ließ Pony und Kutsche an einem Gasthaus mit Namen University Arms zurück (ein merkwürdiger Name für ein Gasthaus, denn Castleford hatte gar keine Universität); viele Bauern, Müller und Handwerker aus der Gegend schienen ihre Gespanne ebenfalls dort stehen zu lassen. James, den Marktkorb in der Hand, machte jetzt Anstalten zu gehen. »Willst du später mit zurückfahren, Hatty?«

»Danke, James«, sagte sie, »aber ich weiß nicht genau, wann ich zurückwill.«

»Du kannst immer den Zug nehmen«, sagte James. Und sie verabschiedeten sich.

Viele Menschen auf den Straßen Castlefords trugen Schlittschuhe. Manche waren auf dem Weg zum Fluss, der zwischen sanft abfallenden Rasenhängen unter den Brücken von Castleford hindurchströmte. Hier war das Eis schon sicher, doch die Entfernungen, die man zurücklegen konnte, waren nicht groß. Hatty war auf der Suche nach etwas Besserem. Mit Tom im Schlepptau nahm sie eine der engen, rückwärtigen Straßen, rannte eine gewisse Gas Lane entlang und führte ihn endlich wieder zum Fluss, dort, wo er Castleford verlässt und allmählich breiter und tiefer wird. Hier strömt er ins Marschland, in die Fens, wo viele andere Wasserwege auf ihn treffen – Kanäle und Gräben mit von Menschenhand geschaffener Geradlinigkeit, Flüsse mit uralten Mäandern –, alle mit ihrer jeweils eigenen Zeit. Der Fluss, entlang der Wiese bei Hattys Garten noch so schmal, wird schon vor Ely zur Großen Ouse; unterhalb von Ely schluckt die Große Ouse ganze Flüsse wie die Lark und die Wissey; und so fließt er dahin, bis er selbst von dem großen Meer geschluckt wird. All diese Gewässer der Fens waren zur Zeit von Toms Besuch im eisigen Griff eines Winters, an den man sich noch lange erinnern sollte.

Eislaufen

In diesem Winter hatte der Frost Ende Dezember eingesetzt und er dauerte, unterbrochen von einer milderen Woche im Januar, bis Anfang März. Es war so kalt, dass selbst fließende Gewässer schließlich einfroren. Das Eis blockierte die Mühlräder am Oberlauf und versperrte den Lastkähnen den Weg, die in jener Zeit von King's Lynn bis hoch nach Castleford fuhren.

Der Frost herrschte über ganz England. An manchen Gewässern wurden ganze Ochsen geröstet, wie zum Beweis dafür, was für ein herrlicher Frost dies war und wozu das Eis am besten zu gebrauchen sei. Auf dem Cherwell bei Oxford fuhr eine Kutsche mit sechs Pferden den Fluss hinunter, zum großen Vergnügen aller, die dabei waren. Doch die Menschen aus Castleford und den Fens kannten den wahrhaft größten und besten Nutzen des Eises: Sie liefen Schlittschuh.

So vergnügten sich die Menschen schon seit einigen Wochen, und als Tom und Hatty hinunter zum Fluss kamen, hatten sie den Eindruck, es wären mehr Menschen auf dem Eis, als zum Markt in der Stadt gekommen sein konnten.

Nicht alle liefen gut oder schnell. Es gab einige Anfänger und einen Polizisten, der stolz und gemessen einherschritt wie ein marineblauer Schwan. Es gab auch eine neue Mode, auf die Hatty Tom aufmerksam machte – das Figurenlaufen. An einer Stelle in der Mitte der Eisfläche lag eine Orange und vier ehrwürdige Gentlemen mit Zylindern schwebten im Einklang miteinander auf die Orange zu, um sie herum und von ihr weg. Plötzlich schoss ein Gassenjunge herbei, auf rostigen Fen-Läufern, die teils mit Gurten, teils mit Schnüren an seine Stiefel gebunden waren, schnappte sich die Orange und sauste, die Zähne schon in die Frucht gegraben, wieder von dannen. Die hin und her wogende Menge der Eisläufer schloss sich hinter dem Jungen und die Gentlemen hörten erbost auf zu tanzen.

Tom und Hatty lachten laut über den frechen Diebstahl, doch Hatty sah sich ständig ein wenig nervös und mit misstrauischem Blick um. Bei all diesen Menschen aus der Stadt und den Dörfern war es möglich, dass jemand sie erkannte und sich abfällig darüber äußerte, dass sie ohne Begleitung hier war. Doch sie hatte Glück, keiner schien sie zu bemerken.

Hatty und Tom hatten jetzt die Schlittschuhe angeschnallt und waren bereit für das Eis: zwei Eisläufer auf einem Paar Schlittschuhe, was Tom wie die gespenstischste und zugleich natürlichste Sache der Welt vorkam. Er spürte ein ihm unbekanntes Können und neue Kraft, als ob diese Schlittschuhe besser als der Eisläufer wussten, was zu tun war. Er lief so gut wie Hatty, weil er ihre Schlittschuhe hatte. Der einzige Unterschied zwischen ihnen war, dass seine Schlittschuhe beim Laufen keine Kerben oder Kratzer auf dem Eis hinterließen.

Sie liefen nicht Hand in Hand, wie viele Eislaufpaare, aus Furcht, diese seltsame Erscheinung könnte auffallen; doch sobald sie das dichte Gewühl der geselligen Läufer ein wenig unterhalb der Stadt hinter sich gelassen hatten, liefen sie Seite an Seite und hielten sich Schwung für Schwung gleichauf. An diesem Nachmittag war es völlig windstill und immer schneller durchschnitten sie die stille Luft.

Hatty hatte ihren Rock oberhalb der Fußknöchel festgesteckt, um sich freier bewegen zu können, und nun zog sie auch die Hände aus dem Pelzmuff und schwang die Arme im Takt mit den Beinen. Der Muff flatterte an seiner Kordel hinter ihr her, so schnell fuhren sie, und als die Kordel bei einem heftigen Schwung riss, flog der Pelz davon und landete mitten in einer Eishockeypartie. Schnell wurde er zum Teil des Spiels und verschwand für immer. Hatty sah ihm nach, doch sie ließ sich in ihrem Lauf nicht beirren, sondern lachte nur, als würden ein Muff oder irgendwelche Unschicklichkeiten oder ihre Tante sie nicht mehr kümmern. Sie liefen weiter.

Sie verließen die Gegend von Castleford und kamen an einer Schleuse mit festgefrorenen Toren und zugefrorenem Wehr vorbei. Sie kletterten das Ufer hoch, umgingen die Schleuse und kehrten zurück aufs Eis. Sie liefen unter einer Brücke hindurch, und auch darunter trug das Eis sicher. Alle Fährübergänge, an denen sie vorbeikamen, waren eingefroren, und die Fährmänner standen missmutig um ihre vom Eis eingeschlossenen Boote herum.

Hatty und Tom liefen immer weiter über das Eis. Die Läufer, denen sie nun begegneten, waren meist Männer. Es gab nur wenige Mädchen, bemerkte Tom, und keines war ohne Begleitung. Sie gelangten an eine einsam gelegene Bierschenke am Fluss, auf deren Schild es hieß: »Fünf Meilen von Irgendwo – Kein Grund zur Eile«. Hier sahen sie Schlittschuhläufer, Arbeiter von den Bauernhöfen der Fens, die sich auf einer Bank ausruhten. Sie riefen Hatty einladende Worte zu und fragten, ob sie nicht einen von ihnen zur Gesellschaft haben wolle. Sie ließen nicht locker, bis Hatty antwortete, dass sie einen Freund dabeihabe, den sie allerdings nicht sehen könnten. Die Eisläufer hielten das für einen guten Scherz und lachten; auch Hatty lachte und Tom ebenfalls, doch außer Hatty hörte ihn keiner.

Sie liefen weiter, und die dünne, gleißende Sonne stand nun schon tief am Himmel. Hattys schwarzer Schatten flog zu ihrer Rechten über das glitzernde Eis. Manchmal liefen sie auf dem Hauptstrom, manchmal auf dem überfrorenen Marschland. Nur die Weiden entlang dem Ufer sahen ihnen zu, und das Eis zischte unter ihren Schlittschuhen.

Sie hatten aufgehört zu reden und zu denken – ihre Beine und Arme und Körper schienen hin- und herzuschwingen mit der unbeirrbaren Regelmäßigkeit von Uhrpendeln – bis Hatty endlich ausrief: »Schau, Tom – der Turm der Kathedrale von Ely!«

Vom Fluss aus gesehen spielte der Turm von Ely seine Streiche mit dem Reisenden. Hatty und Tom liefen und liefen, und lange Zeit schien der Turm nicht näher zu kommen, sondern sich auf mysteriöse Weise mal zur einen, mal zur anderen Seite zu bewegen, je nach Windung des Flusses. Endlich jedoch kamen sie wirklich näher und nun verschwand der Turm der Kathedrale hinter den ersten Hausdächern. Hier nahm der Fluss die letzte Windung nach Ely hinein.

Sie stiegen ans Ufer. Hatty löste die Gurte und Schrauben ihrer Schlittschuhe und ging in den Stiefeln – andere Schuhe hatte sie nicht dabei. Tom schwang sich Stiefel und Schlittschuhe um den Hals und ging auf Socken.

Sie schlenderten durch die Stadt in Richtung Kathedrale und betraten sie durch das große Westportal. Das schwindende Winterlicht erfüllte das riesige Innere mit düsterem Licht. Sie gingen durch das Hauptschiff hinunter zum Oktogon. Tom kam die Decke der Kathedrale wie ein Himmel vor, denn immer wenn sie nach oben sahen, hatten sie angesichts des riesigen Gewölbes nur einen kleinen Weg zurückgelegt. Hattys Augen funkelten vor Begeisterung: »Oh, ich hätte nie gedacht, dass es irgendwo etwas so Großes – so Schönes gibt.«

Sie kamen an einem Küster vorbei und Tom flüsterte Hatty zu: »Frag mal, ob man auf den Turm steigen kann.« Sie kehrte um und fragte den Kirchendiener. Die junge Dame solle sich in zehn Minuten am Taufstein auf der Westseite einfinden, antwortete er. Es war die letzte Turmbesteigung für heute und kostete Sixpence.

In der Zwischenzeit gingen sie in der Kathedrale umher. Als

sie aus der Marienkapelle kamen, hielt Tom vor einer Gedenktafel inne. Sie war einem gewissen Mr Robinson, Ehrenbürger der Stadt, gewidmet, der am 15. Oktober achtzehnhundertzwölf im Alter von zweiundsiebzig Jahren die Zeit für die Ewigkeit eingetauscht hatte. Tom überlegte, dass er es Mr Robinson gewissermaßen nachtun wollte; er wollte die normale Zeit, die sonst bis Samstag dahinfließen würde, für eine endlose Zeit eintauschen – eine Ewigkeit im Garten. »Tauschte die Zeit für die Ewigkeit«, wiederholte Tom laut und bemerkte, dass die Mauern der Kathedrale nicht das leiseste Echo seiner Stimme zurückwarfen. Die Stille ließ ihn erschaudern.

Hatty war zurückgekommen, um zu sehen, was Tom aufhielt. Über seine Schulter blickend las auch sie die Inschrift, und derselbe schlichte Satz erregte ihre Aufmerksamkeit: »Tauschte die Zeit für die Ewigkeit«, las sie laut. »Zeit ... Ewigkeit ...« Die Worte Hattys erzeugten ein leises Echo und ihre Stimme und deren Widerhall erfüllten die Stille, zum Trost für Tom. In jähem Entschluss drehte er sich zu Hatty um: Ihr konnte er vertrauen – er würde ihr alles sagen, was er vorhatte. Und zwar jetzt gleich.

Doch Hatty sah hinüber zum Taufstein. Dort warteten schon die anderen und sie machte sich auf den Weg, um sich der Turmbesteigung anzuschließen. Tom wollte sie nicht aufhalten und folgte ihr, denn auch er wollte auf den Turm. Schließlich konnte er später mit ihr reden, während ihres langen Laufs zurück nach Castleford. Dann würde genug Zeit sein.

Ein Treffen von Brüdern

Peter Long schlief in dieser Donnerstagnacht nur kurz ein und wachte dann missgelaunt wieder auf. Mit seinen Träumen stimmte etwas nicht. Nacht für Nacht hatte er es geschafft zu träumen, er sei mit Tom zusammen. Er konnte vom Garten träumen, wie ihn Tom in seinen Briefen beschrieben hatte. Und heute Nacht, da er nicht wusste, was Tom vorhatte, sehnte er sich mehr als sonst danach, sich auszumalen, was Tom unternahm – doch heute Nacht gelang es ihm überhaupt nicht, vom Garten zu träumen. Stattdessen hatte er von einer mächtigen grauen Gestalt geträumt, die wie ein vor Anker gelegtes Schiff sanft hin und her schwang. Er wusste nicht, was er da sah, bis er die Augen öffnete. Sein Blick fiel auf die Postkarte von Ely im schwachen Licht der Straßenlaterne.

Peter kniff die Augen wieder zu, um den Turm der Kathedrale nicht mehr sehen zu müssen. Er überlegte sich angestrengt, was Tom in eben diesem Augenblick wohl tun könnte, und fing gleichzeitig an, sich in den Schlaf zu zählen. Er zählte nicht die üblichen Schafe, die durch ein Gatter gehen, denn es gibt in einem Garten weder Schafe noch Gatter. Er zählte nur.

Die Zahlen in ihrer gleichmäßigen Abfolge taten ihr Werk

und schickten Peter zurück in den Schlaf. Beim Eindösen war ihm, als würde er ernsthaft nach Tom suchen, und das freute ihn; gewiss würde er bald den Garten sehen. Er musste nur Tom folgen ... Jetzt schlief er wirklich, doch er fuhr fort zu zählen und zählte nun etwas Bestimmtes. Den Garten hatte er immer noch nicht erreicht; es waren Stufen, die er zählte – die Stufen führten nach oben in einen grauen Turm, und selbst im Traum ärgerte er sich, dass es schon wieder der Turm der Kathedrale von Ely war.

Fast dreihundert Stufen führen hinauf zur Spitze des Turms, um genau zu sein zweihundertsechsundachtzig. Zumindest zählte Tom so viele, während er hochstieg. Er ging hinter Hatty am Schluss einer Reihe von Turmbesteigern.

Endlich stolperten sie durch eine kleine Tür hinaus auf den Rundgang um die Turmspitze. Nun gab es nichts Höheres mehr. Sie sahen über das Geländer hinunter auf das Dach des großen Kirchenschiffes. Sie blickten über die Dächer von ganz Ely und sahen den Rauch der Winterfeuer durch die schwarzen Löcher der Schornsteinkappen emporsteigen. Die Rauchsäulen legten sich jetzt etwas schräg, da ein leichter Wind aufkam. Der Atem dieses Windes und das Paffen eines Zuges im Bahnhof von Ely war alles, was an ihre Ohren drang.

Sie sahen die ganze Stadt und ihre Umgebung, denn Ely ist sehr klein. Sie sahen den Fluss, der die Stadt an einer Seite umgrenzt, und sie folgten ihm mit den Blicken. Er war eine weiße Eisstraße, die schimmerte, wo die Strahlen der untergehenden

Sonne sie trafen, und sich in Windungen im fernen Abenddunst verlor, dort, wo Littleport, Denver, King's Lynn und das Meer lagen. Dann verfolgten sie den Weg zurück, den sie von Castleford her gekommen waren, und staunten, wie weit sie gelaufen waren.

Der Turmwächter deutete auf etwas in großer Ferne und erklärte, dies seien die Zinnen von Castleford. Dann führte er seine Gruppe hinüber auf die andere Seite des Turms, wo man in Richtung Peterborough sehen konnte. Hatty folgte ihnen.

Tom blieb zurück, die Augen immer noch nach Castleford gerichtet. Er war jetzt einen Moment lang allein auf dieser Seite des Rundgangs; und doch hatte er das deutliche Gefühl, dass noch jemand da war. Dieser Jemand war verspätet durch die Tür zur Wendeltreppe gekommen und stand jetzt neben ihm. Noch bevor er sich umdrehte, wusste Tom, dass es Peter war.

Von der anderen Seite des Rundgangs spähte Hatty herüber um zu sehen, wo Tom abgeblieben war. Doch statt eines Jungen sah sie zwei: Sie ähnelten sich sehr und hatten beide Schlafanzüge an. Der zweite Junge wirkte ebenso merkwürdig durchsichtig, wie es ihr vor kurzem bei Tom aufgefallen war. Fast war ihr, als könne sie durch beide Gestalten hindurch das Turmgeländer sehen. Verdutzt starrte sie herüber.

»Aber Tom, wo ist der Garten?«, sagte Peter recht enttäuscht. »Ich dachte, du wärst bei Hatty im Garten.«

Tom antwortete ohne Umschweife, weil er spürte, dass die

Zeit knapp war und immer knapper wurde. »Der Garten ist dort drüben«, sagte er und streckte den Arm in Richtung Castleford aus. »Und da ist Hatty.«

»Wo? Ich sehe sie nicht«, sagte Peter.

Tom deutete auf Hatty. Peter stand ihr direkt gegenüber – sie war die Einzige auf der anderen Seite des Turms, die sich in seine Richtung gewandt hatte.

»Da!«, sagte Tom. »Vor deiner Nase – die mit den Schlittschuhen.«

»Aber das kann nicht Hatty sein«, sagte Peter entrüstet, »das ist doch eine erwachsene Frau!«

Tom starrte Hatty an, als würde er sie zum ersten Mal sehen, er öffnete den Mund – doch er brachte kein Wort hervor.

»Es ist Zeit«, rief der Turmwärter, »Zeit für den Abstieg, wenn ich bitten darf, meine Damen und Herren!«

Die kleine Schar Ausflügler begann sich zur Wendeltreppe zu drängen; einer nach dem anderen ging hindurch. Nur Hatty blieb, wo sie war, ebenso wie die beiden Jungen.

»Aber sie ist erwachsen«, sagte Peter noch einmal.

Hatty kam jetzt zu ihnen herüber, und Tom spürte, wie Peter vor ihr zurückwich.

»Wer war das? Was war das?«, hauchte Hatty Tom zu; und Tom, wiederum ohne nachsehen zu müssen, wusste, dass Peter von seiner Seite verschwunden war – ganz durchsichtig geworden und dann verschwunden. »Er war wie du«, flüsterte Hatty, »und er sah unwirklich aus, genau wie du.«

»Kommen Sie, meine Dame!«, rief der Turmwärter und sah Hatty verwundert an. Sie war eigentlich zu jung, um schon ein wenig komisch im Kopf zu sein und vor sich hin zu murmeln.

»Das war Peter, mein Bruder«, stammelte Tom. »Aber es gibt ihn wirklich, Hatty. Er ist wirklich, so wie ich. Du hast gesagt, ich sei wirklich, Hatty.«

»Wollen Sie heute Abend überhaupt nicht mehr nach Hause, junge Dame?«, fragte der Wärter ungeduldig.

Hatty hörte ihn und sah plötzlich auf und blickte sich um. Die Sonne war untergegangen; in der Stadt unten erhellten gelbe Lichter ein Fenster nach dem andern; jenseits der Stadt lag die weite Ebene der Fens jetzt in Dunkelheit, sodass man die Windungen des Flusses nicht mehr erkennen konnte.

»Es ist spät«, rief sie in jäher Angst. »Ja, wir müssen uns beeilen!«

»*Wir?*«, sagte der Wärter. »*Sie* sollten sich beeilen! Ich warte schon die ganze Zeit auf Sie –« Hatty rannte jetzt hastig die Treppe hinunter, mit Tom auf den Fersen. Der Wärter blieb grummelnd zurück, schloss die Tür hinter sich und folgte ihnen schließlich.

Im Turminnern herrschte schwarze Dunkelheit, als ob die Nacht schon hereingebrochen wäre. Tom spürte, dass die Dunkelheit Hattys angsterfüllte Hast, endlich nach Hause zu kommen, noch steigerte. Sie hielt Tom davon ab, in aller Ruhe über die merkwürdige Begegnung oben auf dem Turm nachzudenken. Verwirrt fragte er sich, wie Peter zu ihnen gelangt war und ob er wieder kommen würde.

Doch er kam nicht mehr.

Zu Hause war Peter Long aus seinem Traum erwacht – einem schlechten Traum, wenn auch nicht gerade einem Alptraum. Er lag im Bett und ließ ihn noch einmal Revue passieren, doch er erinnerte sich nur an scheinbar unzusammenhängende Bruchstücke: Er hatte sich in den Schlaf gezählt und wusste noch, dass er bis zweihundertsechsundachtzig gekommen war. Dann war er irgendwo hoch oben gewesen, wo er nicht sein wollte, und der Garten lag in unerreichbarer Ferne; auch Tom war da gewesen; und er erinnerte sich, wie Tom auf jemanden gedeutet und ihm gesagt hatte, dies sei Hatty. Daraufhin hatte er ausgerufen, das könne nicht sein, denn es sei eine erwachsene Frau und gar kein Kind. Er sah noch einmal den merkwürdigen Ausdruck auf Toms Gesicht: Erstaunen, als ob er langsam begriff, gemischt mit Angst.

Tom und Hatty rannten aus der Kathedrale und machten sich auf den Weg zum Fluss, gerade als die meisten Schlittschuhläufer aus Ely allmählich nach Hause kamen. Sie waren offenbar die Einzigen, die aufs Eis hinausgingen.

Drei alte Männer, die nicht mehr Schlittschuh liefen und sich lässig an die Anlegepfosten entlang dem Ufer gelehnt hatten, beobachteten alles, was vor sich ging. Sie hielten sich für weise und erfahren genug, um Hatty Ratschläge zu erteilen.

Einer fragte sie, wohin sie so spät noch laufen wolle, und als sie »Castleford« sagte, schüttelten alle drei die Köpfe.

»Wenn das Eis trägt«, sagte einer. »Aber dieser tückische Südwestwind bringt sicher Regen und Tauwetter.« Die Brise, die Tom und Hatty oben auf dem Turm bemerkt hatten, war nun zu einem kräftigen Wind geworden; er fühlte sich selbst auf Toms Gesicht sanfter und milder an als die frostige Windstille zuvor.

»Es ist schon jemand eingebrochen, hab ich gehört«, sagte der zweite alte Mann. »Irgendwo weiter flussaufwärts. Ist aber nicht ertrunken. Er hatte Freunde dabei, und sie haben eine Leiter aufs Eis gelegt und ihn gerade noch rechtzeitig rausgeholt. Da wird noch ein Loch sein und brüchiges Eis drum herum. Besser, Sie halten die Augen auf. Wo war es noch mal, haben sie gesagt, Matthew?«

Der erste alte Mann wusste es nicht; doch der dritte meinte, das Loch müsse recht groß sein und Hatty würde es sicher bemerken, wenn sie in die Nähe käme. Sie dürfe auch nicht vergessen, auf brüchiges Eis unter Brücken und Bäumen und entlang dem Schilf am Ufer zu achten.

Der erste alte Mann begann mit neuen Ratschlägen und sagte, Hatty solle doch besser mit dem Zug von Ely nach Castleford fahren.

Hatty dankte ihnen allen, doch fuhr unbeirrt fort, ihre Schlittschuhe festzugurten. Das ist recht mutig von ihr, dachte Tom. Sie stellten sich nebeneinander aufs Eis und Hatty wünschte den alten Männern eine fröhliche Gute Nacht; die Alten wünschten ihr von ganzem Herzen viel Glück. Wenigstens hätte sie Vollmond, rief ihr einer noch zum Abschied nach. Als sie außer Hörweite waren, erklärte Hatty, dass sie nicht genug Geld dabeihabe, um den Zug von Ely nach Castleford nehmen zu können.

Sie liefen einem Strom von Heimkehrern entgegen, doch bald hatten sie den letzten hinter sich gelassen und waren allein. Tom wusste, dass es jetzt an der Zeit war, mit Hatty zu reden, doch war sie offensichtlich überhaupt nicht gesprächslustig. Sie brauchte all ihre Kräfte fürs Eislaufen. Tom warf ihr hin und wieder einen verstohlenen Blick von der Seite zu und dachte immer wieder über Peters Worte nach; doch zu Hatty sagte er nichts.

Der Mond ging auf, und es war Vollmond, wie die alten Männer angekündigt hatten. Sein Lichthof bedeutete, dass es Regen geben würde. Das Mondlicht wies ihnen den Weg und ließ ihn doch öde und einsam erscheinen. Alles, was sie hörten, waren der Wind und das Kratzen der stählernen Kufen auf dem Eis. Hatty und Tom mochten die Stille nicht, doch keiner durchbrach sie. In Schweigen, in Mondlicht und Einsamkeit gehüllt, glitten sie dahin.

Vor sich, am rechten Flussufer, bemerkten sie eine knapp zwei Meter große dunkle Gestalt. Es musste ein Pfosten oder ein Baumstumpf sein, und sie achteten nicht weiter darauf. Dann, plötzlich, sahen sie, wie sich die Gestalt bewegte.

Hatty stieß einen leisen Schrei aus, hielt aber nicht an – fast schien es, als könne sie gar nicht. Der Fluss machte eine Windung und sie fuhr ins helle Mondlicht, doch der Mann – denn es war ein Mann – blieb ein unnatürlich großer schwarzer Schatten. Tom spürte, dass er sie beobachtete.

Sie waren jetzt schon näher, bald würden sie auf seiner Höhe sein. Wieder bewegte sich die Gestalt am Ufer und jetzt rief sie etwas über das Eis, einen Gruß und eine Frage zugleich: »Miss Hatty …«

Hatty schwankte in ihrem Lauf und Tom kam aus dem Tritt.

»Wer ist da?«, rief sie, doch Tom hatte den Eindruck, dass sie die Stimme erkannt hatte. Er selbst hatte sie noch nie gehört. Ihre Schwünge wurden kürzer; sie schlug einen Bogen zum Ufer ein.

»Ich bin es, Barty.«

»Oh, Barty, schön dich zu sehen!«, rief Hatty und vergaß vor Erleichterung ihre Schüchternheit.

Er kletterte den Uferhang herab – ein kräftiger junger Mann mit langem Mantel und den Gummistiefeln eines Bauern. »Aber wohin des Wegs, so ganz allein zu dieser Zeit, und dazu noch auf diesem Eis?«

»Nach Castleford. Von dort kann ich den Zug nehmen oder zu Fuß nach Hause gehen. Ich muss heim.«

»Was das angeht – ja, gewiss«, stimmte ihr Barty zu; »aber Sie sollten nicht alleine auf dem Eis laufen. Am besten, ich fahre Sie hin.«

Offenbar war er mit seinem Einspänner auf dem Weg nach Hause vom Markt in Castleford. Er hatte einen Abstecher zum Fluss gemacht, um den Zustand des Eises zu prüfen. Dabei hatten ihn Tom und Hatty zufällig getroffen.

Erfreulicherweise waren Pferd und Wagen, wenn auch vom Fluss aus nicht zu sehen, nur ein paar Meter entfernt, auf der anderen Seite der Eindeichung. Barty half Hatty den Abhang hoch und von oben sahen sie das Pferd, eingespannt zwischen den Deichseln, im Licht der kleinen gelben Flammen der Wagenlaternen – das erste warme Licht, das sie seit den Kerzen und Lampen in den Fenstern von Ely sahen. Die Stichstraße, auf der der Einspänner stand, führte hinauf zur Hauptstraße nach Castleford und nach Hause. Sie kletterten auf die Kutsche, Barty und Hatty setzten sich auf die Kutscherbank, und auf den Platz, den sie zwischen sich ließen, setzte sich Tom.

»Ich fahre Sie nach Waterbeach«, sagte Barty. »Von dort können Sie den Zug nach Castleford nehmen. Entschuldigen Sie die Frage – aber haben Sie genug Geld für die Fahrkarte? Wenn nicht, könnte ich Ihnen etwas leihen.«

»Das ist sehr freundlich von Ihnen«, sagte Hatty zurückhaltend. Dann fügte sie hinzu: »Ich fürchte, Sie machen meinetwegen auch noch Umwege.«

Gewiss war Barty eigentlich unterwegs zu einem der Höfe seines Vaters draußen in den Fens. Doch wenn er ihr jetzt zu verstehen gab, dass es ihm ein Vergnügen war, sie mitzunehmen, sagte er nicht die Unwahrheit.

Danach fuhren sie schweigend dahin.

Als sie Waterbeach erreichten, stellten sie fest, dass der letzte Zug nach Castleford schon fort war.

»Dann fahre ich Sie nach Castleford«, sagte Barty und klang dabei recht fröhlich. So machten sie sich erneut auf den Weg, und Tom fiel auf, dass die beiden diesmal gesprächiger waren. Sie sprachen über das Wetter und ihre nächtliche Reise, Hatty anfangs etwas verlegen, doch nach und nach immer ungezwungener. Barty sagte, er habe sich diesen Nachmittag auf dem Markt in Castleford mit James unterhalten; und jetzt erinnerte sich Tom, dass er von diesem jungen Mann, einem Freund der Melbourne-Vettern, schon gehört hatte.

Es ergab sich wie von selbst, dass Hatty und Barty sich bald über das Eislaufen unterhielten. Barty bewunderte Hatty wegen der weiten Strecke, die sie heute zurückgelegt hatte. Zwar hatte er es in diesem Winter auch schon geschafft, doch nur wenige Damen waren bisher so weit gekommen. Seine Mutter hatte es einst auch geschafft – er erinnerte sich noch an ihre Geschichte. Vor Jahren, als Bartys Vater ihr den Hof gemacht hatte, hatte es einen ähnlich bitteren Frost im ganzen Land gegeben. Die beiden waren von Castleford nach Ely und dann nach Littleport und noch weiter gelaufen. So lange waren sie unterwegs gewesen, dass die junge Frau beim Eislaufen fast eingeschlafen wäre und sich schon fast im Traum dabei sah, wie sie und ihr Schatz das Meer erreichten und über die sanften, gefrorenen Wellen in ferne Länder liefen.

Barty und Hatty lachten darüber. Dann sprach Barty über die Aussichten fürs Eislaufen in diesem und im nächsten Winter. Er war genauso verrückt danach wie Hatty.

Tom fand das Gespräch langweilig, vor allem, weil er nichts dazu sagen konnte. Außerdem war er wütend auf Hatty. Sie tat so, als ob sie ihn entweder vergessen hätte oder ihn nicht sehen würde – oder beides. Mehrmals gestikulierte sie mit der Hand und fuhr dabei einfach durch ihn hindurch. Einmal legte sie den Arm auf die Lehne der Kutschbank und wandte sich Barty zu, um ihm besser zuhören zu können, und dabei steckten ihr Unterarm und ihre Hand in Toms Kehle, sodass es sich beim Schlucken ganz merkwürdig anfühlte.

Er war froh, als sie am Bahnhof von Castleford ankamen. Der letzte Zug war noch nicht weg, doch sie würden lange auf ihn warten müssen. Barty meinte, es wäre viel besser, wenn er Hatty auch die letzten acht Kilometer nach Hause führe, und Hatty widersprach nicht. Tom hätte schon Einwände gehabt, doch er konnte keinen Streit anfangen. Er hatte sich nach einem leeren Eisenbahnabteil gesehnt, um sich endlich allein mit Hatty auszusprechen: Das *musste* bald geschehen.

Die Kutsche fuhr weiter. Tom war allein mit seinen Gedanken, während die anderen über seinen Kopf hinweg oder durch ihn hindurch sprachen und dabei zunehmend Gefallen aneinander fanden. Die Glocke einer Dorfkirche erklang über dem dunklen Land und Tom dachte wieder an die Zeit. Er war sich so sicher gewesen, sie zu beherrschen und seine eigene Zeit für eine Ewigkeit mit Hatty eintauschen und für immer glücklich im Garten leben zu können. Der Garten war immer noch da, doch inzwischen hatte sich Hattys Zeit von ihm weggestohlen und hatte Hatty von einer Spielkameradin in eine erwachsene Frau verwandelt. Peter hatte richtig gesehen.

Durch das Geklapper der Pferdehufe lauschte Tom Hatty und Barty. Es war ein Gespräch unter Erwachsenen, das ihn nicht interessierte. Und seine eigenen Gedanken missfielen ihm. Ganz allmählich leerte sich sein Kopf. Er war nicht müde vom Eislaufen und auch nicht, weil es so spät war, und doch schlief er ein. Vielleicht hatte das stete Hufgeklapper etwas damit zu tun; vielleicht war es auch das eigenartige Gefühl, dass er in Hattys Gedanken nicht mehr auftauchte, weswegen er sich weniger wach und lebendig fühlte.

Benommen spürte er, wie der Einspänner schwungvoll die Kurve bei dem weiß getünchten Landhaus nahm und in den Weg zum großen Haus einbog.

Als Mrs Melbourne, verblüfft und voll kalten Zornes, zur Tür kam, um sie zu empfangen, sah sie nur zwei Menschen auf der Kutsche. Das war zu erwarten. Doch selbst Hatty sah nur noch einen Menschen neben sich, und das war der junge Barty.

Die letzte Chance

Am Freitagmorgen, in der friedlichen Stunde, bevor die andern erwachten, lehnte sich Tante Gwen aus dem Bett, warf ihren elektrischen Wasserkocher an und machte den ersten Tee. Sie schenkte ihrem Mann und sich selbst eine Tasse ein und stieg dann aus dem Bett, um die dritte Tasse Tom zu bringen. Mitten im Flur blieb sie wie angewurzelt stehen, starr vor Schreck angesichts dessen, was sie sah. Die Wohnungstür, die Alan persönlich gestern Abend abgeschlossen hatte, stand offen. In einer kurzen, alptraumhaften Anwandlung sah sie alles vor sich: Räuber mit Dietrichen, Räuber mit Brecheisen, Räuber mit Säcken, um die Beute mitzuschleppen, und jeder von ihnen hatte eine schwarze Maske übergezogen und trug eine tödliche Waffe – einen Schlagstock, einen Revolver, einen Dolch, ein Stück Bleirohr …

Ein brennender Schmerz in den Fingern riss Gwen Kitson in die Wirklichkeit zurück. Sie zitterte so heftig, dass heißer Tee in die Untertasse geschwappt war und die Hand verbrannt hatte, die sie hielt. Sie stellte die Tasse auf einem Stuhl ab und dabei sah sie, warum die Wohnungstür offen stand: Unter die Tür waren zwei Pantoffeln gekeilt – Toms Pantoffeln.

Die eingebildeten Einbrecher verschwanden. Dafür musste Tom verantwortlich sein. Ihr fiel ein, dass sie ihn eines Nachts, kurz nachdem er angekommen war, beim Umherschleichen in der Wohnung ertappt hatten. Sie erinnerte sich auch an die ernsten Worte, die Alan ihm gesagt hatte, und beschloss, diese Sache allein zu regeln.

Zunächst spähte sie hinaus auf den Korridor, keine Spur von Tom. Dann zog sie die Pantoffeln unter der Tür hervor, schloss ab und ging in Toms Zimmer. Da lag er, tief schlafend – und sie war sich sicher, dass er ihr nichts vormachte. Sie trat neben sein Bett, die verräterischen Pantoffeln in der Hand, und fragte sich, was sie ihm sagen sollte. Sie musste ihn tadeln, und doch wollte sie nicht zu streng mit ihm sein, um ihm den letzten Tag nicht zu verderben.

Doch selbst der milde Tadel, den sich Tante Gwen ausgedacht hatte, wurde nie ausgesprochen. Als sie Tom weckte, gebärdete er sich auf eine Art, die sie allzu sehr beunruhigte. Er öffnete die Augen, doch dann kniff er sie sofort wieder zu, als ob er einen verhassten Anblick nicht ertragen könne. Mit geschlossenen Augen begann er wütend und scheinbar ohne Sinn und Verstand zu reden: »Nein! Nicht diese Zeit! Nicht jetzt!«

Tante Gwen ließ die Pantoffeln fallen, kniete sich neben das Bett und legte die Arme um Tom. »Was ist los mit dir, Tom? Du bist wach. Es ist Morgen. Und hier bei mir bist du gut aufgehoben.« Er öffnete die Augen und starrte sie an, dann sah er sich um, als ob er erwartet hätte, jemand anderen zu sehen – und anderswo zu sein. »Hast du schlecht geträumt, Tom? Jetzt ist es wieder gut. Es ist Freitagmorgen und morgen fährst du nach Hause!«

Tom antwortete nicht, doch allmählich löste sich die unnatürliche Starre seines Gesichts. Seine Tante gab ihm einen Kuss und schlüpfte aus der Tür, um ihm eine frische Tasse Tee zu holen. Alles, was sie ihrem Mann sagte, war: »Es ist besser für Tom, wenn er nach Hause geht. Er ist fürchterlich durcheinander. Schlechte Träume – Alpträume –« Ihr fiel auch eine neue Erklärung für die Pantoffeln ein: »Es würde mich nicht überraschen, wenn er schlafwandeln würde.«

Tante Gwen sagte Tom nichts von den Pantoffeln, die sie im Flur entdeckt hatte, und Tom, der sie später neben seinem Bett fand, hielt das nur für einen weiteren Teil des Geheimnisses, warum er überhaupt hier war. Unter der Bettdecke verbarg er – die Schnürsenkel um die Finger der linken Hand gewickelt – Hattys Schlittschuhe, die ihn nach Ely getragen hatten. Und doch war er jetzt hier, am Freitagmorgen, in der Wohnung der Kitsons. Er war sich so sicher gewesen, seine eigene Zeit gegen eine Ewigkeit von Hattys Zeit eintauschen zu können, und doch war er nach nur wenigen Stunden mit Hatty wieder zurück in seiner Zeit.

»Vielleicht lag es daran, dass ich in der Kutsche eingeschlafen bin«, überlegte Tom und nahm sich fest vor, es nie mehr dazu kommen zu lassen. Denn eine Chance hatte er noch:

heute Nacht. Heute Nacht würde er hinunter in den Garten gehen und dort bleiben, so lange es ihm gefiel.

Er überlegte, ob er die Schlittschuhe mitnehmen sollte oder nicht. Wenn immer noch der große Frost herrschte, würde er gern auf dem Teich oder der Wiese Schlittschuh laufen. Doch er würde dem Garten nicht mehr, wie letztes Mal, ganz den Rücken zukehren.

Vielleicht würde es ohnehin Sommer im Garten sein, wie sonst immer …

Wenn er heute Nacht die Tür öffnete, würde die Luft draußen warm und lind und voll Blütenduft sein. Die Eiben entlang dem Rasen würden ihn begrüßen. Er würde den Sonnenuhrweg hinuntergehen, zwischen den Eiben und den Haselnusssträuchern hindurch, und dann bei den Spargelbeeten wieder ins Sonnenlicht eintauchen, und er würde vielleicht sehen, wie Abel neben dem Apfelbaum mit den frühen Äpfeln eine Steckrübe ausgraben würde, und Hatty, die wieder ein kleines Mädchen war, würde ihn in ihrem blauen Rüschenkleid erwarten und ihn mit ihren Geschichten umgarnen.

»Denn die Zeit im Garten kann rückwärts gehen«, sprach sich Tom Mut zu. »Und Hatty könnte heute Nacht wieder ein kleines Mädchen sein, und wir können zusammen spielen.«

Den Freitag verbrachten sie mit den Vorbereitungen für Toms Heimkehr. Sie suchten seine Sachen zusammen und packten sie; der Koffer wurde auf Hochglanz poliert und mit einem neuen Adressschild versehen; und die Tante nahm ihn mit zum Einkaufen und ließ ihn die Leckereien für sein Lunchpaket aussuchen, das er für die Zugreise brauchte, und die kleinen Geschenke, die er Mutter und Vater und Peter mitbringen sollte. Tom schaffte es nicht, so zu tun, als ob ihn diese Dinge, die noch so fern in der Zukunft lagen, interessieren würden. Es konnte Jahre dauern, bis er morgen sein Zuhause wieder sehen würde.

In dieser Nacht ließ Tante Gwen die Schlafzimmertür offen, um mitzubekommen, ob Tom wieder im Schlaf aus dem Bett stieg. Tom entging diese Vorsichtsmaßnahme der Tante nicht. Doch nach wochenlanger Übung war er inzwischen recht geschickt und machte keinerlei Geräusche. Ohne die Schlafenden zu stören, schlich er sich aus der Wohnung und war schon auf dem Weg die Treppe hinunter.

Vom Schlafzimmerfenster aus hatte er gesehen, dass der Himmel bedeckt war. Es gab weder Licht vom Mond noch von den Sternen. Als er nach unten ging, konnte er kaum die längliche Gestalt des Fensters am Treppenabsatz sehen. »Das ist doch egal«, sagte Tom und tastete sich ohne zu stolpern die letzten Stufen hinunter in den Hausflur.

Hier hielt er inne, um der Standuhr zu lauschen, als ob sie eine Nachricht für ihn hätte. Doch die Uhr kümmerte sich nicht um ihn und ihr Ticken war nur ein bedächtiger Tadel für das allzu hastige Schlagen seines Herzens.

Er ging an dem alten Schuhschrank vorbei den Flur entlang und stand jetzt vor der Gartentür. Plötzlich konnte es ihm nicht schnell genug gehen. Er wollte den Riegel zurückreißen, und obwohl seine Finger gar keinen Riegel fanden, verschwendete er keinen Gedanken daran.

»Ich geh jetzt in den Garten«, murmelte er zwischen zusammengepressten Zähnen, und das Ticken der Uhr hinter ihm bestätigte seine Worte weder noch widersprach es ihnen.

Jetzt hatte er die Tür geöffnet; auch draußen war Nacht, schwarz wie die Nacht drinnen. Er konnte nichts erkennen. Er stand auf der Schwelle und atmete tief durch. In der Luft lag kein Frost, und doch fehlte der sommerliche Duft von geschlossenen Blüten und Gras und Blättern. Die Luft schien nach überhaupt nichts zu riechen, vielleicht ganz schwach nach Teer, und er wusste nicht, woher das kam.

»Das ist doch egal«, sagte Tom. Auch die Dunkelheit machte ihm nichts aus, denn inzwischen kannte er den Garten wie seine eigene Hosentasche. Er hätte sich mit verbundenen Augen zurechtgefunden. Wo sollte er zuerst hingehen? Hinüber zu den Eiben.

Mit einem Satz rannte er los. Seine nackten Füße klatschten auf kalten Stein; er schlug gegen ein hohes metallenes Etwas, dessen Deckel herabfiel und auf dem steinernen Boden laut schepperte. Er schreckte zurück und rannte weiter in Richtung der Eiben, doch nach ein paar Metern krachte er gegen einen Holzzaun, und jetzt wusste er, dass das, was er gerochen hatte, Teerfarbe war und dass dies der mit Teerfarbe gestrichene Zaun des Hinterhofs war, auf dem der Mann mit dem rotbraunen Bart seinen Wagen parkte und die Mieter ihre Mülleimer stehen hatten.

Er machte kehrt und rannte wie eine Ratte, die von einer Meute Hunde gejagt wird, zurück ins Haus. Einen weiteren Versuch wollte er offenbar nicht unternehmen, denn er schloss die Gartentür nicht hinter sich; ins Bett wollte er offenbar auch nicht, denn mitten im Flur, vor der Standuhr, hielt er inne und schluchzte. Kühl tickte die Standuhr weiter.

Ein Licht war angegangen, oben im Korridor, und er konnte eine Gestalt die Treppe herunterkommen sehen. Er spürte genau, dass es nicht Hatty sein konnte, und doch rief er sie um Hilfe: »Hatty! Hatty!«

Überall in dem großen Haus fuhren die Mieter aus dem Schlaf. Toms Ruf, durchdringend wie der Warnruf eines Vogels, drang sogar hoch in die oberste Wohnung und riss Mrs Bartholomew aus dem Traum von ihrer Hochzeit an einem Mittsommertag vor gut sechzig Jahren. Der Ruf schien ihr zu gelten, und Mrs Bartholomew, noch ebenso benommen wie ihre Mieter, machte Licht und schickte sich an, aus dem Bett zu steigen.

Alan Kitson übersprang die letzten paar Stufen, rannte auf Tom zu und packte ihn an den Armen. Der Junge schluchzte und schlug um sich, als würde er gefangen genommen. Dann spürte der Onkel, wie Toms Körper erlahmte, und jetzt begann er zu weinen, leise zwar, doch als wollte er nie mehr aufhören.

Onkel Alan trug Tom die Treppe hoch in die Wohnung, wo

die Tante schon wartete. Dann ging er wieder hinunter, um die Mieter im Erdgeschoss zu beruhigen. Dann ging er erneut nach oben, um dem anderen Mieter im ersten Stock zu erklären, dass sein Neffe ein Schlafwandler sei. Schließlich stieg er hoch zur Wohnung von Mrs Bartholomew. Er fand die Wohnungstür offen, mit eingehakter Kette. Die alte Frau war bleich und zitterte und war ganz aufgebracht von dem Geschrei. Sie hörte sich seine Erklärung an, doch offenbar glaubte sie ihm nicht und verstand ihn nicht einmal. Sie stellte immer unsinnigere Fragen und wiederholte sie ein ums andere Mal. Schließlich verlor Alan Kitson die Geduld, wünschte ihr barsch Gute Nacht und eilte hinunter in seine Wohnung.

Tante Gwen hatte Tom wieder ins Bett gesteckt und gab ihm heiße Milch und Aspirin zu trinken. Als sie ihren Mann im Flur hörte, kam sie heraus. »Ich bleibe bei ihm, bis er schläft«, sagte sie leise. »Er sieht so aus, als ob er einen richtigen Schock erlitten hätte. Ich denke, er ist aufgewacht und hat sich plötzlich ganz allein im Dunkeln gefunden und wusste überhaupt nicht, wo er ist – oder jedenfalls nicht, wie er da hingekommen ist.«

»Sieh dir mal das an«, sagte Onkel Alan und hob ein Paar altmodischer Schlittschuhe mit Stiefeln in die Höhe. »Die hat er bei sich gehabt.«

Tante Gwen war völlig verdutzt. »Was kann ihn nur geritten haben, selbst beim Schlafwandeln?«

»Und wo kann er die herhaben, das würde ich gerne wissen«, sagte Onkel Alan und untersuchte die Schlittschuhe neugierig. »Sie sind vor kurzem geölt und poliert worden und doch sehen sie nicht so aus, als ob sie in den letzten fünfzig oder hundert Jahren benutzt worden wären. Ich frage mich …«

»Du darfst ihn nicht mit Fragen löchern, Alan. Versprich mir das. Er ist zu schwach dafür.«

»Na schön. Wenn es seine Schlittschuhe sind – und uns gehören sie sicher nicht –, dann pack ich sie morgen, bevor er geht, zu seinen Sachen.«

Tante Gwen wollte gerade in Toms Schlafzimmer zurückkehren, da fiel ihr ein, was sie so verblüfft hatte. »Als er da unten schrie, klang es hier oben, als ob er jemanden rufen würde.«

»Meinst du, er hat nach seiner Mutter geschrien oder nach seinem Vater?«

»Nein. Aber ich hätte schwören können, dass er einen *Namen* rief.«

»Das kann nicht sein. Er hat einfach geschrien.«

Die Entschuldigung

Tom war in seinem bisherigen Leben schon einige Male voller Enttäuschung oder Traurigkeit eingeschlafen, und am nächsten Morgen war er immer voll neu gewonnener Hoffnung und Zuversicht erwacht. Doch dieser Morgen war nur die Fortsetzung der Nacht und des vorigen Tages: Noch während wieder Leben in seine Gedanken kam, kehrten auch schon das Entsetzen und der Schmerz von gestern zurück.

Heute war Samstag; er hatte seine Chance verpasst; er hatte den Garten verloren. Heute würde er nach Hause fahren.

Tränen liefen ihm über das Gesicht und er konnte sie nicht aufhalten. Tante Gwen kam in aller Frühe herein und legte den Arm um ihn: »Aber Tom – sag mir doch, was los ist mit dir!«

Nun endlich wollte er alles erzählen – wenn er den Schmerz mit ihr teilte, konnte er ihn vielleicht lindern. Doch es war zu spät. Die Geschichte war zu lang und klang so phantastisch, dass sie keiner glauben würde. Tom starrte sie schweigend an und weinte.

Er frühstückte im Bett, wie ein Schwerkranker. Die Kitsons frühstückten für sich in der Küche und sprachen über ihn.

»In diesem Zustand kann er die lange Zugreise wirklich

nicht alleine machen«, sagte Tante Gwen. »Könnten wir ihn nicht mit dem Wagen nach Hause fahren?«

Alan Kitson war durchaus bereit dazu. Aber er arbeitete samstagmorgens, sodass sie erst am Nachmittag aufbrechen konnten. Sie schickten den Longs ein Telegramm.

Tom stand kurz nach dem Frühstück auf und zog sich an, denn im Bett zu liegen und zu grübeln war schlimmer, als auf zu sein. Gerade als der Onkel zur Arbeit gehen wollte, trat er hinaus in den schmalen Korridor. Onkel und Tante erklärten ihm, was sie geplant hatten, und Tom nickte.

Onkel Alan verabschiedete sich und Tante Gwen schloss die Wohnungstür hinter ihm. Fast im gleichen Augenblick jedoch hörten sie ihn draußen mit jemandem sprechen, und ein paar Minuten später kam er mit ärgerlicher Miene wieder herein. »Es war diese alte Frau«, sagte er. »Warum kann sie einen nicht in Ruhe lassen?«

»Mrs Bartholomew? Was will sie denn jetzt wieder?«

»Eine Entschuldigung für den Lärm gestern Nacht. Natürlich hab ich mich gestern schon entschuldigt und eben jetzt noch einmal; doch sie besteht darauf, dass der Junge zu ihr kommt.«

»Das kommt überhaupt nicht in Frage«, rief Tante Gwen. »Das kann sie doch unmöglich von ihm verlangen! Und das werd ich ihr auch sagen!« In hellem Zorn gegen Mrs Bartholomew machte Toms Tante einen Schritt auf die Tür zu. Doch ihr Mann hielt sie auf.

»Langsam, Gwen! Sie ist die Vermieterin. Wenn wir sie kränken, könnte sie sehr unangenehm werden.«

»Das ist mir egal!«

»Ich versuch sie zu beruhigen«, sagte Onkel Alan.

»Nein«, sagte Tom plötzlich mit dumpfer, aber fester Stimme. »Ich gehe hoch zu ihr. Das sollte ich schon tun. Es macht mir nichts aus.«

»Das lass ich nicht zu, Tom«, rief Tante Gwen.

»Ich gehe«, wiederholte er. Es war ein Entschluss ähnlich wie der, aufzustehen anstatt weinend im Bett zu bleiben. Man musste die Dinge einfach anpacken, auch unangenehme; es war erleichternd, etwas zu unternehmen.

Etwas war in Toms Gebaren, das der Tante und dem Onkel Achtung vor seiner Entscheidung einflößte.

Ein wenig später stieg Tom hoch zur Wohnung von Mrs Bartholomew und klingelte an der Tür. Mrs Bartholomew öffnete und sie standen sich zum ersten Mal gegenüber. Sie entsprach ganz der Vorstellung, die er sich von ihr gemacht hatte – sie war alt und klein und runzlig und hatte weißes Haar. Nur auf eines war er nicht gefasst gewesen: auf ihre Augen. Sie waren schwarz, und ihre Schwärze beunruhigte ihn – und auch die Art, wie sie ihn ansah.

»Ja?«, sagte sie.

»Ich komme, um zu sagen, dass es mir Leid tut.«

Sie unterbrach ihn: »Dein Name ist Tom, nicht wahr? Dein Onkel hat ihn erwähnt. Und dein Nachname?«

»Long«, sagte Tom. »Ich komme, um mich zu entschuldigen –«

»Tom Long …« Sie streckte die Hand aus und berührte seinen Arm mit den Fingerspitzen und drückte dagegen, als ob sie den Stoff seines Hemdes und die Haut unter dem Stoff und den Knochen unter der Haut spüren wollte. »Du bist echt: ein Junge aus Fleisch und Blut. Der Neffe der Kitsons … Und mitten in der Nacht –«

Tom, der sich von einer verschrobenen alten Frau keine Angst einflößen lassen wollte, sagte: »Ich hab doch gesagt, dass es mir Leid tut.«

»Du hast gerufen«, fuhr sie unbeirrt fort. »Du hast einen Namen gerufen.« Sie senkte die Stimme. Sie klang freundlich, glücklich, liebevoll – Tom wusste nicht, wie ihm geschah –, so hatte er sich Mrs Bartholomew nie vorgestellt. »O Tom«, sagte sie, »verstehst du nicht? Du hast mich gerufen: Ich bin Hatty.«

Die Worte der kleinen alten Frau hatten für Tom keine Bedeutung; nur ihre schwarzen Augen schlugen ihn in ihren Bann. Er ließ es zu, dass sie ihn zu sich in die Wohnung zog, wobei sie sanft und vergnügt vor sich hin murmelte. Jetzt war er in einem kleinen Flur; und vor seinen Augen hing ein gotisches Barometer, das ihm bekannt vorkam.

»Das ist das Barometer aus dem Hausflur der Melbournes«, sagte Tom wie im Traum.

Sie schob ihn vor sich her in ihr Wohnzimmer; und vor ihm, auf dem Kaminsims, stand die große, bräunliche Fotografie eines jungen Mannes mit einem jener gewöhnlichen Gesichter, das man dennoch in Erinnerung behält und wieder erkennt. Tom kannte dieses Gesicht. Er hatte es das letzte Mal bei Mondlicht gesehen.

»Das ist Barty«, sagte er.

»Ja«, sagte Mrs Bartholomew. »Ja, ein Porträt, das kurz nach unserer Hochzeit gemacht wurde.«

Tom begriff nur quälend langsam die Bedeutung dessen, was sie gesagt hatte, Barty und der verstorbene Mr Bartholomew waren ein und dieselbe Person.

Er ließ sich auf einen Stuhl fallen und sah ihr in die Augen. »Sie haben Barty geheiratet? Wer waren Sie?«

»Ich hab es dir gesagt, Tom«, sagte Mrs Bartholomew geduldig. »Ich bin Hatty.«

»Aber Hatty war noch ein Mädchen, als Königin Viktoria regierte.«

»Ich stamme aus der Zeit Viktorias«, sagte Mrs Bartholomew. »Was ist so merkwürdig daran?«

»Aber Königin Viktoria hat den Thron 1837 bestiegen.«

»Das war lange vor meiner Geburt«, sagte Mrs Bartholomew. »Ich wurde gegen Ende ihrer Regierungszeit geboren. Sie war schon eine alte Dame, als ich ein junges Mädchen war. Es war das späte Viktorianische Zeitalter.«

»Aber ich verstehe nicht«, sagte Tom. »Ich verstehe nicht ... Der Garten ist verschwunden ... Und doch ist das Barometer noch hier ... und Sie behaupten, Sie seien Hatty ... Was ist passiert, nachdem ich mit Hatty auf dem Eis nach Ely gelaufen bin – das letzte Mal, dass wir uns gesehen haben?«

»Das letzte Mal?«, sagte Mrs Bartholomew. »Aber nein, Tom, es war nicht das letzte Mal, dass ich dich gesehen habe. Hast du es vergessen?« Sie sah ihn mit ernstem Blick an. »Ich sehe, du kennst nicht unsere ganze Geschichte, Tom. Ich will sie dir erzählen.«

Sie fing an zu erzählen, und Tom lauschte, doch zunächst weniger dem, was sie zu sagen hatte, als vielmehr der Art und Weise, wie sie es erzählte, und er beobachtete ihre Erscheinung und ihre Bewegungen ganz genau. Ihre leuchtenden schwarzen Augen waren gewiss wie die von Hatty; und jetzt bemerkte er immer wieder eine Geste, einen Klang ihrer Stimme, eine Art zu lachen, die ihn an das kleine Mädchen im Garten erinnerten.

Mrs Bartholomew hatte kaum zu erzählen begonnen, als Tom sich plötzlich zu ihr hinüberlehnte und flüsterte: »Sie waren Hatty – Hatty! Sie *sind* wirklich Hatty!« Sie unterbrach ihre Geschichte und lächelte ihm zu und nickte.

Eine Geschichte für Tom Long

Es war im Jahre 1895«, sagte Hatty Bartholomew, »als du und ich den ganzen Weg nach Ely auf dem Eis gelaufen sind: im Jahr des berühmten großen Frosts. An diesem Tag haben wir auf dem Nachhauseweg Barty getroffen, und er hat uns auf der Kutsche mitgenommen.«

Sie lächelte. »Ich hatte zuvor nie richtig mit Barty gesprochen, denn ich war schüchtern – ich bin es immer noch, Tom. Doch an diesem Tag war es anders: Barty und ich waren allein und wir unterhielten uns und lernten uns allmählich kennen. Später hat Barty immer gesagt, noch bevor er mit der Kutsche in die Zufahrt eingebogen sei, habe er sich praktisch entschlossen, dass er mich zur Frau haben wolle.

Also hat er mir einige Zeit später einen Heiratsantrag gemacht und ich habe ihn angenommen. Tante Melbourne war nur zu froh, mich los zu sein.

Wir heirateten an einem Mittsommertag, etwa ein Jahr nach dem großen Frost; die Mittsommernacht war die Nacht vor unserer Hochzeit. Als ich an diesem Abend meine restlichen Sachen zusammenpackte, fielen mir auch meine Schlittschuhe ein, und deshalb erinnerte ich mich auch an dich, Tom. Ich hatte die Schlittschuhe dort aufbewahrt, wo ich es versprochen hatte, und ich wusste, dass ich sie dort zurücklassen musste, obwohl es so lange her war, seit ich dich gesehen hatte. Ich habe dort auch einen Zettel hinterlassen, um es zu erklären.«

»Ich habe ihn gefunden«, sagte Tom. »Unterschrieben und mit Datum versehen.«

»Es war die Mittsommernacht in einem der letzten Jahre des alten Jahrhunderts. Es war sehr heiß, schwül und gewittrig, und ich konnte nicht schlafen. Ich dachte an meine Hochzeit am nächsten Tag und zum ersten Mal an all die Dinge, die ich zurücklassen würde: meine Kindheit und all die Tage, die ich im Garten verbracht hatte – im Garten mit dir, Tom.

Ein Gewitter zog auf und es blitzte. Ich stieg aus dem Bett und sah aus dem Fenster. Ich konnte die Wiese und die Ulme und selbst das Flussufer sehen – alles beim Licht der Blitze.

Dann dachte ich, ich könnte bei diesen Blitzen auch in den Garten sehen; ich hatte große Sehnsucht danach. Ich ging in ein leeres, nicht benutztes Schlafzimmer nach hinten raus, zum Garten.«

»Ich glaube, ich weiß, welches Sie meinen«, sagte Tom. »Einmal hab ich dort den Kopf durch die Tür gesteckt.«

»Nun, ich stand am Fenster und sah über den Garten. Das Gewitter war jetzt über dem Haus; die Blitze tauchten alles in klares Licht. Ich konnte die Eiben und die Tanne und das

Gewächshaus sehen, als wenn es Tag gewesen wäre. Und dann sah ich dich.«

»Mich?«, rief Tom. »Aber das verstehe ich nicht. Wann war das? Ich hab Sie nicht gesehen.«

»Du hast gar nicht nach oben geschaut. Ich glaube, du bist einfach im Garten umhergegangen, denn du bist auf einem dieser Wege an der Mauer aufgetaucht und über den Rasen zur Treppe gegangen. Du warst so durchsichtig wie Mondschein. Du warst im Schlafanzug – das waren doch Pyjamas, oder, Tom? In jener Zeit trugen die meisten Jungen Nachthemden, und Pyjamas kannte ich nicht. Deine Jacke war aufgeknöpft und flatterte im Wind, das weiß ich noch genau.

Du gingst die Stufen zur Gartentür hoch und dann, glaube ich, bist du ins Haus gegangen, denn danach habe ich dich nicht mehr gesehen. Ich blieb am Fenster stehen und sagte mir: ›Er ist fort; aber der Garten ist noch da. Der Garten wird immer da sein. Er wird sich nie verändern.‹

Erinnerst du dich noch an die hohe Tanne, Tom – die bis an die Krone von Efeu umrankt war? Ich hab mich dort oft untergestellt als Kind, wenn es einen Sturm gab, und gefühlt, wie sich die Erde unter meinen Füßen aufbäumte, als ob die Wurzeln wie Muskeln an ihr zerrten. In dieser Mittsommernacht, als das Gewitter am schlimmsten war, hat ein starker Wind die Tanne gepackt und – o Tom, es war schrecklich mit anzusehen! – der Blitz hat in sie eingeschlagen und sie ist umgestürzt.«

Tiefe Stille trat ein und Tom erinnerte sich an die Stille nach dem Fall des Baumes und an den Schrei oben am Fenster, der sie zerrissen hatte.

»Und dann wusste ich, Tom, dass der Garten sich ständig verändert, denn nichts steht still, außer in unserer Erinnerung.«

»Und was ist dann passiert?«, fragte Tom.

»Oh, am nächsten Tag hat sich Abel wegen der Tanne beschwert, weil sie eines der Spargelbeete ruiniert hat. Doch ich vergaß die Tanne und den Garten und auch dich, Tom, denn es war mein Hochzeitstag. Barty und ich heirateten und lebten dann auf einem der Höfe seines Vaters in den Fens. Und wir waren sehr glücklich.«

»Und dann?«

»Es ging uns gut – viel besser als den Vettern hier. Zunächst arbeiteten sie alle drei im Familienunternehmen. Dann gingen Hubert und Edgar fort und James machte allein weiter. Er heiratete und hat Kinder großgezogen, doch seine Frau starb, und mit dem Unternehmen ging es bergab, und schließlich beschloss er auszuwandern. Bevor er ging, hat er alles verkauft – das Haus, die Möbel und das restliche Land.

Barty und ich kamen herüber zur Versteigerung. Schon damals sah das Haus ganz anders aus. James war knapp bei Kasse gewesen, und deshalb hatte er zuerst die beiden Wiesen und dann den Obstgarten und schließlich sogar den Garten verkauft. Der Garten war ganz verschwunden und dort, wo die Mauer gewesen war, bauten sie jetzt Häuser, und deren Hintergärten waren da, wo die Eiben und der Rasen gewesen waren. Sie haben alle Bäume gefällt, außer Tricksy. Du kannst Tricksy noch heute in einem der Gärten sehen.«

»Das ist also Tricksy«, sagte Tom.

»Bei der Versteigerung hat Barty ein paar von den Möbeln gekauft, die mir gefallen haben – das Barometer hast du ja gesehen –, und die Standuhr, deren Klang ich immer gemocht hatte. Als ich noch ein kleines Mädchen war, Tom, habe ich oft absichtlich falsch verstanden, welche Stunde sie geschlagen hat, und dann bin ich aufgestanden und noch vor den Hausmädchen nach unten gegangen – noch vor Sonnenaufgang sogar – um im Garten zu spielen.«

»Aber Sie konnten die Standuhr nicht mit in die Fens nehmen«, sagte Tom. »Sie ließ sich nicht bewegen.«

»Das war gar nicht nötig«, sagte Hatty Bartholomew, »denn Barty hat das ganze Haus gekauft – er hat immer gekauft, was mir gefiel, wenn er konnte; doch er meinte, nun, ohne Garten, sei es nicht mehr das Haus eines Gentlemans. Er hat Wohnungen einrichten lassen und sie vermietet.«

»Und dann sind auch Sie hier eingezogen?«

»Damals noch nicht. Barty und ich waren glücklich in den Fens. Wir hatten zwei Kinder – Buben. Alle beide fielen im Großen Krieg – im Ersten Weltkrieg, wie er heute heißt.« Mrs Bartholomew weinte nicht, denn den Tod ihrer Kinder hatte sie schon vor langer Zeit beweint.

»Dann, viele Jahre später, starb Barty, und ich war nun ganz alleine. Damals entschloss ich mich, hierher zu ziehen, und seither lebe ich hier.«

Mrs Bartholomew verstummte, als ob dies das Ende ihrer Geschichte wäre, doch Tom wollte mehr hören. »Und seit Sie hier leben, kehren Sie oft zurück in die alte Zeit, nicht wahr?«

»Zurück in die Zeit?«

»Zurück in die Vergangenheit.«

»Wenn man in meinem Alter ist, Tom, lebt man viel in der Vergangenheit. Man erinnert sich daran; man träumt davon.« Tom nickte. So viel jedenfalls begriff er jetzt: warum das Wetter im Garten immer so herrlich gewesen war; warum die Zeit im Garten oft einen Sprung nach vorne gemacht hatte und manchmal auch zurück. Immer war es die Erinnerung gewesen, die sich die alte Mrs Bartholomew für ihre Träume ausgesucht hatte.

Doch vielleicht war Mrs Bartholomew nicht allein dafür verantwortlich, dass der Garten in diesen letzten Wochen Nacht für Nacht da gewesen war. Denn sie sagte Tom, dass sie noch nie so oft vom Garten geträumt habe wie in diesem Sommer und sich auch noch nie zuvor so lebhaft daran erinnert habe, wie es war, die kleine Hatty zu sein – wie es war, sich nach jemandem zu sehnen, mit dem sie spielen konnte, und nach einem Platz zum Spielen.

»Aber das war genau das, was ich hier haben wollte in diesem Sommer«, rief Tom und erkannte sich plötzlich selbst in Mrs Bartholomews Beschreibung. Er hatte sich nach jemandem gesehnt, mit dem er spielen konnte, und nach einem Platz zum Spielen; und diese große Sehnsucht, die er in diesem großen Haus so unglücklich mit sich herumgetragen hatte, musste auf irgendwelche Weise Eingang gefunden haben in Mrs Bartholomews Träume und ihr die kleine Hatty von weit her in Erinnerung gerufen haben. Mrs Bartholomew war zurückgekehrt in die Zeit, als sie ein kleines Mädchen gewesen war, das im Garten spielen wollte, und Tom war es gelungen, mit ihr in diesen Garten zu gehen.

»Aber in diesen letzten paar Nächten, vor der gestrigen Nacht«, sagte Tom, »haben Sie kaum vom Garten geträumt, sondern vom Winter und vom Schlittschuhlaufen.«

»Ja«, sagte Mrs Bartholomew. »Vom Eislaufen nach Ely – so weit war ich noch nie von zu Hause fortgekommen; vom Erwachsenwerden und von Barty. Ich hab immer weniger von dir geträumt, Tom.«

»Ich glaube, dafür konnten Sie nichts«, sagte Tom, »da Sie doch erwachsen wurden. Vorgestern Nacht, in der Kutsche, ist mir aufgefallen, dass Sie die ganze Zeit mit Barty geredet haben und nie mit mir.«

»Mit jedem Winter, in dem ich dich gesehen habe, wurdest du dünner – durchsichtiger«, sagte Mrs Bartholomew. »Und am Ende dieser Heimfahrt mit Barty schienst du ganz verschwunden zu sein.«

»Und dann, letzte Nacht –«, sagte Tom ohne Bitterkeit in der Stimme.

»Letzte Nacht habe ich von meiner Hochzeit geträumt und davon, wie ich hier weggezogen bin, um in den Fens zu leben.«

»Und als ich letzte Nacht hinuntergegangen bin«, sagte Tom, »und die Gartentür geöffnet habe, war der Garten nicht mehr da. Deshalb habe ich geschrien. Ich habe Sie gerufen, aber ich hab nicht wirklich geglaubt, dass Sie mich hören könnten.«

»Du hast mich aufgeweckt«, sagte Mrs Bartholomew. »Ich wusste, dass es Tom war, der mich um Hilfe rief, obwohl ich es gestern noch nicht begriffen habe. Ich konnte nicht glauben, dass es dich wirklich gibt, bis ich dich heute Morgen gesehen habe.«

»Wir sind beide wirklich«, sagte Tom. »Damals und heute. Es ist, wie der Engel gesagt hat: Keine Zeit mehr.«

Tief unten im Hausflur hörten sie die Standuhr schlagen. Sie schlug zwei, und Mrs Bartholomew – die ihre Sprache zu verstehen schien – sagte, es müsse elf Uhr sein. Toms Tante würde sich wundern, wo er denn so lange steckte. Er ging nach unten und fragte, ob er noch eine Tasse Tee mit Mrs Bartholomew trinken dürfe. Tante Gwen war viel zu überrascht, um zu widersprechen oder ihm auch nur Fragen zu stellen.

Tom kehrte zu Mrs Bartholomew zurück, die gerade Tee gekocht hatte und dazu Sandkuchen auf den Tisch stellte. Sie setzten sich und sprachen über den Garten.

Sie tauschten Geschichten und Geheimnisse aus. Tom fragte nach Abel, und Mrs Bartholomew sagte, er habe Susan geheiratet und sie hätten viele Kinder gehabt und seien glücklich gewesen. Dann erzählte ihr Tom, dass Abel der Einzige außer ihr gewesen war, der ihn hatte sehen können. »Sieh an!«, sagte Mrs Bartholomew recht verdutzt. »Und Tante Melbourne hat sich immer so verächtlich über Abel ausgelassen. Sie sagte, er sei dumm wie eine Kuh auf der Wiese.«

»Nun«, sagte Tom vergnügt, »die Kühe auf der Wiese konnten mich sehen; *sie* konnte das nie.«

Mrs Bartholomew lachte über diese Bemerkung – jetzt konnte sie es sich leisten, über Tante Melbourne zu lachen. Und dann war sie an der Reihe, Tom ein Geheimnis über den Garten zu erzählen. Sie gestand ihm, dass sie vor langer Zeit etwas getan hatte, was er nicht wollte. »Du hast mir gesagt, ich solle keine Zeichen und Anfangsbuchstaben in die Baumstämme ritzen, Tom. Aber als du mir beigebracht hattest, wie ich Tricksy hinaufrobben konnte, habe ich unsere Zeichen dort eingeritzt: eine lange schlanke Katze für dich, Tom, die einen Hut trägt als Zeichen für mich – mein Gott, es hat komisch ausgesehen! Ich hab's dir nie gesagt.«

»Einmal wollte ich über den Zaun im Hinterhof klettern, um mir Tricksy anzusehen«, sagte Tom. »Vielleicht hätte ich das Zeichen dort gefunden.«

»Es könnte noch zu sehen sein.«

So redeten sie weiter über den Garten, bis die Standuhr Mittag schlug. Tom sprang auf, denn er musste gehen. Unten würde das Mittagessen fertig sein; und nach dem Essen würde er nach Hause fahren.

»Aber du kommst doch wieder?!«, rief Mrs Bartholomew. »Und was ist mit deinem Bruder, den ich in Ely gesehen habe – wie war noch mal sein Name?«

»Peter«, sagte Tom und sah schuldbewusst drein, denn ihm fiel wieder ein, dass er Peter vergessen hatte, erst vor Entsetzen, den Garten verloren zu haben, dann vor Verblüffung und Freude, ihn in Mrs Bartholomews Erinnerung wieder zu finden.

Er setzte sich wieder zu ihr und erzählte von Peter und vor allem, wie gern Peter vom Garten und ihren Abenteuern dort gehört hatte. »Du musst ihn das nächste Mal unbedingt mitbringen«, sagte Mrs Bartholomew entschieden. »Versprichst du mir, Peter zu sagen, dass ich ihn erwarte?«

Tom versprach es. Er stellte fest, dass er sich nun doch darauf freute, nach Hause zu kommen. Es würde ein herzliches Willkommen geben, und wenn sie sich alle begrüßt hätten, würde er Peter in den eigenen kleinen Garten hinter dem Haus ziehen und ihm ins Ohr flüstern: »Peter, ich muss dir ein Geheimnis über den anderen Garten erzählen, und ich hab eine Einladung für dich von Hatty.«

Doch zuvor musste sich Tom nun wirklich von Mrs Bartholomew verabschieden oder er würde zu spät zum Mittagessen kommen. Tante Gwen erwartete ihn bereits gespannt. Von Mrs Bartholomews Wohnungstür aus sah Tom sie unten Ausschau halten, und auch Mrs Bartholomew bemerkte sie.

»Auf Wiedersehen, Mrs Bartholomew«, sagte Tom und

schüttelte mit steifer Höflichkeit ihre Hand. »Und vielen Dank für die Einladung.«

»Ich freu mich darauf, dich wieder zu sehen«, sagte Mrs Bartholomew ebenfalls etwas steif.

Tom stieg langsam die Treppe hinunter. Dann, unten angekommen, zögerte er; jäh drehte er sich um und rannte erneut die Stufen hoch, zwei auf einmal nehmend, hinauf zu Mrs Bartholomew, die immer noch an der Tür stand …

Später versuchte Tante Gwen ihrem Gatten diese nochmalige Begegnung zu beschreiben. »Er rannte zu ihr hoch, und sie umarmten sich, als ob sie sich schon jahrelang kennen würden und nicht erst seit heute Morgen. Und da ist noch etwas, Alan, auch wenn du sagen wirst, dass es noch unsinniger klingt … Natürlich ist die alte Mrs Bartholomew schon ein wenig geschrumpft, sie ist jedenfalls kaum größer als Tom, aber wie auch immer, er hat ihr die Arme um die Schultern geworfen und sie zum Abschied umarmt, als ob sie ein kleines Mädchen wäre.«